「それじゃあやってみるか。
【魔糸生成】！ いよっと！」
鴨鹿 イラスト 布施龍太
えむえむおー！ 2
自由にゲームを攻略したら人間離れしてました

アイリス
品行方正な女侍。
ハチのことがずっと
気になっていて……？
ロザリー
アイリスの姉のマジックフェンサー。
実力の高さも相まって
ゲーム内でもファンは多い。

ダイコーン
世紀末スタイルのサモナー。その見た目に反して根の真面目さと優しさを隠しきれない。
ハスバカゲロウ
ドMの変態スク水忍者。囮作戦でも悦《よろこ》んで先頭を走る。
ハチ
無自覚に破天荒なはぐれ補助術士。運営《システム》までもがハチの行動には振り回される。

キリア
「アハッ！やっとリベンジー！」
キリエ
「ほらほらぁ！もっと踊りなさい！」

MMO!
えむえむおー!
I was just free to play the game,
but I was so far from being human
自由にゲームを攻略したら人間離れしてました
2
鴨鹿
イラスト 布施龍太

MMO! I was just free to play the game, but I was so far from being human

CONTENTS

第1章

「ふわぁぁ……今何時だ？　うえっ!?　まさかこんなに寝ちゃうとは……」

時計は午前3時を示している。昼からずっと寝てたのか。空腹だが、体は動かしたい気分だ。

「あー遅刻遅刻ー！　的な？」

サンドイッチを咥《くわ》えて朝の街を走る。まぁ、こんな朝早くだと誰かとぶつかる事も無いか……

「なんだか体が軽いな？　よし！　ちょっと遠くまで走ってみよう！」

よく寝たからか、調子が良い。少し遠くまで走るか。体に負荷を掛けるつもりで行こう。

「おぉ、朝日が眩《まぶ》しい。でも、海風も気持ちいい。早起きは三文の徳って本当だね」

海岸で朝日を見て額の汗を拭う。たまにはこういうのも良いかも。

「やっぱりあのスローモーションは結構脳にクるから脳を鍛えた方が良いかな？」

闘技大会の時のスロー現象の事を考える。便利な面と高負荷で使い難《にく》い点。結構扱いに困る……

ま、難しい事は考え過ぎずにシャワーを浴びてサッパリしよう！

「そういえば課題もあと少しで終わりだし、終わらせちゃおう！」

イベントが終わったら課題も終わらせちゃおうと思っていたから丁度良いし、やっちゃおう。

「よーし！　終わったー！」

後ろに倒れながら課題が終わった事を喜ぶ。これで自由に使える時間が増えたー！

「んー、今からアルターは……ちょっと間が悪いなぁ？　お昼ご飯の時間が」

課題を終えてアルターを始めてもすぐにご飯の時間になってしまうだろうし、テレビでも見るか。

『本当の素肌をあなたに』

「おぉ、母さん達《たち》の会社の奴《やつ》だ」

モデルさんが母さん達の作った化粧品を手に持って紹介しているＣＭが流れた。

「このモデルさんも凄《すご》い美人だよなぁ。でもどっかで見たような顔な気が……うーん、でも思い出せないって事は見た事無いか……」

考えている内にＣＭが終わり、バラエティ番組が始まった。面白くはないけど、時間は潰せた。

「よーし！　コネクティング！」

時間を潰し、お昼ご飯も済ませて準備万端！　いざアルターにゴー！


「おおっと!?　なんだ？」

ふわふわと体が浮いている謎空間に居た。どこだろう？

「あっ、ハチ様」

「オーブさん。ここどこ？」

オーブさんが僕の近くに飛んで来た。良かった、誰も居なかったら困る所だった。

「ここはイベント配布アイテム受け渡しの場所なんですが……ハチ様が途中でログアウトしたので

ここで待機中の状態です。受け渡しが完了次第、元の場所に転送されるので安心してください」

「はぇー」

オーブさんが何か光る物を２つ持ってきた。

「こちら特殊スキルと特殊素材の交換チケットになります。消費するとその場で獲得出来ます」

「これって僕がゲームを始めた時みたいにランダム？　それとも自分で選ぶの？」

「一応ランダムも可能ですが……決勝で相手に使われた【覚醒】も覚える事が出来ますよ？」

「ランダムでも良いかなって。失敗しても良いんだ。どんな結果になっても楽しんだ者勝ちだから。ここで良いのが引けたら僕の事を祝福してよ？　失敗したら一緒に笑ってくれればいいから」

別に最強とかどうでも良い。ただこの世界を楽しみたいだけだし、なんでも来いやー！

「分かりました。ハチ様がそれで良いと言うのなら使用させていただきます」

オーブさんが持ってきた２つの光が大きく光る。何が獲得出来るかなぁ？

『特殊スキル　【付呪《ふじゅ》】を習得』

『召魔の石　を入手』

これ当たりかハズレか分かり難いな？

【付呪】　アクティブスキル　特殊能力が付いているアイテムを破壊する（耐久値があるアイテムに限る）事で特殊能力を別のアイテムに移す事が出来る

召魔の石　通常の魔石とは異なる特別な魔石。中から何か力を感じる

「んー、これどうなのかな？」

「多分ハチ様なら使えると思います。現在【付呪】は所有者が居ないので、頑張ってください」

「持ってる人居ないんだ……じゃあ僕だけのオンリーワンなスキルだ」

比較対象が居ないんじゃ使えるか分からないな？　でも僕だけが持ってるなら嬉《うれ》しいな。

「はい。それとハチ様……とても申し訳ないのですが、今回の闘技大会の公式動画の件でお話があります。編集の結果……ハチ様のシーンは全カットになってしまいました……」

「あれま、全カットですか……それは編集大変でしたね」

僕の所を全カットって事は僕関連でカットされた人が居る可能性もあるのか。それはごめん。

「予選は煙でほぼ見えず、キリア様を守るシーンはパーティ戦でもないのに守っているのはどうなんだ？　とNG……心臓抜きはもちろんNGで、ガチ宮様との戦闘は1人だけ格ゲーみたいな事をして他の人が勘違いを起こすからとNG。決勝戦のアレは自分でやっていましたよね？」

「あはは……流石《さすが》にあれは露骨過ぎたかな？」

「いえ、普通の方には突き飛ばされている様にしか。私は後ろに飛んでいるのは理解しましたが」

「アレは痛そうだったから……まぁ見る人が見たら分かっちゃうだろうし、そんなの公式動画に載せたら舐《な》めプっぽいからNGって訳ですね？　僕の存在は抹消された方がゲームの為《ため》ですね」

公式に消された男……なんかカッコイイな！

「本当はハチ様の事も動画で使いたかったんですが……」

「大丈夫、オーブさんは僕が何をしたかは分かってるんでしょ？　それなら僕は問題無いから」

「んー、流石としか言いようがありませんね……」

「ん？」

別に公式動画に出たかった訳じゃ無いし、オーブさんが真相を知っているならそれで僕は充分だ。

「そういえばお体は大丈夫でしょうか？」

「あぁ、もう大丈夫！　これからも頑張っちゃうぞー！」

「本当に大丈夫そうですね。ではイベント前の位置に転送いたします」

「お願いしまーす！」

オーブさんに手を振り、森に転送してもらう。あぁ、シュワシュワ体が溶けていく～。


「おっと……ん？　メッセージ？」

森に戻ってくると、メッセージが届いていた。ハスバさんからだ。

「えっと、なになに『もし、街の外に居るなら街に戻ってきてはいけない』どういう事？」

添付された動画を見ると街で「あの白ローブはどこだ！」「誰か見てないのー？」「アハッ！　どこにいるのー？」と街中を探し回っている姿が映っていた。最後の人めっちゃ見覚えあるぅ……

「うーん、村に避難する……でも街に行かないと泉で村に転送出来ないよなぁ」

泉があるのは街の中。歩いて村を目指すとしてもどこに向かって行けば村に着くかも分からない。

ファステリアスの街が一気にセーフティエリアから危険エリアになってしまったぞ？

「いや、待てよ？　えっと確か……」

ファステリアスが危険ならいっそ次の街に行くのもアリなのでは？　ハスバさんからの前のメッセージに、「北に次の街に進む道がある」とレベル上げの時にしたやり取りが残っているし。

「次の街に行っちゃおう！」

次の街。これが僕の活路！　方針が決まったな？

「一応ハスバさんに連絡しておこう」

ファステリアスの状況を教えてもらった事だし、まだ見つかっていないって連絡しておこう。

『現在森の中で潜伏中のハチです。これから脱出の為に次の街を目指そうと思います』

送信っと。

「んー、とりあえず服装は替えた方が無難かなぁ？　だとすると……」

今の装備はイベントで見られたからこの恰好《かっこう》だとバレる。なら着替えるしかない。

「シロクマだベアー」

シロクマコスチュームに変更する。着替えといってもこれしか無いし？

「そういえばこういうのって現実と大体一緒だよね？」

木の年輪を見ると方角が分かるという、うっすらした知識で、３本の木を手刀で斬る。

「おぉ、３つともこっちの方が狭い」

年輪が狭い方向が3本とも同じ方向だった。って事はあっちが北かな。

「僕は街の南東位に居るはずだから草原を突っ切るか、森を大回りしてボスの方に行かなきゃ」

そうやってどう北まで行くか考えている最中にハスバさんからメッセージが来た。

『こちらハスバカゲロウ。白いフード付きのローブを入手出来たのでこれから囮《おとり》作戦を開始する。念の為、救援の者をボスの所に向かわせたからそいつと一緒にセカンドラの街を目指してくれ』

白いローブを着たハスバさんがどこかの店から出ようと片手を上げ、背中側から撮ったちょっとカッコイイ写真が添付されていた。ファステリアスの街で僕のフリをして注目を集めるみたいだ。

『作戦の成功を祈る。こちらも直ちにセカンドラの街に向かって急行する』

その場のノリでそれっぽく返して北に向かうルートを考える。高速移動ならアレを使うか。

「うおぉぉぉ……めっちゃスリル！」

僕は草原を行く事にした。【擬態】を使い、体を草模様のクマボディにしてボードに腹這《はらば》いで乗る。隠蔽率を上げて高速移動する……が、顔が地面に近くて超スリリング。草原に人が居ない訳でも無いので気を付けて草原を抜ける。ハスバさんのお陰か草原に人が少なかったように感じる。

「ふぅ……後は、この森の先にボスが居るんだよね？」

北の森の中に次の街に向かう為の道がある。この道を辿《たど》ればボスの所まで行けるハズ……おっと、道を進むと何か白い霧の壁と人が数人その前で待っていた。木の上からその様子を確認する。

「よし、それじゃあ行こうか！」

「「「あぁ！」」」

4人組が霧の中に入って行くと霧が灰色になる。挑戦出来るかは色で分かるのかな？　あ、白くなった。ひょっとしてこういうボスはパーティ別というか個別で僕がもう入って戦えるのかな？

「行けるなら行くか。よいしょっと」

どんなボスか知らないが、四剣の王よりは楽だろう。でなきゃ四剣の王が可哀想《かわいそう》だ。木から飛び降り、人も居ないから【擬態】も解く。霧に触れると中にスルッと入る事が出来た。

「ウホ？」

「ゴリ……いや、オランウータン？」

スカートを穿《は》いて杖《つえ》を持ったオランウータンが座っていた。シロクマ《僕》とオランウータン。熱帯なのか寒帯なのか……とにかく絶対に会わない2体が出会った感じだ。

「ウホォ！」

「おっと！」

オランウータンが杖を構えると、地面から蔦《つた》がわしゃわしゃ出てきた。蔦に捕まりそうになったのでバク転で避ける。【パルクール】効果で結構余裕で避けられた。

「蔦の射程はそこまで長くない感じか」

バク転一回で蔦が届かない様だ。ボスは杖を持って天に祈りでも捧《ささ》げるようなポーズで膝をついている。あれ？　これボスの所まで行けばラッシュ出来るんじゃない？

「蔦を避けてオランウータンの方に行けば……」

蔦も数が多いだけ……前に出ると当然蔦が殺到するが、ギリギリ届かず僕の前をぺちぺち……なので【リインフォース】【オプティアップ　DEX】【リブラ　S（STR）toX（DEX）】を発動する。

「じゃあ次は僕の番だ！」

「ホッ!?」

DEXを上げて、目の前をぺちぺちする蔦の上を紫電ボードで越える。ボードの速さに蔦が追い付いていないのでそのまま突っ込んで、ボードから飛び降りドロップキックを喰《く》らわせる。

「まだまだぁ！」

起き上がったボスに対して左右にウィービングしながらフック。デンプシーロールを打ち込む。

「ホッ、オゴッ!?　オゴッ!?」

「これで終わりだー！　ショーリュ ーケッ！」

最後に大きく沈み込み、左腕でカエルアッパー。ボスは頭から地面に落ち、動かなくなった。

「KO！ってね！　なんか、あっけないな……いや、最初のボスならこういう物か」

僕より多分レベルが下だから正直体力が多いだけで大したこと無かったな……

「うぅ……やっぱりこれは大分疲れるや……」

デンプシーロールでボスのHPを持っていく為に結構長めにやったから中々に疲れた。

「よいしょっと」

動かなくなったオランウータンに合掌してからナイフを突き刺す。一応戦った相手だしね？

『森賢人の毛×20　森賢人の皮×12　森賢人のスカート　を入手』

1個どうしても見たくない物が混じってるけど……スルーして、とにかく次の街の方に向かおう。

「ん？　またメッセージ？」

ハスバさんからまたメッセージが届いていた。

『救援の者が今ボスの場所に着いたらしい。狼《おおかみ》連れの男が救援の者だ。合言葉は「動物、好きかい？」って聞かれたら「うん、大好きさ！」だ。そいつと一緒に行けばセカンドラの街にいk』

文章が途中で切れている。囮作戦中って事も考えると逃げながらも書いた文なのだろう……自然と敬礼をしていた。あぁ、空に薄《う》っすら忍者頭巾のハスバさんが見える気がする。

「人が待ってるし、行くか」

ハスバさんなら追われている状況を楽しんでそうだし、心配しなくても良いか。ボスフィールドに光の扉……というか穴が出てきたからあの中に入ればボスフィールドを出る事が出来るのかな？

「いよっと！」

光の穴に入ると景色が一転して目の前に草原が広がっていた。

「「うわっ！」」

飛び出した先で僕の前にモヒカンの男の人が立っていた。モヒカンの人は急に出てきたシロクマにビックリして、僕はトゲトゲ肩パッドを付けた世紀末スタイルな人が居たからビックリだ。

「モヒカン？」

「うおっ!?　く、熊が喋《しゃべ》った!?」

二重で驚くモヒカンさん。でもモヒカンさんの足元に狼が1匹……あれ？　この人は……

「ちょっと待ってください。これで……」

シロクマコスチュームを脱ぐ。そうすると白いローブに黒い仮面のいつもの姿の僕が出てくる。

「はぁ!? あっ! 動物、好きかい?」

「うん、大好きさ!」

やっぱり合言葉だ。だから僕も合言葉を答える。

「ハスバからお前さんの事を頼まれたダイコーンだ」

「ハチです。よろしくお願いします」

ダイコーンさんが右手を出してきたので僕も右手で握手する。あ、仮面も首輪形態にしておこう。

「ワンッ(よろしく!)ワンワンッ(僕ははんぺん!)」

白い狼がこっちに来て自己紹介をしてきた。【呼応】の効果か、はんぺん君の声が聞こえる。

「はんぺんって言うのかぁ、よろしくー」

「お前、はんぺんの言葉が分かるって事はサモナーなのか!?」

僕の両手を摑《つか》んでくるダイコーンさん。世紀末スタイルで迫られると中々に迫力がある。

「あの、ごめんなさい。僕はサモナーじゃ無いんです。スキルの効果で聞こえるだけで……」

「信頼関係の無いサモナー以外でも聞けるのか!? どんなスキル……あぁ、秘密なんだったか」

「そこまで伝わってるんですね。はい、秘密です」

どうやらハスバさんが事前に僕の事を説明していたらしい。

「了解だ。次の街に行くとしよう。ならさっきの可愛《かわい》い奴を着ておいてくれないか?」

「え？」

ここまで隠密《おんみつ》で来たからこのまま隠密で行きたいが、何故《なぜ》シロクマを着る事になるんだ？

「よし、今はハチ君では無くこんにゃくという、俺の召喚獣として誤魔化そう」

「なるほど、それは良いアイディアですね。じゃ、言葉にも気を付けて……ベアー？」

「良いじゃないか、それで行こう！」

こうしてダイコーン、はんぺん、こんにゃくのおでんトリオで次の街を目指す事になった。


「「「「よっしゃ！　勝ったぁ！」」」」

後ろの方で4人組の声が聞こえてくる。どうやら勝てたみたいだ。

「ヒャッハー！」

「「「「!?」」」」

突然のダイコーンさんのヒャッハーに困惑する4人組と僕。何とかすぐに平静を装う。

「ボスを倒せたみてぇだなぁ？　回復は残ってるかぁ？　無いなら道から逸《そ》れんじゃねぇぜぇ？」

あ、ただの良い人だこれ。

「え、あ……はい」「ひっ……」「うわっ……」「なに、誰？」

急にこんな人が出て来たらそりゃビックリするよね……

「次の街に着く前にお陀仏《だぶつ》にはなりたくねぇだろ？　消耗しているなら道から逸れるなよぉ？」

突破おめでとう！　今死んじゃうと戻されちゃうから気を付けてね！って所か？　ダイコーンさ

んを警戒して4人組は道を走って行った。その気持ちも分かるけどダッシュする程だろうか？

「それロールプレイですか？」

「あぁ、こういうロールプレイがしたかったんだ」

「ワンワンワン！　（口調が安定しないんです）」

ロールプレイの時とそうじゃない時のオンオフがあるタイプの人なのね。

「4人組は回避出来たみたいですし、行きましょうか」

「おっと……遅くなったが一応、すぅ……ヒャッハー！　1人でよくボスを突破出来たなぁ？　だが、1人じゃこの先は危ないぜぇ？」

人のロールプレイだし、ケチを付ける訳じゃ無いが、素を見てしまっているから反応に困る……

「それ、お約束なんですかね……」

「まぁ、お約束だよ……」

そんな風に話して道を歩いていると木と道端でしゃがんで泣いている女の子が居た。

「ヒャッハー！　嬢ちゃんどうしたぁ？」

話し方……いや、今僕はシロクマでダイコーンさんの召喚獣だ。ここは見守ろう。

「お母さんの為に、薬草を、帰りに鳥に襲われて、お母さんの袋だから、でも手が届かなくて」

木の上を向くので視線を追ってみると枝に手提げ袋が引っかかっていた。なるほど。大体どういう経緯か分かった。と思っていたら、ダイコーンさんからウィスパーが飛んで来た。

（俺としては助けたいが……何か投げて落とすのはダメそうだからどうしようも無いぞ……）

ウィスパーで返事しても良いけど、ここは何も答えずに行動で示そう。

「ベア！」

「くまさん？」

任せろ！　という感じで両手を腰に当てて胸を張る。多少オーバーにした方が安心するハズだ。

「ハ、こんにゃく。行けるか？」

「ベア」

今普通にハチって言いかけたよね？　言ってないから良いけど……二回頷《うなず》いて実際に木を登る。

「よいしょっと、あ、ベアー」

木を登り、袋に辿り着く。中に薬草もあるし、これで間違いないだろう。袋を枝から外し、下りようとすると木が急にガサササッ！っと大きく揺れ、僕を振り落とそうとするが、【ラフライダー】の効果で体が木に吸い付く感覚があって落ちない……【ラフライダー】が発動した!?

「ベアッ！」

手を振るとダイコーンさんは理解したのか、女の子を抱いて離れてくれた。危機的状況だから女の子を抱く世紀末モヒカンを咎《とが》めないで欲しい。木はまだ暴れるので、僕も手提げ袋をポシェット《インベントリ》に仕舞って、木から飛ぶ。なんとなく空中で2回転ひねりしてから着地。フィニッシュポーズ。

「おぉぉ！」

女の子がパチパチ拍手してくれる。嬉しいね？

「何してんだ！　危ないぞ！　早く離れろ！」「ひぇ～」

ダイコーンさんが僕の後ろから大きな声で注意する。顔のある木が根を足の様に動かしてこっちに来る。トレントって奴か？　葉っぱで攻撃してくるし、このままだと女の子に当たる可能性があるので左に回避する。ダイコーンさんは女の子と右方向に走る。言わなくても分かってるなぁ？

「はんぺん！　【フレアファング】！」

「ガウッ！　（了解！）」

「グギャー！」

はんぺんの牙から炎が出て、噛《か》まれた所が燃えるトレント。やっぱ木には火が効くんだねぇ？

その後の戦闘はとてもスムーズだった。まずダイコーンさんがはんぺんの他に2体召喚した。

「行け！　ちくわ！　しらたき！」

どこまでもおでん……

「クワー！　（やるぞー！）」「――――！　（気を付けないとダメですよ）」

大きいアリクイと少し溶けてる女性っぽい形のスライムがダイコーンさんの後ろから現れる。

「ちくわ！　あいつを止めろ！　しらたきは【ウォーターレーザー】！」

「クワー！　（任せて！）」「――――！　（了解！）」

ちくわ君が二本足で立ち上がり、両手を広げてヘイトを稼ぎ、横からしらたきちゃんが水のレーザーで枝を切り落とす。あのレーザーは当たったら手足も吹き飛びそうだ。

「ヒャッハー！」

いつの間にか斧《おの》を手に持ったダイコーンさんがトレントに突き立てる。似合ってるなぁ。

行動阻害《ちくわ君》、遠距離攻撃《しらたきちゃん》、牙《はんぺん君》とダイコーンさんで近接攻撃……僕の出番が全く無いな。

「グギャァー……」

トレントが倒れる。討伐出来たみたいだ。

一応、攻撃が漏れた時に備えて女の子の位置を調整していたから突然葉っぱが飛んできても僕が盾になれるようにはしていたが……無駄だったみたいだ。

「ベアベアー」

「凄かったー！」

女の子と一緒に拍手してダイコーンさん達を労《ねぎら》う。あっ、僕には経験値入ってないや……

「ヒャッハー！　ざっとこんなもんだぜぇ！」

斧を担いでこっちに来るダイコーンさん。

流石に女の子が怖がると思うので両手で制止する。

（怖がっちゃうからせめてその斧を仕舞ってください）

（あ、悪い……）

２ｍ以内に入ったのでウィスパーで話しかけて女の子に気付かれずに会話する。

「おっ、そうだ！　こんにゃく！　袋はどうした？」

「あ、ベアッ」

ポシェットからさっき仕舞った手提げ袋を取り出す。穴とかは空いていないよね？

「良かった……穴も空いてないし、ちゃんと薬草もある……」

袋を確認してるが、この子は薬草を取りに森に入ってるし、お母さんは相当心配しているだろう。

早く戻った方が良いんじゃないかな？

（ダイコーンさん。この子多分次の街から来てますよね？　送った方が良いと思うんですが）

（同感だ。俺よりもハチ君の方が女の子が喜びそうだから頼めるか？）

モヒカンと手を繋《つな》ぐ女の子とシロクマと手を繋ぐ女の子なら多分後者の方がマシだと思う。

「ベア、ベアベア！（一緒に街まで行くって伝えてください）」

ダイコーンさんには、喋れない僕の代わりに女の子に伝えてもらう。

「嬢ちゃん？　セカンドラの街から来たんだろ？」

「う、うん……」

怖がってるぅ、仕方が無い。ここは僕が軽くダンスでも踊って……

「このくまさんが君が心配だから街まで送りたいらしいぜぇ？」

「本当!?」

どうやら踊るまでも無かったみたいだ。女の子の目が輝いているから頷いておこう。

「他の人の邪魔になっちまうからな。ちくわ、しらたき、ありがとうな。休んでいてくれ」

「クワー（はーい）」「―――――（お疲れ様でした）」

ちくわとしらたきの足元に魔法陣が出てきて、2体がこっちに手を振りながら消えていった。

「よし！　そんじゃあ行くとするかぁ？　道中嬢ちゃんの話でも聞かせてくれよぉ？」

だから言い方……

「そうか、大変だったんだな……」

「お金も無いから街のお薬も買えなくて……自分で薬草を取ってくるしかなくて……」

この女の子、アミーちゃんは母親と2人で生活していたらしいが、母親が足を怪我《けが》をしてしまい、治療の為に薬草を集めていたらしい。良い子だ。

歩かせるのも可哀想だし、肩車……というより、頭に乗せて街に向かっている。

背中のチャックに触れないでくれたからアミーちゃんめっちゃ良い子に格上げだ。手提げ袋にこっそりとアプリンの実とボス戦で得た10000Gを入れておく。

「おっと、見えてきたぜ、セカンドラだ」

「鍛冶の街なんだよ！」

街の至る所から煙が出ているると思ったが、あの煙は工房とかの煙なのか。

「ファステリアスに比べたら武器や防具が安いし、鉱山も近いから結構世話になってるぜ」

（俺はこの先の街まで進んでいるが、素材を集めたらここで装備を作ってもらう事もあるぞ？）

（へぇ、じゃあここの職人さんの腕は確かなんですね）

戻ってまで武具を作ってもらうって凄いな？　僕の場合は使わない可能性が高いけど……

「はんぺん、一旦戻ってくれ」「ワン（はい）」

街に近付いている最中にダイコーンさんがはんぺんを帰した。なんでだろう？

（街中に連れて歩ける召喚獣は1体までだ）

（なるほど、ご迷惑をおかけします……）

僕がダイコーンさんの召喚獣として街に入るからはんぺんを帰還させてくれたのか。感謝。

「さぁ、暗くなる前に帰らねぇとなぁ？」

「はーい！」

「んじゃ、家まで案内してくれるか？」

「こっちだよ！」

アミーちゃんに家まで案内してもらうと、大通りから裏道に入り、スラムの様な所に行く。

「アミー!? どこに行ってたの！」

「お母さん!? 動いちゃダメでしょ!?」

フラフラで周辺を見ていたお母さんと思《おぼ》しき人。似てるなぁ……

「お母さんの為に薬草を取ってきたの！ ほら！」

「私の為にそんな危ない事して……」

「良い娘さんじゃねぇか？ なぁ？」「ベアベア」

中々出来る事じゃ無いと思うよ？

「おじさんとくまさんに助けてもらったの！」

「えっ！ 何かお礼を……」

「礼が欲しくて助けたんじゃねぇ。困ってたから助けただけさ」

モヒカンがこんなにカッコイイ髪型に見えたのは人生始まって初かもしれない。

「ですが……」

「クマ、あっ、ベア！」

足を怪我してたのに捜す為に歩いていたなら痛むだろう。ポシェットから野戦生薬を取り出す。今から薬草を薬に変えるよりこれを使った方が早い。

「これは？」

「ベア（薬です）」「薬だそうだぜ？」

ダイコーンさんに翻訳してもらう。面倒だけどそういう設定でここまで来ちゃったからね？

「ベアベア、ベアベア（苦いけど回復薬です。余り物だからお代は要らないので）」

「余ってた物だから金は要らねぇって言ってるぜぇ？　あと苦ぇってよぉ？」

「え？」

言い方よ……そりゃそうだ。そんな言われ方したら困惑するに決まってる。

「ベア」

「んごっ!?　割と苦いな……だが、しっかり回復はするな」

「ベーア！」

ダイコーンさんの口に野戦生薬をねじ込み、食べても大丈夫だという事を目の前で見せる。

「本当に貰《もら》っても良いのかしら？」

「ベア」

頷いておく。怪しまれちゃうのは仕方が無い事だね。だって自分でも怪しいと思うもん。

「おかあさん。このくまさんは良い子だから大丈夫だよ！」

アミーちゃんの説得？　により野戦生薬を飲むアミーちゃんのお母さん。

「そ、それじゃあ……うっ、苦い……あれ？　嘘《うそ》、治ってる！」

苦いのは我慢してほしい。スカートをめくり、傷が消えた事を確認している。とりあえず目を逸らして隣のモヒカン頭を見て心を静めようとしたらダイコーンさんと目が合った。見た目としては凝視してもなんの違和感も無いのに中身はかなり紳士だなぁ？

「あっ、ごめんなさい……見苦しい物を……」

「そんなこたぁ……ねぇけどよぉ？　みだりに肌を見せるモンじゃないぜぇ……」

美形だから緊張するのも分かる。でも世紀末モヒカンのその姿はなんか見たくなかった……

「ありがとー！　お母さん元気になったー！」

「ベアッ！」

アミーちゃんのお礼で仕切り直し、２人で回れ右する。

「そんじゃ、俺達は行くぜ」

「あの、これ、良かったら……」

アミーちゃんのお母さんが小さな包みをダイコーンさんに渡す。

「これは……匂い袋か？」

「はい、虫除《むしよ》けの効果があります。この位しか……すみません」

「いや、俺にとっては最高に嬉しい物だぜ？」「ベア？」

虫除けがそんなに嬉しい効果なのかな？

「俺が進んでいるサーディライの街の先に出てくる敵は虫だからこれが重要になりそうだぜ」

なるほど、虫が相手になるなら虫除け効果がある物は欲しいかもしれない。

「そうですか！　良かった……これを作っているんですが、全く売れなくて……」

「こんな物《アイテム》が売られているのも見た事が無かったな……なぁ？　これは今どのくらいある？」

「え？　今なら30個程家にありますけど……」

「1つ幾らだ？」

「200Gです。あまり多く作れるものでもないので……」

「よし！　あるだけ全部買うぜ。嬢ちゃんになんか美味《うま》い飯でも食わせてやってくれ」

男前だぁ……

「本当ですか！　ありがとうございます。直《す》ぐに持ってきます！」

走って行くアミーちゃんのお母さん。あの……アミーちゃんが置き去りなんですが……

「遅くなりました！　家にあった30個です！」

30個の匂い袋を持ってきた……名前聞いてないからマミーさん（仮称）と脳内で呼ぼう。

「助かるぜ。んで、お代はこれくらいが適正だぜぇ？　受け取れないなんて言うんじゃねぇぞ？」

大銀貨《3000G》3枚をダイコーンさんがマミーさんに握らせる。恐ろしく高くなってるんですが……

「こ、こんなに……ありがとうございます！　ありがとうございます！」

感謝して大銀貨を受け取るマミーさん。これでアミーちゃんも薬草集めに行かなくて済むだろう。

「ベアベア？　（なんでそんなに高く買うんです？）」

「それじゃあ俺達は帰るぜ（虫が出るって言ったろ？　居るんだよ……黒光りするアイツが）」

「ありがとうございました！」「バイバーイ！」

あぁ……苦手な人なら幾ら払っても虫除けが欲しいってのも分かる。これをダイコーンさんが持って行って最前線で売ったりすれば更に高値でも売れそうな気もする。

「いやぁ、こんなクエストがあったとは知らなかった」

「え？　クエスト？　これクエストだったんですか？」

「は!?　ハチ君にはクエストが出てなかったのか……何故だ？」

まじ？　クエストとかそんなの出てこなかったんだけど？

「匂い袋……僕がまだその虫の場所まで行ってなかったから条件が足りてなかった……とか？」

条件が揃《そろ》えば発生するクエストだった。というのが僕の中で一番あり得そうな気がするな。

「俺がここに戻ったから発生したクエストでハチ君はそれを無償で手伝った……って事か？」

「僕としては構わないんですけど……イベントも終了したし、レベル上げも一旦お休みって事で」

クエスト1つ位で怒っても仕方が無い。いつまでも固執したところで時間の無駄だ。

「見返りも無いのにそれで良いのか？　運営に報告するべきじゃ無いのか？」

「条件をクリアしてなかったからだと思うんで、報告の必要は無いと思いますけどね？　クエストをクリアして匂い袋を貰えたのが報酬であってますか？」

「ん？　そういえば……後日店が出ると書いてあったな？」

「じゃあこのクエストってゲーム内で1回きりのクエストだったんじゃないですかね？」

アミーちゃんとマミーさん（仮称）のお店が出来る為のクエストだったのかもしれない。

「な、なら尚更《なおさら》……」

「そこまで気にする必要ありますかね？」

自分のお陰でって言いたい人は居るだろうけど僕は別に……だって街を利用する事がね？

「ハスバから聞いていた以上だな……」

「え？　何か言いました？」

「いや、何でもない。君がそれで良いと言うなら。だが、せめて匂い袋1つは受け取ってくれ」

「いえいえ……そうだ。僕が困った時に助けてくれるっていうのはどうです？」

今、何か貰うよりも貸し1つの方が良いな。僕だと匂い袋が無駄になるかもしれないし。

「そうか、分かった。それで良いのならそうしよう。他に見たい所とかあるか？」

「見たい所……というかその前にフレンド登録しませんか？」

「あぁ、そういえばまだ登録していなかったな……何故か既にフレンドだと思っていた」

ダイコーンさんとフレンド登録を済ませる。やったね！　フレンドが増えたぞ！

「で、見たい所でしたっけ？　なら泉に行きたいですね。泉が使えれば色々行けますし」

「泉か、ならついでに教会も見ていったら良いんじゃないか？　ステンドグラスとか綺麗《きれい》だぞ」

モヒカンで教会の事を語るのちょっと面白いから笑っちゃいそうになる。

（そういえば転職はした事あるのか？）

（まだ無いですね？）

人が多くなってきたので、ウィスパーチャットで会話する。なんかこっちを見てくる人多いな？

（教会でその辺も出来るぞ？）

（そうなんですね。行った事無かったんで知りませんでした）

ファステリアスでもそうだけど僕、街を有効活用してないな？

「ヒャッハー！　来たぜぇ？　教会だぁ」

人が居るからかロールプレイモードが入るダイコーンさん。周りから引かれてないかな？

「可愛い……」「いや、でもあれは……」「流石に触らせてとは言えないな……」

まぁモヒカンとシロクマがセットで居たらそれは気になるよね……

「それじゃあ行くぜぇ？」

「ベア、ぷぎゅ!?」

２人で教会に入ろうとしたら透明な壁にぶつかった。鼻がぁ……なんか神父さんも来た。

「申し訳ありません。召喚獣と共に教会には入れません。ご容赦ください……」

「（な、なぜ!?）あ、あぁ……すまない。うっかりしていた」

ダイコーンさんがかなり混乱している。それはそうだろう。だって僕はプレイヤーなんだから。

「ベアベア」

ダイコーンさんに手を振って外で待つ。なんで弾《はじ》かれたかは……多分アストレイ・オブ・アームズのせいだろう。魔物にしか装備出来ない物を装備した僕はイレギュラーもいい所だ。

魔物と判断されて弾かれるのも無理はないが、今の恰好なら怪しまれては無いかな？

「ベアー」

手を前に出して確認する。するとガラスの様に透明な壁で阻まれる。うん、無理だね。

「ベッベベッベッベ、ベッアベッア♪」

諦めて歌いながら教会の周りを回ってみる。どこかに入れる穴とか無いかなぁ？

「可愛いなぁ？」「主人があれじゃなかったらなぁ？」「写真撮りたい」

「あの白ローブが居ないかこっちに来てみたら可愛い物が見られた！　ラッキー！」

ダイコーンさんの作戦が功を奏し、僕を見はするけど、後をつけようとする人は居なかった。

「んー、やっぱ無いかぁ……ん、何だ？　何か落ちてる？」

穴は無く、諦めて戻ろうと思った時に路地に黒い小箱が落ちていたので拾う。落とし物かな？

『貧呪の魔硬貨が装備されました』

「ファ!?」

ちょちょちょ!?　いきなり装備って何事!?ってダイコーンさんからメッセージ来てる！

『おーい？　どこに行ったんだ？』

あぁ、急いで戻らないと。でもこれ……ってあの箱消えてる!?　仕方ない、一旦戻ろう。周りに誰も居ないし、返す相手も見つからない。これは仕方ないんだ。

「ベア（すいません辺りを見てました）」

「戻ってきたか（いや、大丈夫だ。なら行こうか）」

めっちゃ紳士……とりあえずさっきの事は一旦忘れて、ダイコーンさんと泉に向かう事にする。

「よし、それじゃあ戻るか（ここまでで良いのか？）」

「ベア（はい、ありがとうございました）」

泉の移動にはぐれ者の村は０Gで、ファステリアスは１０００G……ヴァイア様あざっす。

（せーのっ！）

タイミングを合わせて転送する。これで怪しまれる事無く、僕だけは村に帰れるはずだ。

気が付くと村中央の泉の前に立っていた。あぁ、なんだか安心するなぁ？

「ふぅ……もはや懐かしい気さえするね？」

「ん？　おぉ！　ハチじゃないか！　おかえり！」

丸太を肩に担いだドナークさんが挨拶をしてくれた。帰ってきたんだなぁ……

「ただいまー！　手伝う？」

「いや、これを運んで終わりだから気にしなくて良いぞ？　今新しい家を建ててんだ」

「新築の家かぁ……どんな家だろう」

ドナークさんを追いかけ、ついでに【オプティアップ　STR】を掛けてあげる。

「これくらいはやらせてよ？」

「おぉ！　サンキューハチ！」

力が若干上がったせいなのか丸太をポンポンお手玉するドナークさん。近寄るのは結構怖いぞ？

「持ってきたぞー」

「よし、じゃあそれで……ハチ！」

「「「「ハチ？」」」」

大きな建物の前で集まりドナークさんを待っていたみたいだが、僕が一緒で注目が集まる。

「ただいまー」

「「「「おかえり」」」」

アトラさん、ヴァイア様、ワリアさんに姫様、それにミミックさんが建物の前に居る。

「これは？」

「住民も増えたし、村を拡張しようかと思ってな」

「なるほど、じゃあこれは誰かの家なの？」

「あぁ、ハチも知ってる奴の家だぞ」

「僕も知ってる？」

「おっ、噂《うわさ》をすれば帰ってきたな？」

「ん？　うおっ!?」

「はっはっは！　帰ってきたぞー！」

ワリアさんと同じ方向を見ると、デカいドローンに乗るヘックスさんとピュアル。それに付随するパーライさんとホーライ君がデカい猪《いのしし》を鷲掴《わしづか》んでいる。ん？　よく見たらちのりんも居る！

「あっ！　ハチだー！」「お久しぶりです」「ぽよっ！」

「おぉ！　ハチ！　帰ってきてたのか！　なら私の新築祝いの宴《うたげ》に参加してくれ」

「あぁ！　ここヘックスさんの家なんだ！」

他の皆の家に比べたら大きな家だけどヘックスさんなら納得だ。ピュアルも居るし、さっきまで飛んでたドローンがバイクになったし、駐車場が必要だから他の皆の家よりもデカいんだろう。

「よーし！　仕上げだ！」

ドナークさんが丸太を家の中持ち込む。家の中からガコンッガコンッと音がする……本当に大丈夫かと心配だったが、音が聞こえなくなると家全体がピカッと一瞬光った。完成の合図かな？

「ふぅ、出来た！」

中からドナークさんが汗を拭って出てきた。なんだろう……棟梁《とうりよう》みたいだ。

「よし、家も完成した事だしやるか！　ハチ、飯を作るの手伝ってくれ」

「はーい」

ワリアさんに呼ばれたので一緒に移動する。

「うわっ、なんですかこれ!?」

「皆で喰うんだからこれくらいデカくないとな？」

ワリアさんについて行き、辿り着いた先にあったのはキャンプファイアよろしく積まれた丸太とその上の超デカいフライパン……というか鉄板が置いてあった。これで猪肉を焼くのか……

「下処理は済んでるから肉を丁度良い大きさに切り分けてくれ」

「分かりました」

猪肉の切り分けを任されたので、皆に合わせたサイズに切る。

「よし！　そんじゃあやるか！」

「はい！　こっちも準備出来ましたよ！」

「早く早く！」「待ちきれないぞ！」

お肉の準備していたら皆がもう鉄板の前で待っている。早くなーい？

「わりぃ、止められなかった……」

「仕方ないですよ。皆もう来ちゃったし、始めますか！」

ワリアさんが謝るが、バーベキューみたいな物だし、楽しみで早く来ちゃうのは分かる。

「私の家！　完成おめでとう！」

「「「「おめでとう！」」」」

ヘックスさんの新築祝いが始まる。まずは肉だ。ジュワァっといい音。ここで塩を一振り。こう、腕でバウンドさせる感じで……あぁ、ローブの中に……失敗したなぁ。普通に塩を振ろう。

「なーにやってるんだハチ？」

「ちょっとカッコつけようとして……」

失敗を反省して……ってドナークさん何の迷いも無く大きい方の肉を焼いてるなぁ？

「あ、姫様？」

「ん？　どうした？」

ちゃんと姫様サイズに切ったお肉を美味《おい》しそうに食べていて悪いけど今の内に相談しておこう。

「ごめん！　姫様から貰ったお守りなんだけど……効果発動しちゃって壊れちゃったんだ」

「何!? これが発動するという事はハチ、一回死ぬほどのダメージを負ったのか!?」

姫様が大きい声で言うので皆がこっちを向く。

「ちょっと旅人同士の武闘大会に出たら爆発魔法を使う人が居てね……勝つ為に使ったんだ」

「なるほど……勝ったんだよな?」

「うん、姫様のお守りが無かったらあそこで負けてたよ」

「そうかそうか! よし! すぐに直してこよう!」

「あっ、ちょっと……」

お肉が焼けているのにあっという間にどこかに行ってしまった。食べた後で良かったのに。

「ハチ、少しアミュレットを貸せ」

「あ、はい」

姫様が行ったら次はヘックスさんがアミュレットを貸せと言ってきた。

「ピュアル」「————!」

ピュアルとヘックスさんがアミュレットに白い魔力を流し込んだ。

「よし、この村に住むんだし、これも恒例行事? なんだろう?」「————!」

ヘックスさんとピュアルから返してもらったアミュレットを見てみる。


アストレイ・オブ・アミュレット レアリティ ユニーク

STR＋80　DEF＋50　INT＋90　MIND＋60　AGI＋130　DEX＋150
耐久値　破壊不可
特殊能力　HP、MP自動回復（大）　身体系状態異常超耐性　採取の目（※1）　電磁防御（※2）　欺瞞《ぎまん》（※3）　ジャミング（※4）
（※1　採取をしなくてもアイテムの情報を確認出来る）（※2　遠距離からの攻撃に限り、30秒間自動で防ぐ事が出来るシールドが発動する。一度発動すると1時間再使用不可）（※3　戦闘状態に入っていない場合、ほとんどの敵に先制攻撃される事が無くなる）（※4　探知、察知、誘導系のスキルや魔法等で発見されなくなる）
ハグレ者達の想いが詰まった結晶体。思い出や信頼が形となったとても貴重なアミュレット

返ってきたアミュレットは数値が若干向上して、新しい能力が追加されていた。

「ヘックスさんもピュアルもありがとう！」

「なに、ピュアルの件での礼も足りないと思ってたし、丁度良い」「────！」

ありがたいけど今の主役はヘックスさん達だから申し訳なさが凄い。

「さ、続きだ続きだ！」

僕のアミュレットの性能強化が終わって肉を食べに戻るヘックスさん達。戻らないとドナークさんが全て食べ尽くしてしまいそうな勢いだったからちょっと焦ってたな……

「アトラさん」

「ん？　どうしたハチ？」

アトラさんに話しかける。放置していたあの問題について話さなければならないだろう。

「この新築祝いが終わった後で良いので時間貰えます？」

「良いぞ、後で良いんだな？」

「はい、後で僕の家で会いましょう」

「分かった」

アトラさんと会う約束を取り付けたから、今は皆の為に料理だ。あ、姫様が帰ってきた。

「あー！　私の分は！」

すっかり寂しくなった鉄板だったが、ワリアさんが持ってきた野菜とまさかの麺が登場したので僕が焼きそばを作った。簡単な塩焼きそばで少なくなっていたお肉も多少は嵩増《かさま》し出来たと思う。

「結構ドナークさんが食べちゃったけど……はい、これは姫様の分。出来たてだよー」

「おぉ！　久々のハチのご飯だ！」

残っていたお肉をドナークさんの魔の手から死守し、若干お肉多めに盛った姫様用の塩焼きそばを渡す。この木の皿とかも中々オシャレだなぁ……自分でも作ってみようかな？

「ずぞーっ！　うん！　美味い！」

思いっきり麺を啜《すす》る姫様。はしたないとか言われそうだけど、こう食べてくれた方が僕は嬉しい。

人の目を気にして冷めちゃうのは作った側も食べる側も微妙な思いをしてしまう。

「んー！　美味かった！　ほい、ハチ。修理してやったぞ！」

色味が戻ったお守りが姫様から手渡される。このお守りは出来る限り壊さないようにしたいな。

「ありがとう姫様。ほっぺに麺付いてるよ？」

「おっと……えへへ」

姫様という肩書きとしては別として、この村じゃ一住人だから自由で良いのかもしれない。

「それじゃあ皆さんおたっしゃで～！」

「────！」「「「「あーい」」」」

これ皆で飲み食いしたかっただけだな？

酔ったヘックスさんを肩に担ぎ、新しく出来た家に向かうピュアル。頼もしいなぁ？　むしろピュアルが居るからヘックスさんはあれだけ酔えるのか。

「おうハチ！　いきなり手伝ってもらって悪かったな？　後片付けはやっておくから休んでくれ」

「はーい、お疲れ様でしたー」

ワリアさんが片付けをするらしい。アトラさんと会う前に例の物の確認をするか。

貧呪の魔硬貨　レアリティ　カースド　全ステータス＋10％　耐久値　破壊不可
特殊能力　一得一失の呪い　この装備は外す事が出来ない。ステータスが上がる代わりにお金を入手出来なくなる。　悪魔が人を惑わせ、狂わせ、苦しむ様を見て楽しむ為に作りだした悪趣味な呪われたアイテム。装備した者はお金に苦しむ事になるだろう。

普通のアイテムじゃないと思っていたけど、まさか呪われたアイテムだったとは……

「ハチ？　居るか？　ん？　何しているんだ？」

装備欄にあるから名称と効果は分かるけどどこに装備されているか分からない……どこだ？

「あ、なんか呪いのアイテムが装備されたみたいなんだけど、どこに装備されてるか……」

「ハチは本当に……何かしでかさないと生きていけないのか？」

「僕は別に何か悪い事してやろうと思ってやってるつもりは無いんだけど……」

僕は別にやらかしたくてやらかしているんじゃない。勝手に向こうからやってくるだけだ。

「黒い小さな箱を拾ったら急に装備されちゃって……どこにあるかなって」

僕の言葉でアトラさんが何か思案している。アトラさんにはどこにあるか見えているのか？

「ハチ、ビックリするなよ？　ハチの体の中に何かあるぞ？」

「……どうりで見つからない訳だ」

体の中か、そりゃ探しても見つからないや。だって体の表面は探せるけど中は流石にね？

「マジで驚かないのか……」

「可能性はあるかなって。でも、体の中にあるのは困るなぁ？　アトラさん、取り出せそう？」

装備を外せないにしても体内にあるのは嫌だ。せめてポケットに入ってる位が良い。

「酷な事を言うな。儂《わし》にお前を刺せと言っているんだぞ？」

でも自分の腹に手を刺し込んで呪いの硬貨を取り出すのは失敗する気しかしない。

「アトラさんにはどこに魔硬貨があるか分かるんですよね？　ならアトラさんに任せたいです」

「……分かった。出来るだけすぐに終わらせる。すぐに回復出来る様に回復薬を用意しておけ」

「はい、お願いします。一応木でも噛んでおこうかな……」

体を確認すると左脇腹辺りが黒くなってる……この辺りにあるんだろう。リラックスだ。力むと絶対痛い。木を噛み、右手に野戦生薬を持ち、その時を待つ。

「行くぞ」

「ふぁい《はい》！」

アトラさんの合図の直後僕は目を瞑《つぶ》った。スローで自分の腹を貫かれる所なんて見たくな……

「かふっ……」

気が付いたらお腹《なか》に穴が開いていた。あぁやばい、めっちゃ痛い！

「んぐっ……スゥ、ハッハッハッハッハ……」

野戦生薬を飲み込み、システマの呼吸法で痛みを抜く。

「大丈夫かハチ!?　急に過呼吸になったが……」

「結構、痛かっ、たから、痛みを、抜く、為に……」

傷が塞がった腹を見てみると黒くなっていた部分は元の肌色に戻っていた。

「取り出す事には成功したが……呪いは流石に解けんぞ？」

アトラさんがそう言うと僕の掌の上に真っ黒な硬貨を置いた。これが貧呪の魔硬貨……

「呪いってどうやったら解呪？　出来るんですかね？」

「呪いは確か……昔、ワリアが教会に寄付をすると呪いを解いてもらえると言っていたな」

「じゃあ僕は解呪は無理？　お金無いし、お金が手に入らなくなる呪いだし、教会も入れないし」

教会に入れない。解呪にお金が要るが、お金を稼げない呪い。これは詰んだか？

「いや、諦めるのは早い。高位の聖魔法使いや神官か僧侶ならば呪いを解けるかもしれないぞ？」

「そっかー、教会じゃなくても解呪のチャンスはあるんだ」

まだ詰んではいない。ならやり様はあるな……

「うーん、おりゃ！」

物理的に距離を開けたら呪いから解放されるかな？　と思い、魔硬貨を投げる。

あれ？　今【投銭術】が発動した？　遠くに飛んで行ったけど、いつの間にか掌の上に戻ってきている……おっと？

「アトラさん？　呪いって別に解かないと死んじゃうって訳じゃ無いですよね？」

「ん？　死の呪い等では無いのなら死にはしないハズだが……」

「ほうほう？　ごめんなさいちょっと出てきます」

「お、おう？」

アトラさんを置いて村から出る。何でも良い。何か良い的は……

「キシャー！」

「蛇さんお久しぶりー！　おりゃ！」

蛇の口に魔硬貨を投擲《とうてき》すると【投銭術】が発動。威力が増し、蛇を貫通して倒した。

「……僕、このまま呪われたままでも良いかもしれないな？」

掌に戻ってきていた貧呪の魔硬貨。お金が手に入らなくても呪いの効果で手元に戻ってくるお手軽遠距離用武器になるなら、僕としてはある意味この呪いこそ大儲《おおもう》けの代物かもしれない。

「戻ってくるの超便利だなぁ！」

弱い奴なら投擲だけで倒せるし、倒せなくても何度も使える中距離攻撃……僕へのデメリットはお金の入手不可だけだ。街の設備もほぼ使わない僕にはデメリットが無い。

【投銭術】の説明には『価値が高い硬貨は威力が上がる』って説明だし、レアリティが高い硬貨にも当て嵌《は》まりそうだ。

「威力的にも馬鹿みたいに高い訳じゃないから耐久値を参照にしてるとも言えないし、これはレアリティが一番怪しいよねぇ？　レアリティがカースドっていう見た事無い物だし」

流石にデカい敵相手だと一撃では倒せないけど何発か急所に当てれば倒す事が出来た。強化無しでの僕の掌打くらいの威力が出てる。ちょっとレア度が高いのか低いのか良く分からないな……

「よし、一旦戻ろう」

色々倒してナイフを突き立ててみたけど1Gも落ちない。うん、別に使わないから良いかな。

「戻りましたー」

「ハチ、大丈夫だったか？」

アトラさんが心配そうにやってくる。

「いやぁ、最高ですよ！」

「は？」

「呪いのお陰で戻ってくるんですよ！　これ！」

若干興奮気味でアトラさんに貧呪の魔硬貨のレビューをする。

「威力もあるし、手元に戻ってくるからいちいち投げた後回収する必要も無いんですよ！　お金が貰えない程度のデメリットの割にステータスが10％アップしたりと、これ本当に凄いですよ！」

「お、おう……」

自分の腹から取り出したからこそ愛着が湧いていると言っても良い。

「とりあえず、呪いを解くのは諦めます。というかこのままが良いです！」

「お、おう……ハチがそれで良いのならそれで良いが……呪いが嫌とは思わないのか？」

「これを解呪するなんて勿体《もったい》ない！　もう僕専用です！　これは良い物だ……」

人によっては全くそうは思わない人も居るだろうけど僕にとってはお宝レベルの良い物だ。

「呪いのアイテムを良い物だって言う奴はそうそう居ないと思うがな……」

「よーし！　チェックも終わったし、次は木のお皿とか作ってみようかな？」

アトラさんが小さく何か言ったと思うけど多分大した事じゃないと思ったのでスルー。今現在、せっかく料理を作っても盛るお皿が無い。簡単な物で良いから作ってみよう。

「あぁ、ハチ。せっかくだからこれをやろう」

『特殊スキル　【魔糸生成】　を入手しました』

アトラさんが僕にスキルを渡してきた。

「これは？」

「魔力の籠った糸を出せるスキルだ。結構融通が利くから使い方は色々あるぞ？」

とりあえず確認してみよう。

【魔糸生成】　アクティブスキル　MPを消費する事で糸を出す事が出来る。MP量を増やす事で性質を付与する事が出来る

こういう説明が雑な奴は色々工夫が出来る事が多そうだ。

「ありがとうございます。でもなんで急に？」

「ハチが行ってからヘックスがこの村に移住すると言ってな。実質儂の下になる様な事はしないと思って居たが、『ハチが戻った時にすぐに会えるから』と家まで作ってしまったりと色々と……」

「アトラさーん？　話逸れてますよー」

前提が長くて本筋に行くまでめちゃめちゃ時間掛かる奴だと思ったので止めた。

「おっと……色々あるが、ハチに儂のスキルを与えたらどうなるか？　と興味が湧いてな？」

なるほど、ある種それも僕に対する信頼みたいな物なのかな？

「ところで、そろそろ村の名前を決めてもらおうと思ったんだが、誰か良い奴は居《お》らんかなぁ？」

わざとらしく言い、チラチラこっちを見てくるアトラさん。

「僕も一緒に考えようか？」

「おお！　それは頼もしいな！」

最初からそのつもりだったんでしょ？　とは言わない。僕だって空気は読む。

「まぁ、既に皆、ハチのセンスに任せると言っているがな？」

「めっちゃ重要な事を僕に丸投げしてくれるねぇ……」

村の名付けってマジで会議して決めるべきだと思うけどそれを僕が1人で決めるって大変だよ？

「んー、この村の名前かぁ……」

ハグレ者の村でも良いと思ってたけど、皆が僕に任せるって事は変えたいって事なんだろう。

「ハチ、頼む。良い名前を出してくれ。ハチが希望の光なんだ」

「ハグレ者、光？　アストレイ……ライト……アストライト？」

「ん？　今なんと？」

「アストライト。アトラさんは僕を希望の光って言うけど、僕には皆の方が僕の光かなって」

森で最初に出会ったアトラさん《アトラさん》。その光に連れられて僕はこんなにも良い皆が居る所に来る事が出来た。その光を村の名前の中にこっそり紛れ込ませたりの意味も込めてのアストライトだ。

「アストライト……良い響きだ。皆もそれで良いか？」

「「「「「「異議なし！」」」」」」

いつの間にか周りには皆が居た。僕が気が付かなかったって事は隠れてたな？

「では、今日からこの村はアストライトと呼ぶ事にする！」

『称号　アストライトの名誉村民　を入手しました』

【アストライトの名誉村民】　アストライト村の為に様々な事を行い、村を発展させたプレイヤーに贈られる称号　お前も家族……村民だ　特定ＮＰＣと友好度が上がりやすい。経験値取得量上昇

僕が本当に認められたって証拠……なんだろうか？　とにかく僕は名誉村民になったみたいだ。

「まさか一発採用されるとは……」

「中々良いセンスだと思ったぞ？」

良いセンス……とにかくこの村は正式にアストライトという名前になったみたいだ。

「これじゃあまた祝いの席を用意しなければならないな？」

「おぉ！　酒かぁ!?」

ドナークさん……絶対飲み食いしたいだけだろぉ？

「祝いの席はまた今度にしましょう。今はアトラさんから貰ったスキルを試したいです」

ヘックスさんの新築祝いの後にすぐ、また宴会を開くのは勘弁してもらいたい。

「じゃ、アトラさんの【魔糸生成】について色々知りたいんで教えてもらっても良いですか?」

「おぉ、良いぞ?」

「なんだぁ、今日はもうやらないのかぁ……」

ドナークさんはお酒が飲めないと分かると家に帰っていった。

「村の名前も決まったし、練習の邪魔にならないように俺達は帰ろうぜ?」「ぽよぽーよっ!」

「分かった。ハチ、練習頑張るのだぞー」

ワリアさん、ちのりん、姫様の3人が他の皆を引き連れて帰っていく。リーダーシップがある人が居ると纏《まと》まるのも早いなぁ?

「よし、では早速始めるとしよう」

「お願いします!」

【魔糸生成】の説明を見ただけだと使い方があり過ぎて分からないから多少の方向性を知りたい。

「まずはただの糸を出してみるか。【魔糸生成】おぉ……」

自分の掌からシュルシュルと糸が出てくる。これは中々……良いじゃないか。

「魔力供給を切ればそこで糸が切れるぞ」

「ほうほう、なるほど……」

魔力供給を切るイメージ……握って止める。うん。凡《およ》そだけど糸1mでMP消費は5か……

「割と丈夫ですね？」

糸をグイッと引っ張ってみるとかなり力を入れないと引き千切る事が出来なかった。

「頭の中で糸を太くするイメージをしてから【魔糸生成】をしてみろ」

「イメージしてから……【魔糸生成】おぉー！　太くなった！」

ハスバさんを引き上げる時に使ったロープをイメージして【魔糸生成】を使うと、ロープ程の太さの魔糸が手から出る。太くするのにまた5ＭＰ消費したので1ｍ作って10ＭＰが消費された。

「それを引っ張ってみろ」

「はい、ふんっ！　あれ？　さっきと同じ感じ……？」

太くなったのにさっきと同程度の力で糸を引き千切る事が出来た。強度は変わらないのか？

「今ハチは太くする事だけをイメージしただろ？」

「あー、言われてみれば確かにそうですね」

太さはイメージしたけど糸の強度というか靭性《じんせい》に関しては何も考えていなかった。

「要素は色々組み合わせると良い。だが、組み合わせ過ぎると消費する魔力が爆発的に増える」

「あれもこれもと要素を欲張ったらめちゃめちゃ短い糸しか出せなくなる……って事ですね？」

「そうだな、今のハチなら3つが上限だろうな」

「3つかぁ、ちょっと5つ位要素入れて……あっこれダメだ」

試しに5要素位入れて魔糸を作ろうとしたらＭＰが凄《すさ》まじく減り、5㎝位でＭＰが空っぽになりかけた。一応、その後の検証で一要素を入れる度にＭＰが倍々に増えていく事が分かった。

「使い方は分かったか？」

「はい！　中々面白いです！　これは色々試したい欲が出てきた！」

汎用性の塊みたいなスキルだ。使い道も色々考えられるなぁ……

「まぁ、ハチならそうだろうな……」

やれやれと言わんばかりにため息をつくアトラさん。

「これを使えば新しい服とか作れるかも？」

白いローブが目印になっているみたいだから新しい装備でも作ってみようかな。

「ん？　白いローブが目印に……？　あ、ハスバさん……」

ハスバさんの囮のお陰で僕は村まで追跡され無かったけど……一旦連絡してみようかな？

「……いや、やっぱり止《や》めておこう。あの人なら追いかけられるの楽しんでそうだし」

今は自分の事に集中しよう。

「それじゃあアトラさん。ちょっと森に行ってきます！」

「おう、行ってこい」

【魔糸生成】を試したいし、一応作りたい装備のイメージは出来てるからその敵を倒してこよう。

「探すと出てこないなぁ？」

色々出てくるけど、目当てのアイツらが出てこない。あ、一回アミュレット外してみるか。

「「ガウッ！　ガウッ！」」

「おぉ！　来た来た！　【魔糸生成】」

アミュレットを外すと【ジャミング】が無くなったのか、目当ての狼達がこっちに来た。細く、鋭く、強靱の3つの要素を糸に付与して生成する。狼達がやってくるまでに済ませないと……

「「「ガウガウッ！」」」

「う、うわぁ！」

狼の前で腰を抜かした振りをする。狼はすぐに倒せるが、今回はそれじゃあ実験にならない。

「ガウッ……」「「ガウッ!?」」

「あらら、1体だけか」

飛び掛かってきた狼の首がずり落ちる。ブービートラップ魔糸がキチンと機能した。張った本人だから場所は分かるけど、通常の糸より更に細いから全然見えない。これかなり危ないぞ？

「おっと、逃げないでよ？【魔糸生成】」「「ウガッ!?」」

今度は粘着と強靱の二要素を入れた糸を残った2匹に向かって射出する。べったりとくっ付いた糸を外そうと藻掻《もが》く狼たちは余計に糸に巻かれて動けなくなっていく。んー、エグい。

「よし、すぐに楽にしてあげるからね？」

動けない狼の首を折る。君達の毛皮が欲しいんでね？

「ふぅ、とりあえず一旦持ち帰ろう。後はこのトラップは外しておかないと……」

狼を泡沫《うたかた》バッグに仕舞い、糸を回収。これで自分の首を刎《は》ねるなんてマヌケな事にはしない。

「あぁそういえば糸の出し方は分かったけど、糸を消す事は出来るのかな？」

戻ったらアトラさんに聞こう。岩を糸で吊《つ》り下げて、消して落とす……そもそも糸で絡めた狼達から糸を外したり、消したり出来ないと素材にならないんじゃないかと心配になる。

「3体もあれば充分でしょ」

僕のサイズなら狼3体分の毛皮があれば間に合うと思う。足りなかったら追加で狩れば良い。

「ドナークさんに作ってもらったシロクマコスチュームも凄かったし、やり方を聞けないかな?」

経験として、動物の皮とか使った装備を一回は作ってみたい物だ。

「ただいまー」

「お、帰ってきたか? どうだった?」

「アトラさん、糸って消せます? 糸でベタベタになってしまったので……」

「消し方か、出した糸に触れて消すとか消滅をイメージして魔力を込めれば糸を消せるぞ」

泡沫バッグから糸に巻かれた狼を取り出し、糸の消滅をイメージすると糸が崩れて消えた。

「なるほど、ありがとうございます。これで使い勝手が更に良くなりました」

「儂は糸を出してほとんど終わりだったが、ハチにとっては消す事が重要なのか?」

「僕はトラップや、糸で絡めた相手の素材を取る為に糸が消せる方が助かるんですよねー」

強者《アトラさん》は使って終わりだろうけど、僕は倒した後が重要なので糸の消し方は重要なんだよね。

「それじゃあ僕はドナークさんに用があるので行きますね?」

「あぁ、毛皮か? 気を付けろよー」

アトラさんに見送られ、僕はドナークさんの家に向かう。気を付けろ?

「ドナークさん居ますかー?」

「ん……ハチかぁ？」

うわぁ、酔っぱらってるなぁ？

「酔っているところ悪いですけど……【レスト】」「ふにゃ……」

このままだとまともに会話出来ないと思ったので【レスト】を使って酔いを覚ます。

「ふわぁ……くぅ！　めっちゃスッキリしてるー！」

「すみません。毛皮の取り方というか処理？　の仕方を聞きたくて……これなんですけど」

泡沫バッグから狼の死体を取り出して見せる。

「毛皮の取り方かぁ……でもなぁ？」

「……これで」

まだ使っていなかったワリアさんから貰ったワインを1本取り出す。

「乗ったァ！」

僕の手からワインを受け取るドナークさん。賄賂を簡単に受け取ってしまうのか……

「かぁ！　よし、それじゃあしっかり教えてやるから見とけよ？　ここはな……」

丁寧に、且つ迅速に。皮を革にするやり方や、どう処理すると良いかしっかり教えてもらえた。

自分で皮を剥いで処理するのは中々に勇気が必要だけど、これは凄く貴重な体験が出来た。

「うし、そんじゃあ後は縫うだけだからちょちょっとやって……」

「あ、それ僕がやります」

やっぱり僕の物だし、今回は縫う所もしっかりやりたい。自前で良い糸も出せるからね。

「【魔糸生成】……良い感じの糸が自分で出せるんで、これも使ってポンチョを作りたいなぁと」

「なるほどな？　アトラ様に使い方を教えてもらってたもんなぁ。ちょっと待ってろ」

ドナークさんが何か箱の様な物を持ってくる。

「コレを貸すから縫ってみ？　毛皮だろうが普通の布を縫う時と同じくらいの感覚で縫えるぞ」

ドナークさんに裁縫セット？　みたいな物を手渡される。

「おぉ！　それは凄いですね？　もしかしてこれでシロクマコスチュームも作ったんですか？」

毛皮も布と同じように縫えるとか、誤って自分の手に刺さない様にしないと。

「あぁ、流石にそれは大事な物だからやれないけどな」

壊さない様にしなくちゃ……

「少しずつで良いからな？　一気にやろうとすると失敗すっから」

「はい」

千切れない、細い、柔らかいの3つの要素を入れた糸を作る。スイスイ縫えるなぁ？

「ハチ、上手《うま》いじゃないか！」

「教え方が上手いからですよ。裁縫はやった事ありますけどこんな本格的な事は初めてです」

「嬉しい事言ってくれるねぇ？」

ポンチョを作るのは初めてだけど、ドナークさんのご教授でミスする事無く、作れた。

「出来た！」

「おぉ、良い出来じゃないか！」

ウルフポンチョ　レアリティ　ＰＭ《プレイヤーメイド》　ＤＥＦ＋15　ＭＩＮＤ＋15　耐久値　１４０％
特殊効果　狼系モンスターに先制攻撃されなくなる。寒さに対して強くなる

出来上がったウルフポンチョを持つ。３体分の毛皮を使ったけど、気にならない重さだ。

「着てみ？」

「はい、じゃあズボッと……」

頭からポンチョを被《かぶ》る。うん、凄いモフモフになった。

「そうだな、フードの形を整えた方が良いぞ」

フードに綿を詰めると、頭部が丸くなり、目は大きなボタンでファンシーになった。

「大分印象変わったなぁ……」

シロクマをイメージしてやってみたら何かファンシー寄りになっちゃったな。

『称号　【命に感謝を】　を入手』

【命に感謝を】　自ら仕留めた生き物を自らの手で解体し、自ら加工した者に贈られる称号。生

き物に対しての感謝は忘れない様にしましょう。　入手素材の品質向上

凄く道徳的な称号を入手した気がする。確かに忘れちゃいけない事だよね。

「感謝……」

ポンチョに向かって手を合わせる。素材の為の殺生だし、キチンと感謝しよう。

「余った皮でも何か作れるかな？」

残った皮も小さいけど使えない事は無いと思う。これで何か作れないかな？

「眼帯でも作るか」

「お願いしても？」

「良いぞ？　ハチがやっているのを見たら私もやりたくなってきたからな！」

流石に今回はドナークさんに頼んで眼帯を作ってもらった。

革の眼帯　レアリティ　コモン　耐久値　１００％

革で作られた眼帯。アクセサリーや目の保護として使える。

特に効果は無いけどカッコイイ眼帯が出来た。

「勢いで2つ作っちまったけど……って何してんだハチ？」

「前が見えねぇ……」

左目用と右目用の眼帯が出来たので同時に装備してみた。何にも見えない。

「何となく一回はやらないとダメかなって」

「そ、そうなのか？」

眼帯2つあるなら一回やるべきと思ったら、ドナークさんには理解してもらえなかった。

「冗談はこれくらいにして……やり方を教えてくれてありがとうございました」

「まぁワイン貰っちゃったからなぁ、教えない訳にはいかないだろ？」

「ははは、これ以上は流石にあげませんよ？　僕の料理用ですから」

「勿体無いなぁ？」

お酒を飲む人と使う人の価値観の違いだろうな……

そうしてドナークさんと談笑しているとドシーンと外から音が聞こえた。

「また始めたか」

「また？　この音なんです？」

ドナークさんはこの音について何か知っているんだろうか？

「村を拡張するって言ってたろ？　それで少しだけ木《き》を伐ってるんだ」

じゃさっきのドシーンって音は木が倒れた音か。

「伐採した木はどうするんですかね？」

「今まではヘックスさんの家を作る為に使ってたが、これからは薪《まき》とかになるんじゃないか？」

ほうほう、それなら少し木材を貰えたりするかな？

「ちょっとポンチョを見せてくるのも込みで行ってきます」

「……まずはその眼帯を外せよ？」

「おっと……」

おふざけダブル眼帯のままは流石にダメだね。眼帯を外して、お守りとポンチョを装備する。

「よし！　それじゃあ見せびらかしてきます！」

「あぁ、行ってこい」


ドナークさんの家から出て、周りを見回すと木が倒れる瞬間を見た。あっちか。

「ヴァイア様ー」

「おぉ、ハチか……なんだ？　狼？」

「ドナークさんと作ってみました。ヴァイア様が伐採してたんですね？」

「あぁ、私が適任だろうしな？　にしても良い装備だな」

ヴァイア様に褒めてもらえた。どうやら水のレーザーで木を伐採していたみたいだ。

ヴァイア様のレーザーはしらたきちゃんのより威力が段違いに高い。枝を飛ばす程度と木を5〜6本同時に伐り倒す程の威力の比較は流石にね？　僕が喰らったら（ry

「凄いですね？　水の威力もですけど断面が綺麗……」

「むふふっ！　そうか？　しょうがないなぁ？　もう少し凄い所を見せてやろう」

褒めたらヴァイア様が張り切って口から６本のレーザーを出す。複数本同時に出せるんだ……

「凄い。同じサイズで輪切りにされてる……これはヴァイア様にしか出来なさそうですね！」

「むふふっ！　そうだろうそうだろう？」

一瞬で木が輪切りにされて、枝も払われてるから乾燥させればすぐに薪に出来そうだ。

「よし、おーい、出来たぞー」

「「「運びまーす！」」」

ゴブリン達が輪切りにされた木を運んでいく。小さい体だけど力があるなぁ？

「あ、ヴァイア様？　この木少し貰っても良いですか？　お皿とか作ってみようかなって」

「あぁ、好きなだけ持っていくと良いさ！」

ヴァイア様の許可が出たのでゴブリン達に紛れてお皿のサイズの木の部分を貰う事にする。

「貰うだけじゃ悪いし、僕も木運び手伝うよ」

「「「助かりまーす」」」

ゴブリン達の手伝いをしながら丁度良いサイズの木の輪切りを選んで仕舞う。

「よいしょっと！」

薪置き場には山の様に積み重なった木の輪切りがある。これなら薪に困る事も無いな。

「お疲れさまです」

ゴブリンの1人が僕にジュースの様な物を差し出してきた。

「栽培している果物で作ったフルーツジュースです」

ジュースを飲むと口の中に少しの酸味と、濃い甘味を感じる。これ美味しいぞ！

「ぷはぁ！　これ凄い美味しいよ！」

「「「仕事終わりの1杯！」」」

ゴブリン達は意外と甘党なんだろうか？　でもこの木のコップとか宴会で使っていた木の皿なんかを思い出したら制作意欲が凄い出てきた。一旦ログアウトして休憩したら作ってみよう！

●

その者白きローブをまといてファステリアスの地を駆けまわるべし……

「居たぞ！　白ローブだ！」「追え追えー！」「アハハッ！」

アルター初の公式イベントにて、無制限ソロ部門の2位となった。その戦いぶりや、名前等を隠している事から興味を持った者達がハチの捜索をしていた。

「彼も大変だな、一気に人気者だ」

白いローブでハスバカゲロウがファステリアスを駆ける。ハチの為に囮として街で注意を引く。

「君！　まだクランに入ってないよね！」「ウチのクランに来ないか！」「また戦おうよー！」

勧誘。今まで無名の者が、2位になった事で囲おうとする者も居る……再戦を望む者も居るが。

「ハチ君ならクランには加入し無さそうだな……彼はもっと自由な存在だ」

ハスバカゲロウもハチとは少ししか一緒に居なかったが、ある程度は分かっているつもりだ。

『作戦プランBを発動する。準備は良いか？』

協力者にメッセージを送る。

面白そうだから協力すると何着か作ってもらったので、数少ないフレンドをファステリアスに呼び、ローブを着て走ってもらう。

『いつでも良いわよー。待機している人全員出しちゃう？』

『あぁ、頼む』

これで5人のハチ君が放出された。

デカい、小さい、尻尾があると同じ姿は一人も居ないが、白ローブで勘違いさせる事は出来るだろう。これぞプランB『6人のハチ君作戦』だ。

『各々捕まらない様に頑張ってくれ。捕まっても事前に決めた言い訳で切り抜けてくれ』

『はいよ』『了解』『ぜってぇ捕まらねぇぞ！』『分かりました』『もう摑まりそうです！』

仕方ない。『5人のハチ君作戦』はもう始めてしまったので出来るだけ時間を稼ごう。

「くっそ速ぇ……どこ行った？」「捕まんねぇ！」

『こちらダイコーン。ボスの所に着いたぞ？』

『了解、救援相手に連絡しておくから待っていてくれ』

大体の人は撒《ま》いた。それにダイコーンからの連絡も来たし、ハチ君にメッセージを送ろう。

『救援の者が今ボスの場所に着いたらしい。狼連れの男が救援の者だ。合言葉は「動物、好きかい？」って聞かれたら「うん、大好きさ！」だ。そいつと一緒に行けばセカンドラの街にいk』

「見ぃつけた！」「危なっ!?」

見つかったので途中だが、メッセージを送る。また逃げようとしたら目の前に斧が降ってきた。

街で合意無しの戦闘は出来ないはず……妨害の為に行先に斧を落としたのか……システムの穴か。

「あれぇ？　よく見たら全然違う……ごめんなさい人違いだったー。どこかなぁ？」

「あ、あぁ……気を付けてくれよ？」

斧が少女の手に戻っていく。この顔……βの時に居たな？　髪がピンクだから妹の方か……これはまたとんでもない人に目を付けられてしまったな？　ハチ君。

「ところで、白いローブを着て、ついでに黒い仮面付けてた人を捜してるんだけど、知らない？」

「あのイベントに出ていた奴の恰好を真似《まね》してたんだ。お嬢さんもアイツのファンか？」

カッコいい、可愛いプレイヤーが居たらそれの真似をするプレイヤーというのも少なからず出てくるだろう。だから捕まってもソレを言い訳に解放されると踏んで今回の作戦を決行した。

「そう言われればそうかもー！」

「こ、ここに居るって聞いたが、見つからないんだよなぁ……」

勿論《もちろん》でっち上げだ。勘違いさせてこの災害《ディザスター》もここに留《とど》め、ハチ君が逃げる時間を稼ぐ！

「やっぱりここに居るんだ！」「あっ」

もう少し留める為の嘘は用意してあったが、あっという間にどこかに走って行ってしまった。

これはやり過ごせたと考えて良いのだろうか？　いつもとキャラを変えて対応したんだが……

『こちらダイコーン。ハチ君は泉でどこかに飛んだ。作戦は完了だ』

待っていた一報が届く。掲示板に「ファステリアスに居るっぽい」的な情報があったので、作戦は成功したようだ。セカンドラにモヒカンと可愛いシロクマが居たという情報もあるので、何故かは分からないがシロクマ？　になっているのはハチ君なんだろう。

『ハチ君は凄いぞ。サーディライから先に進む為に使えそうな虫除けの匂い袋を入手したぞ』

「本当に彼は何か引き寄せる力でも持っているんじゃないだろうか？」

サーディライから先に進むには魔蟲《まちゅう》の森を越えなければならない。だが、そこに出る虫の量が尋常では無く、アプデされるのを待つしかない。という話も出ていた位なのに、それを突破出来る可能性のあるアイテムを入手出来たのは彼が「持っている」と思うのも不思議では無いと思う。

●

「さてさて、早速作ってみようか！」

休憩やご飯を済ませてまたアルターに入る。木の食器作りをしよう。

「流石に手刀だとちょっとサイズ取り難いよなぁ……【魔糸生成】」

細く、ギザギザで、千切れない……糸ノコギリをイメージした糸を生成する。

「これで……よし！　切れる切れる！　多分サイズはこの位……」

糸を交互に引いて丸太を切る事が出来た。皿のサイズはこのくらいかな？　と予想しながらお手製糸鋸《いとのこ》でギコギコ……薄い木の輪切りはおおよそ目算通りに切れた。多少斜めに切れたり、左右から切って高さに微妙にズレがあったりと完璧では無いけど失敗でも無いって感じだ。

「刃毀《はこぼ》れも無いし、切れ味も落ちないナイフってありがたいなぁ……オーブさん様様だ」

オーブ・ナイフは料理も、採取も、木工にも使える。こんな良いナイフを貰えた事に感謝せねば。

「…………」

ナイフで木を削る。外側の表皮を落とした後、角も落とす。これだけで割と形になるもんだ。

「おーい。ダメだこりゃ、集中してて周りが見えてないな？　おい！　ハチー」

「うおっ!?　ドナークさん？　いつから居たの？」

皿作りに集中しててドナークさんの存在に気が付かなかった。

「ついさっきだ。で、その皿は完成か？　中々良いじゃんか」

「お皿を作ってみて分かったけど、これ深皿とかコップを作るとなるとナイフじゃ厳しいな……」

鑿《のみ》か彫刻刀的な物が無ければ深底の物は難しいだろう。皿は木のプレート的な物が良いかな。

「ま、そこは無理して作らなくても良いんじゃないか？」

「今は作らなくても良いかも。正直皿一つ作るのに結構時間掛かっちゃってますから」

木の深皿をこのペースで作ると多分現実時間で丸一日掛かっちゃうんじゃないだろうか？

「これは計画変更してお皿はプレートタイプにして、深皿は積層で作ってみるべきかな？」

ドーナツ状の木の輪切りを接着していけば深皿を作れるんじゃないか？　と考えた。

「皿なんてそれこそハチなら街で買っちまえば良いんじゃないか？」

「僕今お金持ってないんですよね。それに呪いの効果でお金も入手出来なくなってますけどコレはもう正直手離せないくらい使い勝手が良いんですよ！」

貧呪の魔硬貨を指で弾きながらドナークさんに見せる。

「ハチは今呪われてんのか……呪いを嬉々《きき》として受け入れるってどうなんだ？」

「僕は呪いのお陰で無限遠距離武器が手に入って、むしろとってもありがたいんですが……」

「まぁ普通じゃ無いが……ハチだからなぁ……」

その納得のされ方はちょっと僕が納得出来ないんですが？

「一回教会に行ってはみたんですけど、結界みたいなので弾かれたんですよねー」

呪いを受けたのと教会に行った順番は前後してるけど教会に弾かれたのは事実だ。

「ハチって人間？　だよな？」

「疑問符を付けないで欲しいんですが。紋章が影響してるかな？」

「あぁ、普通の人間は装備出来ないからな。じゃあ解呪出来な……いや？　確かあそこに……」

「あの、ドナークさん？　僕解呪するつもり無いんですけど？」

「まぁまぁ、『棄《す》てられた教会』って所があって、そこなら入れるかもだし、行ってみろって！」

位置情報　棄てられた教会　のデータを入手しました

お？　ドナークさんから何か位置データなる物を貰えたぞ？

「やりたい事が終わったら行くだけ行ってみたいと思います。解呪は絶対しませんけど……」

ドナークさんから新しい場所を教えてもらったからその内、様子を見に行ってみても良いと思う。

「んじゃ、やる事もあるし、そろそろ行くわ。じゃーなー」

「はーい。よし、それじゃあプレートを作るか！」

ドナークさんを見送り、木のプレートを作る事にした。いやぁ、ほぼ切り出すだけは簡単だな？

「とりあえずこれだけ作れば良いかな？　よし！　積層型深皿もやってみるか！」

6枚程木のプレートを作った後、試しに作ってみた積層型木製深皿。ドーナツ状に切り出した板を粘り草でくっ付けて試作の深皿が完成した。

「これで内側を削れば深皿になるかな……いや、まずこれで漏れないか試すべきか」

削る前にこの状態で漏れないか確認しておこう。誰か居るかな……

「おっ！　ワリアさーん！　何か飲み物とか無いですか？　ちょっと検証したくて……」

「家にあるが……ん？　これが皿か？」

僕の作った試作品。積層型深皿をワリアさんに見せる。

「まぁ、そういう反応になりますよねぇ……」

僕だってこれを皿だと言い切るのは無理があると思う。

「丸太から深皿を作り出すのに試行錯誤して作ってみました」

「ははぁ、なるほどな。それで出来た結果がコレか」

「はい、成功したらその段差を削って綺麗にしようかなって」

「ほうほう、よし！　それじゃあ試してみるか！」

ワリアさんもノリノリで僕の試作品を試す為に一緒に家に向かう。

「さぁ、ハチ。その手の奴は外すんだ」

「は、はい……うわっ」

言われた通りにイドを外し、積層型深皿を持つ。失敗したら自分が痛い目に遭う奴だこれ。

「それじゃあ自分が作った物を信じろ！」

「あわわわわ……」

アツアツなお湯をワリアさんが柄杓《ひしゃく》の様な物に汲《く》んで僕の手の中にある深皿に入れる。

「お？　おぉ！　やった！　せいこ……うわっちゃ!?　あちちちっ！」

「ダメかぁ」

深皿のお湯が漏れない。成功だ！　と思っていたらお湯が積層の部分から出てきた。あっちぃ！

「熱過ぎですよ!?」

「飯とかに使うなら熱い物とか注げないとダメだろ？」

そう言われると反論出来ない。そういう物の為に深皿を作ってるし、これじゃ料理には使えない。

「あぁ……これ粘り草でくっ付けた部分が熱で溶けちゃったのか」

深皿を見るとグズグズになった接着面が露《あら》わになっている。熱に弱かったかぁ……

「いやぁ、悪い悪い。ハチには悪い事をしたと思ってるから、詫《わ》びにコレを受け取ってくれ」

『木の椀《わん》　木の箸　木のスプーン　木のフォーク　を入手しました』

「え、良いんですか？」

欲しかった物が大体あるんだけど？

「ハチ、お前の料理って基本枝を使った串焼きとかだろ？　料理を作る者として作れる物はあるのに盛る皿が無い、かき回す物が無い、喰う為の器が無いで料理出来ないってのは悔しいだろ？」

ワリアさんの料理人的感性がそう言っているのか。その気持ちはとても嬉しい。

「確かに僕は串焼き位しか作ってないですけど、これなら今後は汁物とかも挑戦出来そうです！」

僕1人分ならフライパンでも汁物とか作れそうだと思う。

「宴会の料理を作る時、普通に色々作ってた所を見てたからな。このくらいの物は持っとけよ」

「いつかもっと美味しい料理をワリアさんに食べさせますよ」

「ハハッ！　楽しみにしてるぞ？」

ワリアさんに色々貰ったし、いつか絶対にお礼をしないと。

「だが、ハチがもっと美味い飯を作るなら俺はそれ以上の飯を作れる様にならないとなぁ？」

「ありがとうワリアさん。でも負けませんよ？　今じゃ無いですけど」

流石に今、ワリアさんを満足させる物を作れるとは思っていないが、今後はもっと頑張るぞ！

「僕はとりあえずそろそろ眠ろうと思います。また今度！」

「あぁ、じゃあな！」

ワリアさんと別れて自分が使って良いと言われている家に向かい、ログアウトする。

「くぅ！　待ってろワリアさん！　絶対唸《うな》らせてやる！」

長い道のりだろうけど絶対に美味しい料理をワリアさん……他の皆にも作りたいな？

第2章

「ふわぁ……今日は少し出掛けるかな？」

今のほぼアルター漬けな生活は流石《さすが》によろしくない。たまには外に出掛けるのも良いだろう。

「あぁ、何か本でも買おうかな？」

僕は基本アルターではサバイバル生活だ。だから何か使えそうな情報がある本でもあれば活《い》かせるかもしれないとデパートの中の本屋に行く事にした。どうせならアイスとか食べたいし。

「さてと、準備オッケー！　行ってきまーす！」

着替えとかも済ませて荷物を持ち、バスでデパートに向かう。


「おっ、公式動画出てる」

バスで暇だったのでアルターの公式サイトを見たら動画が上がっていたので見てみる。

『闘技場正式オープン！』

盛り上がる雰囲気の曲をＢＧＭにしてオーブさんの声が聞こえる。

『君は勝ち残れるか！』

アイリスさんが抜刀、レイカさんの銃撃、ガチ宮さんの爆発とカッコイイシーンが続く。

『己の力か、友との力か！』

グランダさんがハンマーで数人を吹っ飛んだり、タナカムさんが銃弾を弾《はじ》いたり、キリエさんがウィンクしながらリボルバーを発砲。キリアさんが回転して5人をキルするシーン……

あんなの相手にしてたのか、僕……そしてこの映像はパーティ戦かな？　大きな盾を持った男の人が攻撃を防いだら、その人の後ろから魔法が飛んできて盾の人を攻撃していた人を吹き飛ばしたり、女性4人組が連携して見覚えのあるモヒカン頭のテイマーと戦ったり……あの人パーティ戦で出てたのか。

『闘技場に奮ってご参加を！』

最後にロザリーさんが【クリムゾンスラスト】を画面に向かって放ってくるシーンでぶつかりそうになった所で画面が割れるような演出と真っ暗になって終わっていた。かっこいい。

「おぉ、見事に僕の姿が無い」

編集の力すげー。

「いつかまた会ったら謝らないとなぁ……」

ロザリーさんとアイリスさんには悪い事をした自覚はある。

ロザリーさんには決勝でわざと負けたのがバレてるだろうし、アイリスさんには髪を引っ張って顔を踏みつけて心臓を引っこ抜いて……うん。現実とゲームは違っても人の心は一緒だ。恩には恩を、仇《あだ》には仇で返したいと思うだろう。決勝では逃げたけど、今度は逃げない……

まぁ、悩んでも仕方が無い。ゲームの事はゲームで何とかして、現実の事は現実で何とかしよう。

「よし、着いた」

デパート前のバス停に着いたのでバスを降りる。何か参考になりそうな本あるかなぁ？

「石動君《いするぎ》？」

「へ？　織部《おりべ》さん？」

なんでここに織部さんが？

「菖蒲《あやめ》？　その子は？」

そして後ろに居るマスクを付けている女性。織部さんより年上っぽいけどこの人は？

「お姉ちゃん。この人が石動君！　私を助けてくれた人！」

「君が石動君か!?」

お姉さんだったか。急に握手されてブンブン振られる。あばばばば、脳まで揺れるー！

「ちょちょちょっと！」「あ、あぁ……すまない」

手を離してもらえたけど急に女の人に絡まれるというのは慣れてないよ……

「どうも、えっと、おり……あ、菖蒲さんのクラスメイトの石動です」

お姉さんって事なら織部さんって言っても同じ苗字《みようじ》だろうし、名前で呼んだ方が良いのだろう。

●

現在、僕はアイスを食べている。僕の好きなパチパチシャワーだ。

「……」「これ美味《おい》しいですね？」「やはりチョコミントが至高……」

3人で。適当に話して別れようとしたらお姉さんに「お礼をさせてくれ」と言われてアイスの専門店に向かった。奢《おご》ってもらう事になったけど……い、居辛《いづら》い……。

「あの、2人でお出掛けしてたのでは？　僕は邪魔になるんじゃ……」

「そんな事無いです！」

菖蒲さんが急に声を大きくする。ビクッとしてしまうのは許して欲しい。

「邪魔だなんて思っていません」

「なんか……ごめんなさい」

謝る事じゃ無い気がするけど何となく謝ってしまう。

「そういえば私の名前はまだ言っていなかったな？」

お姉さんが話題を変える助け船を出してくれた。これは助かる。

「そういえば僕も苗字だけでしたね？」

初対面同士という事で名前で会話の幅を広げよう。

「私は茨《いばら》。織部茨だ。ラ・ベールのモデルなんかもしているぞ？」

「え？　ラ・ベール？」

「おや？　石動君はラ・ベールを知っているのかい？」

知っているも何も……ねぇ？

「ラ・ベールで親が働いているので……」

「嘘《うそ》っ!?」

今度はお姉さん、茨さんの方が大きい声を出す。周りに注目されるのでやめて欲しい。

「えーっと、石動雲雀《ひばり》って人が居るんですけど……その人が僕の母さんです」

「あの雲雀さんが!?　私は雲雀さんのお陰でモデルとしてCMとかに出られたんだ」

「CM……えっと、本当の素肌をあなたにって奴《やつ》とか？」

「それ、私だ」

「えぇ!?　あっ、すいません……」

今度は僕が大きな声を出す番。CMに出てるような凄《すご》い人にアイス奢ってもらっちゃったよ。

「えっと、母さんの事は置いておいて……僕の名前は影人《えいと》です」

「あ、あぁ……興奮してすまない。影人君だな？　よろしく」

母さんの話題のお陰で大分話しやすくなった気がする。流石母さん。

「ところで2人は何か買いに来たんですか？　僕は本とか探しに来たんですけど……」

「まぁ、ウィンドウショッピングだよ」

他愛の無い会話をしつつもアイスが溶けない内に食べるのも忘れない。この配分が難しい。

「石動君？　体の方は大丈夫なの？」

「リハビリのお陰で何ともないよ？　まぁ最近はずっとアルターばっかりやってるけど……」

ガタッ！　と立ち上がる菖蒲さん。静かに、静かによ？

「石動君やっぱりアルターやってたんだね！」

「アルターのβテストでリハビリをね。それで全然冒険とかしてなくて……今はしてるよ」

冒険というかサバイバルだけど。

「良かったぁ……ゲームでリハビリしているって病院で聞いたけど面会謝絶で会えなかったから、

ゲーム内でずっと探してたけど会えなかったからやめちゃったのかなって……」

そりゃあ絶対β中は僕の事見つけられる訳が無いな。隔離空間に居たんだから。

「兄弟姉妹枠っていうβテスター枠に当選してね。菖蒲と君が高レベルになっているかもしれないと探しながらレベル上げさ。お陰でゲーム内だとそこそこ有名なプレイヤーになっているぞ？」

「ちょ、やめてよお姉ちゃん……有名さで言ったらお姉ちゃんの方でしょ？」

「有名プレイヤーかぁ……僕も知ってる人かなぁ？」

仲の良い2人だなぁ……有名なプレイヤーだったら僕も聞いた事があるかも？

「私はゲーム内ではロザリーと名乗っている」

「私はアイリスって名前でプレイしてます」

ちょっと待って欲しい。ロザリー？　アイリス？　その名前に凄く聞き覚えがありますねぇ！

「どうした？　アイスがキーンと来たのか？」「ゆっくり食べなきゃ体に良くないよ？」

違う、違うんです……そんな理由で頭を押さえている訳じゃ無いんです……

「にしてもイベントのアイツ……今度会ったらただじゃ置かない」

「うぅ、嫌な記憶が……」

ここで「あ、それ僕がやったんですよー！」なんて言ったら確実に死ぬ。吐きそう……

「それってなんて名前の人ですか？」

まだだ、まだ分からない……

「本当の名前は不明だが、エントリーナンバー815って奴だ。今頃どこに居るんだか」

あぁ……目の前に居ますねぇ……

「食べ終わったし行こうか」「うん」

「じゃ、じゃあ僕はこの辺で今日はありが……」

「まぁまぁ、もう少し付き合ってくれ」

あぁ逃れられない！　両手に鎖を付けられて連行される気分……実際そんな物は無いけど。

「わ、分かりました……」

「それじゃあ行こうか！」

逆らえないなぁ……というか完全に告白するタイミング逃した。

「そういえば石動君のアルターでの名前って何？」

どうやら菖蒲さんは忘れていなかったらしい。

「えっと、アルターだとハチって名前だよ」

「ハチ……あぁ影人《エイト》だからハチなんだね！」

自分の付けた名前の付け方を他人に解説されるってめっちゃ恥ずかしい……

「あ、あの……」

今回を逃せば次いつこの2人に会えるか分からない。だから今すぐ言うべきだが……

「「ん？」」

さっきの2人の表情や気持ちを思い出してしまうとどうしても止まってしまう。

「何でも、無いです……」

言った後の事を想像すると後1歩が踏み出せずに言葉が詰まってしまう。

「「強過ぎる……」」

「あはは……なんかごめんなさい」

ウィンドウショッピングに参加していたら、何故《なぜ》かエアホッケーをする事になったが、パックがスローで見える為《ため》、2対1でも完封勝ちをしてしまった。

「ネタバラシすると、事故の後遺症？　怪我《けが》の功名？　で僕に向かう速い物がスローに見えちゃう様になったんです。だからパックを簡単に返せるんですが、長時間やると脳に負担が……」

エアホッケー2連戦ならなんてことは無いけどこれが5連戦とかになるとマズい事になる。

「そんな事が……」「そうとは知らずに、悪かった」

「茨さんが謝る事じゃありませんよ。教えなかったのは僕ですから……」

そう、重要な事を教えていない。

「それじゃあ別の事をしよう！」

「あ、あの……僕、買いたい本があるんで、この辺で……」

「それならば私が買ってあげよう！」

まだ振り切れなさそうだな……

「自分で買いますから、お金は大事にしてください」

「そうだよ？　お姉ちゃんすぐ私の為にーって言って色々買い過ぎちゃうんだから」

捨てられた猫みたいな目で菖蒲さんに縋《すが》る茨さん。これじゃあどっちが姉か分からないな？

「おっ？　これなんか良いかも？」

『お手軽サバイバルブック』『ソロキャンパーの為の本』『死にたくない？　ならこれ読もうよ』等の本があった。この中なら『お手軽サバイバルブック』かな？　でも『死にたくない？　ならこれ読もうよ』も気になる……少しだけ立ち読みしよう。ふむふむ、火熾《ひおこ》し、水の確保、食料の入手、シェルターの立て方。野生動物との遭遇、凶悪犯の居るビルからの脱出等の情報が載っているみたいだ。迷ったけどこれにしよう。全部が使えなくてもアルターに活かせる知識はあるはずだ。

「よし、これにしよう」

「あ、それじゃあお姉ちゃんを連れて来るんで待っていてください」

菖蒲さんは茨さんを捜しに本屋の中に、僕は会計をする為にレジに向かう。

「よし、覚悟、決めるか」

本を買って僕の用事は無くなった。後は家に帰ってアルターをする位な物だろう。なら今、覚悟を決めて、今後顔も見たくないと言われるかもしれないけど2人に僕の正体を打ち明けよう。

「「お待たせ」」

2人が本屋から出てくる。よし、もう逃げないぞ。

「あの、2人にちょっと告白したいんで人の少ない所に行きませんか？」

「「えっ!?」」「ん？」

なんで驚いているんだろう？

「こ、告白だって!?　しかも2人同時に!?」

「石動君……どっちか1人選ぶ事は出来ないの？」

選ぶ？

「2人共に聞いて欲しいんだけど……駄目かな？」

僕の正体をバラすのに別々に話すのはちょっとなぁ……

「い、いや……だがなぁ？」「とりあえず聞くだけ聞いてあげましょう」

なんで菖蒲さんピリピリしてるんだろう？　とりあえず人の少ない所で打ち明ける事にする。

「ふぅ、よし！　茨さんと菖蒲さん。いや、ロザリーさんとアイリスさん」

「「ん？」」

深呼吸をして心を落ち着かせる。もうここまで来てやっぱやめたはやらないぞ！

「僕、2人とゲーム内で既に会ってるんです」

「「既に会ってる？」」

疑問符が頭の上に見えるみたいだ。

「エントリーナンバー815……それ、僕なんです」

「「嘘……!!」」

「2人に嫌な思いをさせてしまって本当にごめんなさい」

頭を下げて謝る。ゲームの事とはいえ、現実で一緒に遊んでるし、隠しているのはもう嫌だ。

「一つ……聞かせて。私との戦いの時、どうしてあんなやり方をしたの？」

菖蒲さんが聞いてくる。心臓を抜いた時の事だろう。

「あの時は出来る限り戦闘時間を短くしたくて、僕は装備の関係で相手の頭を踏みつける事で相手の防御を無視した攻撃が出来るんです。だからあんなやり方をしました」

菖蒲さんとは今後話す事は無理だろうな……でも秘密にするより良かったかもしれない。

「私からも聞かせてくれ。決勝戦では何故自分から逃げた？」

茨さんからも追及される。

「さっき、ホッケーで遊んだ時に説明したと思いますけど、予選2回戦くらいで僕も大分消耗してしまって脳の限界が近かったんです。それと、感覚１００％でプレイしていたので死ぬのが怖かったから逃げました」

そんな事は茨さんにとってはどうでも良い事だと思うけど。

「なら何故棄権しなかったんだ？」

その質問はもっともだろう。体の不調があるなら棄権するのは普通の事だろう。

「決勝戦が不戦勝で勝利。それが初イベントの終わり方だと誰が納得してくれるかなぁって……」

「そうだったのか……」

一応、僕が自分で負けに行った事については理解してもらえたみたいだ。

「君が負けた後、会場の人達《たち》は私の勝利を祝福してくれた。だから君の予想通りにはなっていた」

「良かった……僕がブーイングされるのは幾らでも構いませんが、あの場でロザリーさんにブーイングされない様にするにはあの時の僕にはアレくらいしか思いつかなくて……」

「アレは私の為を思っての行動だった……という事だな？」

「はい。自分勝手に巻き込んでごめんなさい」

相手に説明してないからあれは完全に自分の判断でやった事だから復讐《ふくしゅう》されても仕方ない。

「影人君の考えは分かった。菖蒲はどうしたい？」

「私は……」

僕がどうなるかは菖蒲さんで決まる。今更ながらアイリスさんと戦闘時は、目潰し（のフリ）や髪を摑《つか》み、頭を踏み、心臓を引っこ抜く……思い出しただけで極悪過ぎる。これは無理だろう。

「私は、許しても良いかなって」

「え？」

許す？　本気で言ってる？

「菖蒲、本当に良いのか？　彼は覚悟しているらしいが？」

「お姉ちゃんも理由を聞いたら許すでしょ？　私はその理由を聞いたから許そうと思う」

「え？　僕許されたの？」

2人が笑ってるから本当に許されたんだろうか？

「許すけど一つだけ条件があります」

「はい、何でしょう」

ここで貴様の持っているアイテム全て差し出せとか言われてしまったらどうしよう。

「私達とフレンドになる事で許します！」

「君は正直歪《いびつ》というか大分異端だからな。フレンドになっておけば少しは安心出来る」

あぁ、首輪的な？　それなら納得かも。

「えっと、今から家に帰ってアルターで……」

「おや？　影人君は知らないのか？　スマホでもフレンド登録が出来るんだよ」

「へぇ、そんなシステムが……」

「はい、私のアドレス」「これが私のアドレスだ」

ん？　今とんでもない物を貰《もら》った気が……いや、これがクラスの男子にバレてみろ？　僕は吊《つ》るし上げられてもおかしくないぞ……まぁスマホを覗《のぞ》かれる様な間柄の人とか居ないけど。

「えっと、じゃあこれが僕のアドレスです……」

「やった！」「よし」

何だろう、なんか釈然としないけど、許してもらえたみたいだしいっか！

「だが、急に告白するなんて言うから、私は愛の告白かと……」「私も、そっちの方かと……」

「え？　えぇ!?」

自分の言葉を思い出す。確か「2人に告白したいんで人の少ない所に行きませんか？」だ。

「バカか僕は……言葉足りなさ過ぎだろう……」

頭を押さえて自分の言葉を激しく後悔する。2人同時に愛の告白とかどんな奴だ……

「なんか変な勘違いをさせてしまってすいません。僕の正体を告白したかっただけで……」

「あ、はい。知ってましたよ……ハハハ」「菖蒲……」

燃え尽きてるというか生気が抜けてるというか……菖蒲さんの元気が無くなったように見える。

「影人君、今日はもう少し一緒に遊ぼう。最低限昼まで付き合ってもらう。これは強制だ」

「僕に拒否権は無いんで分かりました。お昼までご一緒させてもらいます！」

さっき許されたからと言ってもやってしまった事の罪悪感はあるから茨さんの命令を聞く。

「よし！　それじゃあ買い物再開だ！」

そうして2人と一緒に買い物をする事になったが……

「荷物を持ってもらおうと思ったが……流石にこれはな……」

「うぅ……」

モデルの茨さんと学校のマドンナ菖蒲さん。その2人の荷物をちっちゃい僕が持つともうね？

「私は背が小さいのは可愛《かわい》いと思うよ？」

背が高い人だから背が小さい人に可愛いと言えるんだ。逆だと嫉妬心が……落ち着け僕。

「これ以上はやめましょう。僕が傷付く」

この件についてはもう触れない様にしよう。うん。

「ふ、2人共そろそろご飯にしよう。良い所があるから」

茨さんにお店に連れて行ってもらう。いやぁ、話が変わって助かった……

「おぉ、素朴な見た目……これは絶対美味しい料理出してくれる感が凄い」

連れて来てもらったのは見た目は地味な感じだが、その分、味で戦うって感じの店だ。

「私達のお気に入りの店だ」

店内の雰囲気も良い。席に着いて、メニューを選ぶ。オニオンスープとロールキャベツ。すぐ来てくれたから会話が途切れて気まずくならずに済んだ。

「ごゆっくりどうぞー」

「「「いただきます」」」

「じゃあまずはスープから……ふぅ、ふぅ……うん、美味しい！」

スープも深い味わいだな……おっと、スープの湯気で眼鏡が……まぁ別に外しても良いか。

「ロールキャベツも凄い。キャベツでしっかり包んであるから肉汁全部が閉じ込められてる」

「あれ？　影人君眼鏡は？」

「あぁ、これ伊達《だて》メガネです。僕、生まれつき視界の端まで全て見える体質で、この太いフレームの眼鏡で視界を制限してるんですが、今はご飯中だし、人も居ないんで外しても良いかなって」

眼鏡が曇るから今くらいは外して食べればいいや。

「石動君が眼鏡を外した所初めて見たかも」「中々……良いな」

2人共こっちを見てどうしたのかな？　とりあえず料理が冷める前に食べなきゃ。

「これ再現出来るかな？　まぁ、どっちにしても鍋は要るよなぁ……」

「ん？　影人君はひょっとしてアルターで料理をするのか？」

「はい、自分用なので、流石にまだ人様には……」

村の皆への料理は村の設備を使って作った物だし、僕が全て自力で作ったとは言えない。今の僕じゃ凝った料理を作るのにも鍋も無ければお玉も無い。これじゃあ胸を張って料理を出せない。

「「「ご馳走様《ちそうさま》でした」」」

3人共食べ終わり、店を後にする。うん、全体的に好みだったので個人的に星3つだ。

「今日はありがとうございました。そして何より許してくれてありがとうございます」

「ゲームの中の事だから……正直髪は切ろうかと思ったけど」

「それは私が全力で止めたがな？」

菖蒲さんが髪を切ってたら僕は丸坊主だろうなぁ……止めてくれてありがとう茨さん。

「まぁ今日は付き合ってくれてありがとう。今度はゲーム内でかな？」

「石動君、今日はありがとうね？」「また今度！」

2人と別れて家に帰る。ここで2人とはさようならだ。

第3章

「よし！　それじゃあ入りますか！」

準備を済ませたのでアルターにログインしよう。2人とショッピングをしたり、帰りのバスの中で読んだ本の内容とかでやりたい事とかも見つけてしまったのでまた色々計画変更だ。

「ふぅ、よし！　まずはアレをやってみよう。誰か居るかな？　おっ居た居た」

扉を開けて外を確認するとミミックさんが目の前を跳ねていた。丁度良いから追跡してみよう。忍び歩きで追跡してみる。足の小指から地面に付ける様に歩くと書かれていたのでその通りにしてみると足音が鳴らない。他にも深草兎歩《しんそうとほ》という、しゃがんで両手の上に両足を乗せて歩くというかなりキツいやり方もあったけど、今の忍び歩きでも充分足音は消せる。

「なーにしてるの？」

「どうわっ!?　に、兄さん!?　いつの間に!?」

『スキル　【忍び歩き】を入手』

ミミックさんの後ろを忍び歩きで追いかけたらスキルとして入手出来た。やったぜ。

【忍び歩き】　アクティブ　足音を立てずに歩く事が出来る

「ごめんごめん。色々試そうと思った時に見かけたから後を追いかけたんだ。何してたの？」

「なんや……それならそう言うてくださいよ。散歩がてら体を伸ばそうと思っとたんす」

そう言って宝箱から細マッチョな肉体が生えた。そんな体を隠してたのか……

「で、どこか行くんちゃいますの？」

「そ、そうだった。それじゃあね」

驚いたけど、新しい力を得たし、どこかで……ヴァイア様が木を伐《き》っていた所なら色々試せるか？　魔糸であの立体的な機動のワイヤー装置の真似《まね》とか出来るかな。

「ふぅ、よし！　それじゃあやってみるか【魔糸生成】！」

強靱《きょうじん》、伸縮、粘着の3要素の糸を手から出す。シュルルーと糸が伸びていき、木に糸が張り付く。

この糸を引っ張れば反動であの木まで飛んでいける……はず。

「いよっと！　ぬおぉ!?」

強靱と伸縮の要素で、かなり力が要るが、その反動たるや凄《すさ》まじい。木に向かってぶっ飛ぶ。

「あ、これダメだ」

上下逆さで背中からぶつかる。少し事故のトラウマがあるが、衝撃は少ないから大丈夫だ。

「あはは……失敗しちゃったなぁ」

粘着要素のせいで逆さで簀《す》巻《ま》き状態になった。少しこのまま考えよう。何が悪かった？

「やっぱりただ引き寄せるだけだと制御が出来ない……巻き取りの機構とかが無いと無理か」

真《ま》っ直《す》ぐ進むには糸を巻き取って進まないとカッコ良く進めずにこうなるって事だよなぁ。

「そういえばスパイダーな映画とかも大体振り子移動してたし、直線的移動は流石《さすが》に無理かぁ」

空中で木に糸を当てて振り子運動は難しそう。糸が短いと届かない。長いと地面にぶつかる。

「やっぱりあれはビルとか高い建物とかがあるから出来るんだな……」

逆さ簀巻き状態で木に縛られて考えた結果。立体的機動は今の僕じゃ無理という結論が出た。

『スキル【三半規管強化】を入手』

『スキル【登攀《とうはん》】【忍び歩き】【三半規管強化】【夜目】が複合進化スキル【ゲッコー】に進化しました』

「ん？」

逆さ簀巻き状態で考え事をしていたら新しいスキルが入手出来て更に進化した。なんぞこれ？

【ゲッコー】 パッシブスキル　手足のどれか1か所でも付いていれば向きに関係無く、張り付く事が可能。移動する際の音が無くなり、暗い場所でも良く見える

「欲張りセットだ……というかなんか苦しくないな？」

逆さ簀巻き状態なのに苦しくない。【三半規管強化】じゃなく【ゲッコー】か。それのお陰か？

「とりあえず下りよう。消滅……向き関係無く張り付くってこういう事？」

糸を消して下りるはずだったけど落ちない。足と左手が木に触れてるからか、地面に落ちない。

「もしかして……あぁ、絶対頭混乱しちゃう奴《やつ》だこれ」

木の幹に立つ僕。地面と平行なのに僕の体は真っ直ぐ立ってるし、重力の影響は受けていない？

「ジャンプしたら……っと！　やっぱりか」

木の幹からジャンプすると地面に向かって落ちる。触ってないと重力の影響を受けるんだ。

「歩いて木を登るとかも出来ちゃうのか……」

地面から歩いてそのまま木を登り……枝に向かって歩き出す。わぁ、頭上に地面があるよ？

「この為《ため》に【三半規管強化】が必要だったのかな？」

こんなどこでも歩けるようなスキル、三半規管が強化されてなきゃそれこそ吐いちゃう。

「走れば少し足音が聞こえる程度の消音性か……普通にこれで天井から近寄れるしヤバいな？」

クセになっちゃった足音消すの。

一瞬、天井を這《は》うハスバさんの姿を想像したが、恐怖しかない。

「糸を使った移動が出来なくても【ゲッコー】があればかなり自由度高いぞこれ？」

天井に張り付いて情報収集、強襲、壁際に追い込まれても壁を使って逃走も出来るだろう。

「やっぱり失敗する事も大事だなぁ」

糸移動を試して失敗したけど、そのお陰で【ゲッコー】を入手出来た。失敗は成功の母だな。

「テンプレ装備で遊ぶのも良いけど、やっぱり自分だけのやり方を見つけるのは楽しいね！」

誰かからコレが強い、だからこれを使えという情報《押し付け》が無いからこそ手探りで色々発見出来るんだ。

僕がもし、最初に真っ直ぐ街に行ってたら【ゲッコー】とか見つけられなかっただろうなぁ……

「よーし、新しいスキルも手に入れたし、そろそろ行くか！」

前回教えてもらった『棄《す》てられた教会』に行く為に、セカンドラの街に行こう。

「ハチ、何も言わないで行くのは水臭いじゃないか？」

「およ？　姫様か」

泉で飛ぼうと思ったら姫様が泉の前で待っていた。

「毎回見送りするのは大変でしょ？　だからこっそり行こうかと……」

「だとしても、せめて私には一声掛けてから行って欲しいぞ？」

「じゃあ行く前に姫様を見つけたら声を掛けるよ」

「そうしてくれ。ハチに頼み事があっても村に居ないのに捜し回るのも億劫《おっくう》だからな！」

あ、そっち？　まぁ僕も【アストライトの名誉村民】だから出る時に声位は掛けて行くか。

「じゃあ姫様？　僕行ってくるから皆によろしく！」

「うむ！　いってらっしゃい！」

僕が村から出ても姫様が皆に僕の事を伝えてくれるだろう。これで安心して移動出来るな？

「さて、それじゃあ教会に行ってみますかー」

姫様に見送られ、セカンドラに来た。例の教会はデータによると東にあるみたいだ。周りの人達《たち》は最初の街《ファステリアス》の人よりも全体的に防御力が高そうだ。ウルフポンチョだと浮いちゃうかなぁ？

「そういえばここは鍛冶の街だったっけ？　だから装備が金属系が多いのか」

お金は無いので鍛冶屋のお世話にはならないけど、ここなら鍋とかも作れたりするかな？

「ま、僕にとっては街の施設は泉以外どうでも良いんだけどねー」

携帯出来る泉的な物《ウェイポイント》とか出た日には僕には本当に街が要らない子になってしまうな。

「えっと、東の方だな」

街を出て、東の方に向かう。やっぱりファステリアスと門とか壁のデザインが若干違うなぁ？

「よう、旅人さん。東の方に行くのか？」

「はい、なんかこっちの方に教会？　があるらしいんで見てみようかと」

衛兵さんに話しかけられたので答える。ついでに何か教えてもらえるかな？

「あぁ、もしかして幽霊教会か……悪い事は言わない、近寄らない方が良いぞ？」

棄てられた教会の事を幽霊教会って言ってるのか。近寄らない方が良いってどういう事だ？

「出るんだよ……亡くなったシスターの霊が」

「ほう？　それはますます行ってみたくなりますね？」

幽霊シスターさんとか凄《すご》い見てみたい。

「やめとけやめとけ、遊びで行ったらそれこそ死んじまうぞ？」

「じゃあ外から教会を見るだけにしておきます」

注意は聞くだけだけど……

「その方が良い。この先荒野が広がっているし、あまり長居するのはオススメしないぞ？」

「忠告ありがとうございます。じゃあ行ってきます！」

この先は荒野かぁ……だとするとハイエナとかハゲタカ的な奴が出てくるんだろうか？

「幽霊シスターねぇ……というかなんで荒野の先に教会が建ってるんだろう？」

周りが荒野なのになんで教会を建てたのかも知りたい。話が出来たら聞けるかな？

「ん？　あれは……荒野だからこその光景なのかな？」

荒野に道は無いからずっと真っ直ぐ歩いていたら、僕の視線の先にはコヨーテっぽい生物3匹と茶色いスライム1匹が戦っていた。

数の不利を背負った戦い。何だか僕もあんな戦いしてたなぁ？

「頑張れ……」

岩陰からスライムを見守る。あのスライムなら出来るはずだ。

「「「ウガァ！」」」

「……！」

コヨーテ3体は同時に3方向から爪でスライムに攻撃する。流石にスライムの分が悪そうだ。

「【オプティダウン　ＳＴＲ】【オプティアップ　ＤＥＦ】……あれ？」

コヨーテ3体のＳＴＲを下げ、スライムのＤＥＦを上げようと思っていたが、【オプティアップＤＥＦ】は発動しなかった。魔物に対してステータスアップの魔法は受け付けないのか？

「……？」

「「「ガウ？」」」

両者共、困惑して動きが止まる。こらこら、そこで止まるんじゃなくて反撃しなきゃ……

「スライムに勝って欲しいし、もうちょい支援しようかな？」

【リブラ】は至近距離じゃないと効かない……いや、ステータスの変動だけが支援じゃない。

「多分この距離ならこのくらい……【魔糸生成】」

木に磔《はりつけ》になった時の構成の糸をコヨーテ3体の上に射出すると、こっちを見ていなかった2体のコヨーテを捕らえ、地面に張り付けた。1体逃したが、タイマン状態にする事が出来た。

「頑張れ！　君なら出来る！」

後はスライム君が根性を見せてコヨーテを倒すのを見守ろう。

「ウガッ！」「……！」

見てる限り、若干スライムが優勢だ。頑張れ！

「ウグゥ……」

2体のコヨーテは僕が見ておけば、糸を消すまであの2体を気にせず、スライム君はタイマンに集中出来るだろう。これなら攻撃優先でコヨーテに【オプティダウン　ＤＥＦ】を掛けよう。

「行け！　そこだ！」

コヨーテとスライムの中々に熱い戦いを繰り広げている。頑張れ！　その1体だけならスライム君だけでも倒せる！　僕は信じてるぞ！

「……!!」「ゴボッ……!?」

「良いぞ！　そのまま決めろ！」

スライム君がコヨーテに噛《か》みつかれた部分に集まり、コヨーテの顔を覆いつくす。窒息狙いの自分のボディを使った良い攻撃だ。後はコヨーテが窒息するまで耐えれば勝てるぞ！

「おぉ！」「……！」

コヨーテがポリゴンと化した。スライム君の勝利だ！

「そりゃ！　よいしょ！」

残った2体に魔硬貨で攻撃する。あ、倒しちゃった。

「……！」

「あぁ、行っちゃった」

2体を僕が倒した事でスライム君は逃げてしまった。ナイスファイトの一言位掛けたかったな。

『称号【弱食強肉】を入手』

「おん？」

【弱食強肉】 魔物同士の戦闘で弱い方に協力し、勝たせる事で入手。窮鼠猫《きゅうそ》を噛む……じゃなくて食べちゃったよ……　モンスターに対しても支援魔法やドーピングアイテムを使用出来る

「はぇ～、じゃあ【オプティアップ】とかが敵に使える様になるのかぁ……使う事あるかなぁ？」

今更だけど上昇系の支援魔法を魔物相手に使う事ってあるんだろうか？　無い気がするなぁ。

「まぁ称号貰《もら》えたのは嬉《うれ》しいかな？」

弱肉強食じゃなくて弱食強肉なんて反抗的で良いじゃん良いじゃん？

「とりあえず居なくなっちゃったし、あれは回収しておこうか」

僕の倒した2体にナイフを刺してアイテムを回収する。流石にここで解体するのは時間が無い。今は教会を目指している最中だからね。

『コヨーテの毛×4　コヨーテの皮×2　を入手』

素材を回収し、また荒野を進む。もう会えないだろうけどあのスライム君には頑張って欲しい。

●

「おや？　霧が出てきたな」

荒野を進むと段々と霧が出てきた。それに木も生えている。何だか雰囲気変わってきた？

「うーん……見えないって訳じゃ無いけどこのまま進んだら絶対迷子になるよなぁ……」

迷う可能性があるから何か目印を見つけてから霧の中に入りたいけど……

「このまま迷子になる覚悟で進むのはちょっとな……んー、あっ！　位置データ！」

位置データを見ると『ガイドを開始しますか？』という文字が出てきた。

「お願いしますっと」

ＹＥＳの選択肢を押すと、足元から青白い線が霧の中に伸びる。この方向に行けば良いんだな。

「良かった、これなら安心して進める」

この線を追って行けば『棄てられた教会』まで歩いていく事が出来るはずだ。よし、行くぞ！

「こういう時はガイドがあると助かるなぁ？」

謎解きで手探りなのは楽しいけど、目的地に向かう途中で足止めを喰《く》らう系は結構ストレスが溜《た》まるから、ガイドのお陰でストレスフリーなのが素晴らしい。

「ここが……棄てられた教会かぁ」

霧の中を走ると、遂《つい》にボロボロな教会が僕の前に現れた。ガイドも示しているから間違いない。

「さて、入れるかなぁ？　お、おぉ？　おぉ！　入れたー！」

街の教会は弾《はじ》かれたけど、ここは何の抵抗も無く敷地内に入る事が出来た。

「うわぁ……結構埃《ほこり》っぽいなぁ？」

教会に入ってみると長椅子や祭壇があるけど全体的に埃が被《かぶ》っていたり、少し壊れていたり……

「おや？　何か居る？」

教会の中でごそごそと何かが動いている。警戒して、隠れる為に柱を駆け上がる。なんだ？

「アァァァ……」

「あれは……ゾンビ？」

ゾンビが居る教会かぁ……結界が無いから入り込んだのか？　近くに廃村とかあるのかな？

「どうしよう？　やっちゃうべきか？」

倒しても良いかと思ったけどここ教会だしなぁ……なんか嫌だなぁ。

「…………さい」

「あれは？」

天井から観察していたら祭壇付近に誰か立っていた。

シスター服だし、例の幽霊シスターかな？　と見ていたら、そのシスターが祈りのポーズをした後にゾンビ達に光が降り注ぎ、消滅した。

「聖魔法……って奴かな？」

「誰ですか!?　ひっ!?」

上を見上げたシスターさんは天井に張り付く僕を見て腰を抜かしていた。あ、足元透けてる。

「こんにちは。勝手に入ってごめんなさい。脅かすつもりも攻撃するつもりも無いんです」

弁明する為に柱を伝って下りる。

「ひえっ!?　え、っと……こ、こんにちは……」

僕柱から下りてきただけなんだけどな……めっちゃ怖がられてるなぁ。

「ここって、棄てられた教会って場所で合ってます？」

「え、えぇ……今は既に棄てられた教会になってしまいました」

「合ってた。街の教会は結界で弾かれたんで、入れそうな所がここだって聞いてきました！」

うーん、でもこのままじゃ教会じゃなくて廃墟《はいきょ》だよねぇ。

「そうだったんですか……それは可哀想《かわいそう》に……」

「あの、シスターさん？」

「はい、なんです？」

普通に受け答えしてくれた。良かった。

「ここ、掃除しても良いですか？　埃っぽいのが気になっちゃって……掃除道具はありますす？」

前にゾンビを倒した時に入手したボロ布をしっかり洗えば雑巾位にはなるんじゃないかな？

「古い物しか無いので使えるかは分かりませんが……あの中に」

「はーい、おっ、これ使えそう。よし！　それじゃあ掃除しちゃおう！」

用具入れにはモップとバケツが入っていた。とりあえずこれを使って掃除スタートだ！

「よいしょ！　よいしょ！　よいしょ！　はぁ！」

掃除をするために長椅子を外に出す。ついでに近寄ってきたゾンビもぶっ飛ばす。

「あ、あの……」

「はい、なんです？　うぉぉぉ！」

シスターさんが話しかけてきたので雑巾掛けをしながら聞く。

「どうしてそこまでするんです？　貴方《あなた》には掃除をする義務は無いはずなのに……」

「多分元々綺麗《きれい》な所だろうし、せっかく僕が入れた教会だから綺麗にして見返す的な？」

誰を見返すのか自分でも分からないけど埃まみれの教会は綺麗にしたい。

「えーっとこの祭壇は……」

「祭壇は大丈夫なので！」

祭壇の前に立ち塞がる幽霊シスターさん。前髪で顔が見えないけど、恥ずかしがってる？

「でも祭壇もかなり汚れてますよ？」

「わ、私がやるので！」

幽霊シスターさんが焦って自分がすると言っているが、使えそうな道具はもう残ってないよ？

「祭壇は触らない方が良いんですね。分かりました。じゃあ【魔糸生成】」

祭壇以外なら天井だな。太い、弱粘着糸をモップの先に付けて、埃もゴミも纏《まと》めて吸着だ。

「そーれそれそれ！　うわっ！　あっという間に真っ黒に……これは掃除し甲斐《がい》があるな？」

粘着のお陰でゴミが沢山くっ付いてる。何かコロコロを掛けてる時の楽しさと似てるなぁ。

「あの、この黒い塊は？」

「ん？　天井の汚れですよ？」

「えっ!?　こんなに汚れてたんですか!?」

ゴミの付いた糸を交換して、天井を綺麗にしていく。埃がたっぷりでも、この掃除用糸を使えばこの通り！　と脳内でテレビショッピングの様なノリで掃除を進める。

「あ、そうか！　【魔糸生成】おぉ、出来た出来た。これ楽しいな！」

幅広、弱粘着の要素を入れて、糸を出してみる。すると、もはや布か？　というレベルの糸が出来た。これを張り付けてぺりぺりー。この快感！　途中休憩も入れつつぺりぺりと剝がして、ゴミが付いて取れなくなった糸は下に捨ててを繰り返していくと教会の上部はすっかり綺麗になった。

「ど、どうしましょう？　これじゃあ足の踏み場も……」

それ幽霊ジョーク的な物にしか聞こえないです……

「ごめんなさいシスターさん。一旦、外に出しますね？」

インベントリにゴミだらけの糸を回収して外の何も無い所に出す。うわぁ、山だよ山。

「あ、あの……」

「はい、あっそういえばシスターさんの事をシスターさんって呼んでますが、大丈夫ですかね？」

「それは構いません。あの、私にもそのぺりぺりーって剥がすのやらせてもらえませんか？」

シスターさんがやりたいのならやらせてあげよう。

「良いですよ？　なら祭壇でやりましょう。というか祭壇以外残ってませんし」

もう祭壇以外はピカピカだ。やるならそこしか残っていない。

「さ、祭壇……分かりました……」

祭壇にはシスターさんが着ている服と同じシスター服が載っている。なんだ？

「やらないと終わりませんよ。観念してください。というか、どうしてそこまで渋るんです？」

理由を聞いて納得出来れば掃除は諦めるし、納得出来なきゃ僕が強制的に掃除を開始する。

「それは……あの祭壇自体が私なんです」

祭壇自体が私？　どういう事？

「ごめんなさい。もう少し嚙み砕いて説明してもらっても？」

「この棄てられた教会。そのものが私でして……この体は人と話す為に用意した私の分身です」

「あぁ、インターフェース的な存在がシスターさんかぁ。で、なんで祭壇を掃除しないの？」

この教会が人と意思疎通する為にシスターさんを生み出したって事か。

「それは……その、敏感な所なので……」

ちょっとエッチに聞こえるけど、要はこの教会の重要な部分が祭壇なのかな？

「ふーん？　そういう事だったんだ……えいっ！」

「ひゃわっ!?」

話をしながら祭壇に近寄り、糸を張り付ける。別にダメそうな理由でも無いし、良いだろう。

「くすぐったいから拒否してたって事ですよね？　すぐ終わらせますから我慢してください」

ぺたぺたと祭壇を糸塗《いとまみ》れにする。

「よし！　これで終わりっと！　じゃあ自分で剝がしてくださいね」

「わぁ、楽し……うひっ、うふふっ、くすぐった……」

自分で自分をくすぐる感じかな？　でもこれで祭壇は綺麗になったし、安心出来るね！

「あれ？　シスターさん目が……」

「あ、いやこれは……」

前髪が乱れ、顔が見えた。普通に可愛《かわい》い顔だけど……左目は穴が空いた様に無かった。

「えっと、なんかごめんなさい。気分が悪いかもしれませんがしっかり見せてもらっても？」

「貴方、変わってますね？　あんまり露骨に引かないでくれると良いのですが……」

自分で前髪を横に流し、ぽっかり空いた左目の部分を見せてくれる。ふむふむ、これは……

「なるほど……さっき教会自体が自分って言ってたけど、それが関係してます？」

左目が無い事がこの教会の状況と関係があるんじゃないだろうか？

「はい……教会がボロボロなので、この身も完全には再現出来なくて……」

「なるほどー？　じゃあ教会を直せばシスターさんの目を治す事も出来るんですか？」

「そう、なりますかね？」

教会を修復すればシスターさんの目を治せるのか。

「とりあえず今はこれを……あれ？　透けちゃう……」

シスターさんに眼帯の1つをあげようとしたけどすり抜けてしまった。ぐぬぬ……

「あ、それなら祭壇に置いてください」

「祭壇に？　ほい」

祭壇に眼帯を置くとシスターさんの左目に眼帯が装着された。祭壇が私ってこういう事か。

「どうです？　似合いますか？」

眼帯シスター……僕的にはアリですね。

「うん、かなり良いと思う！」

これ、祭壇に他の物を置いても着てくれるのかな？　試しにウルフポンチョを置いてみる。

「これはなんです？」

おっ？　着てくれたぞ。

「試しに置いてみたんだけど……なるほど、ここに置けばシスターさんの装備になる訳ですか？」

「流石に変な物は着ませんよ!?」

「なんだぁ……」

若干、ほんの少しだけ、あの時返したスク水を持っていれば良かったかなぁと思ったけど、多分シスターさんの言う変な物扱いで着てくれないだろうと瞬時に自己解決した。

「私で遊んでいませんか？」

「まぁその気持ちもあるかなぁ」

シスターさん結構良い人っぽいし、遊びたくなってしまう。

「そういえばまだお名前を聞いていませんでしたね？　掃除もしていただいたのに……」

「そういえばまだ名乗ってませんでしたね。僕はハチです」

「ハチさん、頼みたい事があるのですが……」

「教会の修復だよね。やるよ」

この話の流れだとそれしかないだろう。

『修復クエスト　蘇《よみがえ》る教会　を開始しますか？』

やっぱりクエストだ。もちろんＹＥＳのボタンを押す。これで教会を修復する事が出来るかな？

「ありがとうございます。まずは天井の穴を塞ぎたいので木材が必要です。出来ればトレントの様な魔物から取れる上質な木材等があれば修復出来るかと」

『魔樹の木材×10の収集』

天井の穴を塞ぐのにトレントから取れる木材10個を集めて来いと、よーし、頑張るぞー！

「トレントは霧の中で他の木に紛れています。とても見つけ難《にく》いと思いますがお願いします」

「トレントと普通の木の見分け方とかってあるのかな？」

見分け方が分かれば探すときの助けになるが、あるのかな？

「見分け方……そういえばトレントは根の部分が4本地面から出ていると聞いた事があります」

「根が4本？　それは4方向に1本ずつ根が地面から出ているって事かな？」

「はい、そうらしいです」

なるほど、重要な情報だ。それっぽい木に近寄る時は注意しよう。

「情報ありがとう！　それじゃあちょっと探してくるね？」

「はい、いってらっしゃい」

シスターさんに見送られて教会から出る。

「それじゃあトレントを探しますかぁ！」

霧の中に木は結構生えている。この中にトレントが紛れ込んでいるんだな？

「先手を取れる様な情報を貰えたけど……先に葉っぱを何とかした方が良いかな？」

ダイコーンさんが倒したアイツと同じ様な攻撃をするなら、葉っぱは何とかしたい所だ。

「おっ、早速……」

根が4つ出ている木を発見した。情報通りならアレがトレントだろう。魔硬貨で先制するか？

「いや、遠距離戦は僕には不利だな……懐に入って直接切った方が良いか」

臨戦態勢になっていないから色々考える時間がある。一旦、DEXをフルに上げて戦いに挑む。

「そーれっ！」「グギャー!?」

トレントと思《おぼ》しき木に飛び移り、手刀一閃《いっせん》。大きな枝を落とすと、悲鳴が聞こえた。

本当にトレントだった……僕にダイコーンさん達の様に数を活《い》かした戦いは無理だし、中途半端な遠距離戦で敵に有利《アドバンテージ》を取られる位なら一気に敵の懐に入って近接戦闘で戦う方が分がある。

「せいっ！　はぁ！」「グギャァァァ！」

素早く枝を落とす。大体の葉が付いた枝は落とせた。これでかなり楽に戦えるはずだ。

「近距離戦だけなら！」

トレントの頭上から蹴りや手刀で攻撃を仕掛ける。相手の攻撃は枝や根による攻撃だ。枝は切り落としたし、根は上まで届かないので圧倒的有利パターン入ったか？　と思う位一方的に攻撃するとトレントが倒れた。

これで1体……手間は掛かるが、同じ要領で10体倒した。

普通に1体から木材は平均3個程取れたので完全にやり過ぎだけど、お陰でレベルが上がった。

『Lv27にレベルアップしました　魔法【レスト】の性能アップ』

ハチ　補助術士Lv27　HP400→420　MP710→740
STR25→26　DEF23→25　INT40→42　MIND105→110　AGI75→80　DEX95→100
成長ポイント　270

中々経験値が美味《おい》しいトレント。そして出てきたアイテムも……

『魔樹の木材×32　魔樹の樹液×28　魔樹の葉×40　魔樹の根×5　魔樹の苗木×1』

と、結構良い感じに集まった。苗木が出て来ちゃったけどコレ植えても良いんだろうか？

「レストの性能アップとはなんぞや？」

【レスト】消費MP20　命中した相手は休息状態となる。攻撃を受けずに時間経過で起きるとステータスが10分間10％アップする（休息状態）30秒間体と心を休め、HP、MPを回復する。休息状態では動けず、受けるダメージは倍になる。30秒経過するか、攻撃を喰らうと解除される

「お？　ステータスアップが付くんだ。30秒休めたら10分間10％アップかぁ……」

戦闘中だと難しいだろう。でも【レスト】掛けてその人を守り切れば万全の状態で戦線復帰させたらかなり強いかも。後は戦闘前に掛けて10％アップ状態で始めるか、かな？

「とりあえず使い勝手が良くなったのは嬉しいね」

敵なら2倍ダメージ、味方なら回復とステータスアップ。1粒で2度美味しいお得な魔法だ。

「レベルが上がると他の魔法も性能アップとかするのかな？　まぁ教会に修理しに戻るか」

レベル上げをするのも良いけどまずは教会修理のクエストを進めなくちゃ。

「あって良かった位置データ！」

霧の中を駆けずり回り、ここどこ？　となったが、ガイドで教会まで戻る事が出来た。

「シスターさん、木材取ってきましたよー！」

「あ、ハチさん。おかえりなさい」

シスターさんがお出迎えしてくれた。うーん、可愛い。

「とりあえず穴の所を木材で塞げば良いんですよね？」

「はい、そうしていただけると……」

シスターさんにそんな事が出来るとも思えないし、僕がやろう。

「えっと、これを使ってください」

「ネイルハンマーと釘《くぎ》……なるほど、これなら修復も出来そうだ」

屋根の修理とか上手《うま》く出来るか分からないけど、僕でも出来るかな？

「じゃあやってきます」

「落ちない様に気を付けてくださいね？」

【ゲッコー】があるから落ちる事は無いけどね？　教会の屋根まで登る、近い所から修理しよう。

「ここと、ここと、これで……終わり！」

穴を木材で塞いでいき、屋根の修復を終えると、屋根がピカッと光って綺麗な屋根になった。

「シスターさん、終わりましたー」

「ありがとうございます。屋根が直ったのが分かりました」

あれ？　なんかシスターさん少しだけ大きくなった？

「シスターさん、ちょっと大きくなりました？」

「えぇ、ハチさんが修理してくれたお陰で少しだけ大きくなりました」

「次は何かな？」

「次は……私のロザリオを探して欲しいんです」

「ロザリオ……首から掛ける十字架の奴？」

「そうです。以前、大量に魔物《モンスター》が教会の中に入り込んだ時に取られてしまったみたいで……」

『ロザリオの回収』

それ、探し出すの不可能じゃない？

「見つけられるかなぁ……」

位置データも無しでそんな小さい物を発見するのはかなり難しいぞ？

「確か東に、廃坑があります。そこは今モンスターの巣窟になっているかもしれません」

「東に廃坑……なるほど」

今度はそこに行ってロザリオを取ってくれば良いのか。

「私はここから離れる事は出来ないので、ハチさんに頼むしか無いんです」

「良いよ。でもその前に長椅子も修理しちゃおう。レベル上げで木材も余ってるし」

釘も、トレント木材もまだあるから長椅子もついでに修理しちゃおう。

「そこまでやってくれるなんて……ありがとうございます」

集めた木材を使わないのは勿体無《もったいな》い。ちゃんと自分でも座って確かめたし、大丈夫そうだ。

「シスターさん、長椅子はどういう風に置きます？」

「祭壇の方に向けて真ん中を空ける様に置いてくれればありがたいです」

長椅子を並べていく。おぉ、色々足りない気はするけど、教会らしさが出てきた気がする。

「これでよしと！　それじゃあ廃坑に行ってみます！」

「本当に気を付けてください。廃坑は明かりが無いので持っていく方が良いですよ？」

「なるほど、参考にします。では……って東はどっちですかね？」

「ふふっ、東は教会から出て左の方です」

暗闇は平気だけど、方向がね……まぁ迷ったら教会からやり直せば良いか。

「廃坑……鉱石とかも取れそうだ。でもとりあえず取る物を取ってからじゃないとね」

ロザリオの回収をして余裕があったら鉱石採取も考えよう。

第4章

「ここ……かな？」

東の方にずっと進んで行くと霧で上までは見えないけど山というか崖？　の様な壁が見えた。

「おっ？　あれが入口か」

壁に近寄ると消えている松明《たいまつ》が付いた入口があった。廃坑の入口っていえば確かにそれっぽい。

「とりあえず入口付近は何も無しか」

敵が入口を守っているとかそういう感じでは無い。ま、入ってみるしか無いよねー。

「おぉ！　凄《すご》い！　めっちゃ視《み》える！」

【夜目】が【ゲッコー】に変わった事により、強化されて視える範囲が広がってハッキリ視える。

これなら急に何か出て来ても問題無く対処出来るぞ？

「ここはゾンビ系が多いのかな？」

廃坑内部を彷徨《さまよ》っているのは大体はゾンビだ。他には少しだけ幽霊っぽいのも居る。

「これは……倒すべきか？」

倒してもアイテムや経験値が美味《おい》しくなさそう。でも倒さないと邪魔になるよなぁ……

「あ、そうだ！」

壁を伝い、天井を歩く。これでゾンビに邪魔される事は無い。でもここが四剣のダンジョンみたいに最奥から一気に脱出が出来るかどうか分からないからもう一工夫しよう。

「アァァ……」「よっと！　一本釣り！」

上から魔糸を垂らし、ゾンビを捕まえる。これで天井から吊《つ》るせば、動けないぞ？

「なんだろう……殺して無いけど『確殺仕事人』っぽいかも？」

パララ～とトランペットの音が聞こえそうだ。あんな三味線の弦みたいな事は出来ない。

この糸をカッコつけてビンッて指で弾《はじ》こうものならべったり張り付いて剝がすのが大変だけど……。

「よし、とりあえず目に付くゾンビは全員天井から吊るしていこう」

動けなくしておけば、ゲーム的に考えてリポップする事も無いだろうという目論《もくろ》みでの行動だ。

「幽霊は……これ僕に対して敵対とかはしてないのかな？」

ゾンビは彷徨い、幽霊は壁に鶴嘴《つるはし》を打ち付けている。これは下手に鉱石を取ろうとすると幽霊も襲い掛かってくるかもしれない。中立的な存在なら何もしないのが一番安心だ。

「このまま進んで行けばとりあえず廃坑の一番奥まで行けるかな？」

ゾンビは吊るし、幽霊は無視して進む。鉱石が取れそうな所には幽霊が居る。やっぱり黙って進むのが正解かもしれない。今の僕の最優先事項はロザリオの回収だ。その辺のゾンビが持っているかもしれないし、くまなく探索する必要があるだろう。

「一本道……という訳じゃ無いのかぁ。何かヒントはあるかな？」

目の前には3つの道。正解の道は足跡が……と思ったけど廃坑に足跡も何も無い。

「マッピングしながら行くしか無いかぁ……」

ありがたい事にメニューの中にメモ機能があったのでそれを使ってマッピングする事にしよう。

とりあえずここまでは真《ま》っ直《す》ぐだったし、まだ簡単だ。右の道からマッピングして行こう。

「いきなりモンスターハウスっていう可能性もあるし、天井を這《は》って慎重に行こう」

何かしらの仕掛けを踏むとかでなければトラップに掛かる事も無いだろう。

「流石《さすが》に天井まではトラップは仕掛けられなかったみたいだね」

進んで行くと小部屋らしき場所に出たけど何も出ない。行き止まりだ。

これはモンスターハウスかな……来た道を引き返し、メモにマップを書いていく。右はモンスターハウスらしき部屋っと。

「じゃあ次は真ん中へ行ってみよう」

また天井を進んで行く。というか、元廃坑に罠《わな》がある時点で完全に誰か居るよね？　真ん中の道を進むと左右に振れるペンデュラムアックスに床から飛び出す槍《やり》。等々、トラップが目白押しだ。

この先に進むべきだろうけど一旦引き返して左も見てみよう。

「左ルートは……これまたヤバいな？」

左はベッドのみの休憩室。坑道が使われていた時の物だろうけど、今使っているのはゾンビだ。

天井から確認したけど、目的の物《ロザリオ》は無かったが、代わりに良い物を見つけた。

『廃坑の鍵　を入手しました』

「おっ、これは使えそうな鍵だね」

鍵の近くに休眠状態のゾンビが居たのでコッソリ天井から糸を垂らし、鍵だけを入手した。これで万が一鍵が無いから戻らなきゃ！　なんて事にはならないだろう。

「さて、他のゾンビ達《たち》も起きる前に……」

天井を伝って、分かれ道に戻る。ついでに入口を糸で封鎖しよう。挟まれても困るし。

「これでよし！　それじゃあ、真ん中の道に行きますか！」

トラップの道を進もう。もう一度言うけどここ廃坑だよね？　絶対作り変えられてるよね？

「でも、これならタイミングを合わせるだけで簡単に避けられるね」

ペンデュラムアックスが左右から迫ってくるけど斬る所は一定なので、ペンデュラムアックスの間に入ってしまえばご飯を食べる余裕さえある。流石にそんな事はしないけど。

「用意されたトラップがほぼほぼ僕には意味ないんだよなぁ……」

トラップは天井を這って簡単に抜けられた。僕を止めたければもっと複雑じゃないとね。

そのまま進むと、道が途切れて下に棘《とげ》、空中に浮く動く足場と、もう完全にダンジョンだこれ。

「こういう時こそアレだな！」

これはやるしかない。強靭《きょうじん》、粘着の2要素の糸を天井に射出。そして振り子移動！

「おぉぉぉ！　すっごい！」

浮遊足場とかも全てスルーし、反対側の足場に辿《たど》り着く。目の前には扉が……

「鍵……合っちゃったねぇ？」

入手した『廃坑の鍵』はしっかりと鍵穴に合い、扉が開く。中はさっき見たモンスターハウス的な小部屋の真ん中に玉座？　があった。あの四剣の王の玉座よりはかなり貧相だ。

「き、貴様ぁ……ボクの用意したトラップを悉《ことごと》くバカにしたように攻略してぇ……ぐすっ」

そしてその玉座には、半泣きで黒いローブを着た悪魔っぽい子が座っていた。

「ん？　もしかしてあのアスレチックは君が作ったのかな？」

「アスレチック……やっぱりバカにしてる！」

バカにしたつもりは無いんだけど……

「ゾンビを囮《おとり》にした廃坑幽霊と鉱石爆弾のトラップはスルー！　モンスターハウスは起動スイッチを踏まない！　ゾンビ達の休憩所は誰も起こさずに隠したはずの鍵を見つける！　当たれば死ぬトラップは全然当たらない！　意地悪動作を設定した動く足場は変な糸を出して全部無視！」

そう言われるとなんか僕が悪い気が……いやいや騙《だま》されるな？　別に僕が悪い訳では無い。

「ボクの作った『貧呪の魔硬貨』も変な使い方して……全然嫌がらせが出来てない！」

えっ!?　なんだって!?

「君がこの魔硬貨を作ってくれたの!?　ありがとう！　大事に使わせてもらってるよ！」

「こっ、この変態めー！」

そういう事はハスバさんとかに言って欲しい。僕は別に変態と呼ばれて喜ぶタイプじゃない。

「僕は別に変態でも何でもないつもりなんだけどなぁ？」

「やめろぉ！　こっちに来るなぁ！」

めっちゃ警戒されてる……僕は別に戦う事が目的じゃないからとりあえず話を聞いてみるか。

「あのさ？　ここにロザリオって無い？　首から下げる十字架なんだけど……」

「ひぃ！　ん？　ひょっとしてこれ？」

悪魔が玉座の裏から黒い十字架に銀で縁取りをされた首飾りを取り出した。あら？　壊れてる？

「その破損は最初から？　それとも……」

「さ、最初から壊れてたぞ!?　嘘《うそ》じゃ無いぞ!?」

本当の事を言っている様だ。教会からここまで来る間に引っ掛けて壊れてしまったのかな。

「なんでそんなにビビってるの？」

「悪魔の呪いを受けて平気どころか、ありがたがっている奴《やつ》を見て、喜ぶ奴が居ると思うか？」

そういう事？

「とりあえずそれ、あの教会の物だから返してもらえるかな？」

「返さなかったら貴様は困るのか？」

「うーん……どちらかと言えば困っちゃうかな？」

ロザリオの回収が出来なければ教会の修復クエストが進まないから実は結構困る。

「ほほう？　じゃあ渡せないなぁ？　やっと貴様をボクの力で困らせる事が出来る！」

悪魔がニヤッと嗤《わら》う。なんか、少しくらいなら付き合っても良いかなと思ってしまう。

「困らされちゃうなぁ……」

「貴様みたいなチビな人間！　やっぱり恐れる事は無い！」

「歯食いしばれ。お前みたいな悪魔、修正してやる」

流石に最後の言葉はライン越えたな？

「僕にも許せない事はある。小《ち》っちゃいはまだ許せる。だが、チビと言うのは許さん」

人の身体的特徴を馬鹿にするのは良くない事だ。ゲームだから姿を変える事も出来るだろうけど、リハビリも込みでやってる僕は自分の姿を変えるつもりは無い。だからこそ今の一言は許せない。

「だ、大丈夫、勝てる……！　アレを使えば！」

「謝るか、ボコボコにされてから謝るか、選びな？」

奥の手があるみたいだけど……負ける気はしないが、油断は無しだ。

「だ、誰が謝るか！　貴様こそ今度はボクの前にひれ伏す番だ！　【ダークスフィア】！」

玉座から杖《つえ》を取り出し、魔法を発動する。僕の周りに暗い紫と黒っぽい色の球体が出てきたな。

「【リインフォース】」

脚力を強化して囲んでいた球体を飛び越える。飛び越えた後、チラッと後ろを見てみたら僕を取り囲んでいた球体達は僕が居た場所に集まって爆発していた。ふぅ、危ない。

「なっ!?」

「じゃあ僕の番かな？」

「う、うるさい！　【ダークレーザー】！」

杖の先から黒いレーザーが出てきて横薙《よこな》ぎに攻撃されるのをバク転で回避する。

「さっさと謝ってくれればそれで良いんだけど？」

「このぉ！　【ダークランス】！」

空中に黒い槍が生成される。あれはこっちに飛んで来るんだろう。なら、こっちから行こう。

「なぁっ!?」「【ディザーム】」

【電磁防御】で槍は弾かれて僕に眼前まで迫られた悪魔。あれ？　よく見たらちょっと胸が……ひょっとして女の子だった？　まぁ良い。杖を後方に放り投げる。すぐに取りに行けない距離だ。

「と、とりゃっ！」「ていっ」

杖を取り上げられた為《ため》、僕にパンチを放つが……やっぱ魔法が主力だったのかへなちょこパンチだ。左手で受け流し、右手でデコピン。【リインフォース】で強化されたデコピンは痛いぞぉ？

「痛ったぁ！」

頭を押さえて僕から距離を取る悪魔。

「なんか……もう別に謝ってくれなくて良いからロザリオだけ返して欲しいな……」

なんだか弱い物いじめをしている気分だ……魔法使いって杖が無くなると全然ダメなんだな……

「ま、まだ負けてない！　これでも喰《く》らえっ！」

悪魔がこっちに走って来た。コケると危ないし受け止めた方が良いんだろうか？　本当に危なそうな攻撃だったら側頭部に蹴りでも入れれば問題無いだろうし、何をするか見極める事にした。

「これで貴様もおしまいだっ！　ボクの最高傑作を喰らえっ！」

そう言うと悪魔は僕に手枷《てかせ》と足枷の様な物を投げつけてきた。

『愚戦奴の呪枷《じゅかせ》が装備されました』

「ん？」

装備されましたって事は呪いのアイテムか？　とりあえず距離を取る。悪魔の方は別に僕に追撃を仕掛けてくる様子は無いが、小さく笑っている。

「ふっふっふ！　ボクの最高傑作だ。攻撃しても全然効かない事に震えるが良い！」

とりあえず確認する時間はくれるみたいだから装備の確認をしてみよう。

愚戦奴の呪枷　レアリティ　カースド　STR－90％　INT－90％　耐久度　破壊不可
特殊能力　質悪数多《あまた》の呪い　この装備は外す事が出来ない。物理攻撃に追加攻撃が発生し、MPを使用する際、消費MPが50％カットされるが、STRとINTが恐ろしく大きく下がる。
とある悪魔が最終兵器として作った呪われたアイテム。戦う為だけの奴隷に付けられていた枷をあの手この手で呪いを掛け、完成したこの枷を装備した人間はとてもでは無いが戦えないだろう

「…………」

「どうだ！　貴様の打撃はもう怖くないぞ！」

どうだ！ってこれ……

「な、なんだ？　どうして無言でこっちに寄ってくる!?」

「ていっ！」

また悪魔にデコピンする。

「痛ったぁ!? 痛ったぁ!?」

追加攻撃が発生してデコピンが２発分悪魔の額に当たる。反応的に、威力は同じ位だろう。

「な、なんで威力が減ってない!?」

「君、天才だと思うよ。こんな良い装備タダでくれるとか僕には救世主かも」

「そ、そんなー!?」

これがもし、ロザリーさんみたいなタイプが装備してたら目も当てられないレベルの弱体化だったただろう。でも僕は攻撃はＤＥＸ判定だし、攻撃魔法は無いからＩＮＴが減っても関係無い。呪いのデメリットがほぼ無しで追加攻撃とＭＰ消費50％カットのメリットだけ享受出来ちゃうね……

「返して！ 返してよー！」

「いやぁ、もう貰《もら》っちゃったし、呪いの効果で外せないしなぁ？」

悪魔が僕に縋《すが》りついて返してコールをしてくる。悪魔って皆薄着というか過激な恰好《かっこう》をしているんだろうか？ 距離が近いから悪魔のローブの中が見える。これは確実に女の子ですね……

「うわぁぁん！ どうして、どうしてボクだけこんな目にー！」

膝から崩れ落ちる悪魔。この悪魔何とかしてあげられないだろうか？ 可哀想《かわいそう》で仕方が無い。

「僕は君の事認めてるんだけどなぁ……とりあえずさ？ なんで人を不幸にしたいの？」

僕に嫌がらせをしたい、困らせたいと何故《なぜ》そう考えているのか知りたい。

「ぐすっ……そんなの悪魔の在り方として当然だろ！」

「なんで？」

何が当然なんだろうか？

「なんでって……悪魔は他人を不幸にする存在だからだ！」

「そんなの全然自分らしくないじゃん」

「は？」

ポカーンとする悪魔。

「うーん、君、名前はある？」

「モ、モニク……」

「モニク。明るい街か、鬱蒼《うっそう》とした森か。大半の人が街に行ったらモニクはどっちに行きたい？」

「それは……やっぱり楽しそうだから街？」

うんうん、やっぱ街に行きたくなるよねー。

「僕はこの世界に来た時にその選択肢で運試しの棒を投げて出た結果、森の方に行ったよ？」

「え、バカなの？」

「Ｏｈ……手厳しい……」

モニクにバカって言われたけど、別におかしくないから何にも言い返せない。

「でも僕はその選択肢を選んだお陰で今モニクを圧倒してるよ？」

「そ、それは……というかこの話はいったい何の意味があるんだ？」

ちょっと回りくどいかな？

「誰も選ばなかった事をやったお陰で僕は他の誰とも違う道を進む事が出来たんだよ。ならモニクも他の悪魔が通らなかった道を歩む事だって出来るんじゃない？」

「誰とも違う道……」

もう一押し何か言った方が良いかな？

「そうだなぁ、悪魔が人に迷惑を掛けるならモニクは他の悪魔に迷惑を掛ける悪魔とかどう？」

「他の悪魔に迷惑を掛ける？」

「他の悪魔が人に迷惑を掛けるなら逆に人に良い事するとか実はかなり悪魔的行為じゃない？」

「かなり悪魔的……」

良い感じに食い付いてるな。最後にダメ押しだ。

「叛逆《はんぎゃく》の悪魔モニク！　とかどう？」

「叛逆の悪魔！　良い……！」

良いぞ、凄く気に入っている感じだ。

「今、僕は棄《す》てられた教会の修復をしているんだけど、そこのシスターさんにお願いしてモニクをその教会に住まわせてもらえないかなって考えてるんだ」

「教会に住むだって⁉　そんなの無理だよ！」

「大丈夫。僕も教会の結界に弾かれたけど、棄てられた教会は結界なんて無かったからモニクでも入れるよ。それに教会に住む悪魔……どう？　これはかなり……」

「かなり悪魔的だ！」

自分で言っててなんだけど、それで良いのかモニクちゃん……

「そうだ！　きさm……貴方《あなた》の名前はなんと言うんだ？」

「僕はハチだよ。よろしくモニク」

「ハチさん！　頼む。ボクを連れて行ってくれ！　叛逆の悪魔の称号がボクを待っている！」

うーん、チョロい……

『称号　悪魔を唆す者　を入手』

なんか酷《ひど》い称号出たぞ？

【悪魔を唆す者】　悪魔を相手に会話して丸め込むと入手　どっちが悪魔か分かりませんね？　N
ＰＣと会話時に自分に有利に会話が進む確率が上がる

「とりあえず持てる物持ってここから教会に行こうか」

「あ、あの憑《と》りついても良いですか！」

「ん？　そうしたら楽に移動出来る？」

「はい！　あの玉座ごと移動出来ます！」

「おぉ、それなら憑りついても良いよ」

荷物を持って行けるのなら憑りつくくらい良いだろう。そんな事も出来るって悪魔って凄いな。

「では失礼します！」

叛逆の悪魔と言われてから露骨に態度が良くなった。そんなに嬉《うれ》しかったのか。

モニクが準備を済ませ、僕に歩いてきて姿が消えた。肩に一瞬重みを感じたが、すぐにいつも通りの感覚に戻る。

（まさかとは思っていましたが、乗っ取る事が出来ないとは……）

『称号　悪魔憑《あくまつ》き　を入手』

【悪魔憑き】　悪魔に憑りつかれる事で入手　俺の中に居る！　記念称号

もう何も言うまい……

「とりあえずここから出るね？」

（はい！　お願いします！）

モニクを連れて戻る。スイングで浮遊足場をスルー【リインフォース】で上げた身体能力と【ゲッコー】の張り付きで他のトラップも次々とスルーしていく。

（ボクのトラップをこうも簡単に突破されると悪魔としての自信を粉々にされた気分です）

「僕なら迫る壁ゾーンの床をベタベタにしたり、槍ゾーンは量を減らして、油断した所に矢が出るとかにするかなぁ……あ、でもちゃんとルートは残して心は折らない様にするかな？」

僕なりの改良点を挙げる。多分こうした方が引っ掛けやすいと思う。

（そんな改良のやり方が……考え付かなかった。ハチさん！　いや、師匠と呼ばせてください！）

「いや、ハチって呼んでよ」

『称号　悪魔も尊敬する男　を入手』

『称号　悪魔よりも悪魔的　を入手』

【悪魔も尊敬する男】　悪魔にどんな形であれ、尊敬された際に入手　一体何をしたら悪魔に尊敬されるんですかね……　記念称号
【悪魔よりも悪魔的】　「悪魔」に関する称号を３つ入手する事で入手　あ、悪魔たん……　特定の敵に対してダメージが上昇する。全ステータス10％アップ

どうしてこうなっちゃうんだろうね？　オレアクマ（的）ニナッチャッタヨ……っと、冗談はこの位にしてステータスアップの称号が貰えたのは嬉しい。あとモニクも素直で、とても動きやすい。

（師匠！　モンスターハウスの方に向かってもらっても良いですか？　忘れ物があるので）

「だから師匠は……まぁ良いか。モンスターハウスの方に行けば良いのね？」（はい！）

忘れ物はあると困るから取りに行こうか。

「了解、それじゃあ行くよ？」（はい！　師匠！）

なんかムズムズしながらも、何も無かった小部屋に向かう。忘れ物はどこだ？

（では一度出ます）「はいよー」

肩が軽くなる感覚の後、モニクが僕の正面に出てくる……ってここ天井だ！

「あっぶなっ！」「ぐえっ!?」

ギリギリでモニクのマントを摑《つか》み、落ちるのを阻止する。モニクの首が絞まっているから急いで小部屋の隅の方に向かって投げる。あの辺ならトラップとかも無いだろう。

「ぎゃふっ！」「ごめん。すっかり忘れてたよ」

【ゲッコー】は自分だけなのをモニクが頭から地面に落ちる寸前まで思い出すのを忘れていた。

「大丈夫？」

「師匠がおかしい事を改めて実感しました」

酷いなぁ？

「忘れ物、早く取ってきな？」

ある程度の事をスルーする事を覚えた。いちいち小さな事を気にしていたら疲れちゃうしね？

「はい！　えっと、確かこの辺りに……あった！」

モニクが壁を弄《いじ》ると、小さな扉が現れ、その先に本が見えた。あれが忘れ物かな？

「それが忘れ物？」

「はい、これも魔物が教会から持ち出してしまった物なんですが、読み物として中々面白かったので大事に仕舞ってました。教会に行くという事ですし、これも持って行こうかと」

「うんうん、良いねぇ？　叛逆の悪魔的だねぇ」

「本当ですか師匠！」

それ、聖書的な物なのでは？　でもそれを返そうと考えているモニクは結構叛逆の悪魔になってきていると思う。そもそも叛逆の悪魔自体僕が勝手に考えた物だけど……

「それじゃあ行こうか」「はい！」

モニクが走り出す。あっ！

「ちょっと待っ……」「え？」

僕にモニクが憑りついてから行くって意味だったんだけど……遅かった。部屋全体が赤くなる。

「起動しちゃったか。まぁ、失敗しちゃうのは仕方が無い。まずは生きてここを出ないとね？」

「す、すいません師匠！　ボクも戦います！」

部屋の隅から様々な形のゾンビが現れる。人、虫、馬とバリエーション豊かだ。折角だし、このモンスター達を相手に愚戦奴の呪枷を使って戦おう！

「【リインフォース】【オプティアップ　DEX】【リブラ　ItoX《アイトウエックス》】【パシュト】」

今出せる最大限を考えるとこれだろう。

「それじゃあ頑張ろうか！」

「はい！　【ダークランス】！」

背中をモニクに任せて、僕は部屋の半分から出てくる敵に対応する。モニクは魔法による範囲攻撃で敵を抑えられているからこれ僕がしっかり止めないとダメな奴だな？

「はぁ！」「グギャギャギャッ!?」

敵に貧呪の魔硬貨を投げつけるとなんか声がおかしい？　４回くらい当たった？　もう一回……

「グゲゲゲッ!?」

別の敵にも同じく４回くらい当たった声がする。

【パシュト】の効果で２回ヒットするのは分かる。これは愚戦奴の呪枷の追加攻撃も乗ってる？

わぁお。４連ヒットする状態になっちゃったぞ？

「というかこれ……」「ゴバァ……」

掌底アッパーが２回当たって頭が吹き飛び、追撃で残った体も飛び、ポリゴンと化す。

「しっかり打撃も４発分……これなら生き残れそうだ！」

素手で殴っても、魔硬貨を投げつけても４発分。常時追撃状態に追い【パシュト】を掛ける事で追加攻撃に追加攻撃で倍の倍って感じなのか……魔硬貨と、格闘で敵を倒していく。殲滅《せんめつ》スピードも中々良い感じだ。余裕も出たし、モニクにも支援だ。【オプティアップ　ＩＮＴ】で良いか。

「モニク、大丈夫？」

「だ、大丈夫です！」

何とか答えるモニク。こっちは余裕だが、モニクの方はダメージを貰っていた。闇属性の通りが悪いのか魔法を喰らってもそのまま攻撃を続ける敵も居た。属性は結構大事なんだな……

「【ライフシェア】」

モニクに対して僕のＨＰの半分を渡す。持ってかれ……今はいいや。

「え!?　師匠何をしたんですか!?」

「回復させただけだよ。ほら、左２体、正面１体」

「はい！」

僕の方にも敵は来るが、捌《さば》けない程では無い。辛《つら》そうなら場所入れ替えもアリだろう。

人型ゾンビが来たのでムエタイの首相撲《モエパン》からの膝の内側での蹴り《カオコー》でダメージを与える。４発分の蹴りが腹に入るので凄《すさ》まじい衝撃だろう。横から尻尾で僕の顔を狙ってくるトカゲゾンビの攻撃をスウェーバックで躱《かわ》すと、正面のゾンビの頭が吹き飛ぶ。おぉ、怖い。小さい奴は前蹴り《テイップ》で距離を取り、大きい奴は肘打ち《パンソーク》か縦肘打ち《タツマラー》で逆に懐に入り、打撃を入れる。

「そこっ！」

僕を無視してモニクの方に行こうとする奴は魔硬貨で足止め＋ヘイトを集める事も出来る。

「もうちょいかな？」

出てくる敵も数が少なくなってきた。若干モニクの方が多いかな。

「モニク？」

「なんです!?」

「場所チェンジ」

「ひょえっ!?」

モニクの肩を掴んで場所を入れ替える。

モニクの方に人型が多めに感じたから場所を入れ替えた。こっちは馬やトカゲの大きめのサイズの奴が多いので【ダークランス】とか多めに刺さるだろう。

「このゾンビは闇魔法への耐性が高いんじゃない?」

「はい!　助かりました!」

四足歩行の獣系の相手より、僕には人型が相手の方が色々と使える技術が多いし丁度良い。

「「はぁー!」」

2人で何とかモンスターハウスの包囲網を突破した。

『Lv30にレベルアップしました　魔法【バインドハンド】を習得　魔法【オプティアップ】【オプティダウン】の性能アップ　一部装備に変化』

一気に来たな?　というかモンスターハウスってアイテムは落ちないけど経験値は貰えるんだ。経験値稼ぎに使えるかもだけど……今回は運が良かっただけだろう。とりあえず確認だ。

ハチ　補助術士Lv30☆　HP420→450　MP740→800　STR26→28　DEF25→26　INT42→48　MIND110→120　AGI80→86　DEX100→108

成長ポイント　300

ステータスに何か☆マークが付いてる。これはどういう意味だろう？

アストレイ・オブ・アームズ　レアリティ　ユニーク　全ステータス＋24％
耐久度　破壊不可　特殊能力　成長武装　自身のレベルに合わせて武器の性能が上昇する
本来人間には装備出来なかった紋章を魔物達の協力によって無理矢理装備出来る様に作り出された本来の紋章とかけ離れた全く新しい紋章

無形の仮面　レアリティ　ユニーク　HP＋300　MP＋400
耐久値　破壊不可　特殊能力　成長装備（※1）　形状変化（※2）
（※1　自身のレベルに合わせて防具の性能が上昇する）（※2　形状を自在に変化させる事が出来る）
とても古い物のはずだが全く古さを感じない真っ黒な仮面。戦闘人形ピュアルの感謝の念が込められている

オーブ・ローブ　レアリティ　ユニーク　全ステータス＋40
耐久値　破壊不可　特殊効果　成長防具　自身のレベルに合わせてこの装備の性能が上昇する

とある存在が負けず嫌いの精神で作り直したローブ。壊れないだけではなく、装備者に合わせて強くなる性能が追加された

色々上がってるなぁ……あ、イドとエゴは今回成長無しなんだね？

オプティアップ　消費ＭＰ35　10分間、対象のステータスのうち1つを20％上げる
オプティダウン　消費ＭＰ50　10分間、対象のステータスのうち1つを20％下げる

ＭＰの消費量が増えてるけど単純に強くなってる。これは強いな……そして最後の一つだ。

バインドハンド　消費ＭＰ１００　10秒以内に触れた相手をその場から10秒間動けなくする

「時間制限付きの魔法かぁ……」

これまた面白そうな魔法が来たなぁ？

「よし、モニク。教会に行こうか」

「ご迷惑をお掛けしました……」

「大丈夫、問題無いよ。というかモンスターハウスってモニクにも反応するんだね？」

「大事な本を守る為に作ったんですが……本を回収したら回路が変わって起動しちゃいました」

「あら、そうだったんだ」

元々のトラップの場所は知ってたけど、本を取って回路が変わったせいで起動したと……

「失敗を反省するのはその辺にして、ほら、行くよ。憑りついて」

僕に憑りつき、モニクの姿が消える。

「よし、それじゃあ行くぞー！」

ダッシュで廃坑を抜ける。ゾンビを吊るしておいたから邪魔される事も無い。

（師匠はこうなる事を予想してゾンビを吊るしたんですか？）

「まぁ、倒しても別に美味しい訳じゃ無いし、復活されても面倒だからやっておいたよ？」

帰り道の確保をするのにやっておいたけど、正解だったなぁ……

（なんという頭脳……流石師匠！）

「褒めても何も出ないけどね？」

面倒だからそうしただけなんだけどね……廃坑を抜け、ガイドを起動して教会への道を出す。

「トレントは……無視で良いか」

霧の中、根が4つ出ている木に注意しながらガイドの青白い線を追いかける。

「途中で見た事無い奴とか出てこなくて良かった。ほら、モニク。教会だよ」

(ここが……)

「まずはシスターさんに話をしてくるからちょっと待ってて?」

念の為教会の外で待ってもらった方が良いかな? 教会に入って即聖魔法とかあるかもだし。

(分かりました!)

モニクが玉座を出してちょこんと座る。物は豪華なのに座り方が病院の待合室の座り方だ。

「あ、ロザリオ……」

「どうぞ!」

壊れたロザリオをモニクから受け取る。これを持ってシスターさんに会いに行こう。

「あ、ハチさん。おかえりなさい」

「ただいまシスターさん。ロザリオを取って来たんだけど……壊れちゃってて」

「あっ……」

壊れたロザリオをシスターさんに見せると、凄い悲しそうな顔。修理出来るなら修理……あれ?

そういえば僕が持ってる修理の粉ってロザリオにも使えるのかな? 試しに振りかけてみよう。

「頼むよ……効いてくれ……」

修理の粉を振りかけると、ロザリオ全体が光り輝く。完全に直ってないし、全部掛けちゃお。

「おぉ! これなら!」

「ロザリオが……直っていく！」

光の輪郭が徐々に十字架の形になっていき、修理が終わったみたいだ。

「ふぅ直った。祭壇に置けば良いんだよね？」

「はい！　ありがとうございます！　良かった……」

祭壇にロザリオを置くとシスターさんにロザリオが装備されたみたいだ。でもウルフポンチョで見えない。本当だったらシスター服にロザリオが映えて良かったんだろうけどなぁ……

「ハチさん。ありがとうございました！　とても大事な物なので絶対に回収したかったんです」

「シスターさん？　ロザリオの事もあるんだけど、この教会に置いて欲しい人が居るんだ」

今のシスターさんならお願いを聞いてくれそうな気がする。

「置いて欲しい人……ですか？」

「その子、悪魔なんですが改心……というか説得したので教会で住ませてもらえないかと……」

「悪魔……ですか」

やっぱり悪魔と聞いた途端に表情が若干強張《こわば》る。

「モニクって名前なんですが、会話して、困ってる人を助けたり、逆に悪魔を不幸にする叛逆の悪魔なんてどう？って提案したらそれ良い！って感じで……」

「叛逆の悪魔ってただの良い子ですね？　ふふっ良いですよ。連れて来ているんですよね？」

おっ好感触だ。

「外で待ってるんで連れて来ても？」

「勿論《もちろん》どうぞ、お待ちしてます」

シスターさんも笑顔でモニクが来るのを待ってくれるみたいなので急いでモニクの所に向かう。

「モニクー！　入ってオッケーだよ」

「うえっ!?　もうですか？　ちょっと緊張します」

緊張するのも仕方が無い。２人で教会の扉を開き、中に入る。

「ようこそ！　叛逆の悪魔モニク」

シスターさんは既にポンチョを脱ぎ、シスター服で対応する。

「はわっ!?　もう叛逆の悪魔として認められているんですか!?」

「貴女《あなた》に問います。貴女は本当にただの悪魔から叛逆の悪魔になるのですね？」

シスターさんも中々の迫力だなぁ？

「ボク頑張ります！　頑張って叛逆の悪魔になります！　だからここに住まわせてください！」

モニクが勇気を振り絞った一言で答える。

「ええ、良いですよ」

「えっ？」

シスターさんが断る事も無く、すぐに許可を出す。唐突でモニクもあっけに取られているなぁ？

「えっ!?　やったー！　叛逆の悪魔の第一歩です！」

これでモニクも一安心だろう。

「ハチさん。教会としての役割を果たすまでもう少しです。お願いを聞いていただけますか？」

「おっ？　後少し？」

これで教会の復旧が終わった途端に結界が張られて外に弾き出されたら泣く自信がある。

「はい、【職の本】という物なのですが……それが無いと旅人様の転職が行えないんです」

『【職の本】の回収』

そういえば教会で転職が出来るって言ってたな？　その本が無いと転職が出来ないと……

「あっ、ちょっと待っていてください」

モニクが外に出て行く。なんだろう？

「あの、【職の本】ってもしかしてコレではないですか？」

モニクが大事そうに本を持ってきた。そういえば教会から持ってきたんだっけ？

「あー!?　それです！　いったい何故貴女が？」

「ロザリオもそうですが、廃坑の者達がロザリオと本を持ち出してきてしまったみたいで……」

モニクへの献上品を集めに教会を襲撃しに来た……と。これはまた凄い因果だなぁ？

「ごめんなさい！　この本お返しします！」

「本当にこの子悪魔なんですか？」

悪魔がシスターに土下座するとか滅多に見られる物じゃ無い。その気持ちは分かるなぁ……

「称号で悪魔憑きとか貰ったんで悪魔なのは確かだと思います」

称号で【悪魔憑き】を獲得しているのでモニクは確実に悪魔である事に変わりはないハズだ。

「なるほど……モニクさん？　この本は読んでみましたか？」

「はい！　結構面白かったです！」

「職の本って面白いの？」

職業案内的な内容でも書かれているんだろうか？

「面白い……ですかね？　でも返してくれてありがとうございます」

シスターさんが疑問形なのか……

「ページが欠けたりは……あら？」

シスターさんが職の本の破損や欠落が無いか確認していると1枚の紙がひらひらと落ちた。

「これは……」

「あっ、それは」

モニクが落ちた紙を拾おうとするよりも先にシスターさんの念動力か何かの力で紙が浮かぶ。

「……これはモニクさんが？」

「はい……私がその本を見て、考えた内容を纏《まと》めた紙です……恥ずかしいので燃やしてください」

顔を覆って恥ずかしがるモニク。燃やしてくださいって黒歴史的なアレだろうか？

「なるほど……これは、燃やせませんね？」

「な、何故です？」

「これは新しい可能性の塊です！　モニクさん、協力してくれますか？」

「は、はい！」

話が勝手に進んでいるけど、邪魔するのも良くないだろうし、黙って行く末を見守ろう。

「職の本とロザリオが戻ったので教会としての機能は戻りました！　ですが、新しい風が吹き込んでいるのでハチさん。少々時間を頂けないでしょうか？」

ただ教会としての機能が戻っただけではなく、何か追加で起きるみたいだし、待ってみようか。

「それって職関係で何か新しい事が起きるって期待しても良いのかな？」

「はい！」

「じゃあ人を呼んでも良いですかね？」

何か起きるって言うならフレンドを呼んでみるかな？

「ハチさんだけでは心配なので出来れば呼んでくださった方がありがたいですね」

「酷くないです？」

時折シスターさんが僕に厳しい。

「ふふっ、ハチさんのお友達さんを見てみたいというのが本音です」

「あぁ、そういう……」

大丈夫かな？　呼んでも来るか分からないけど、2人は綺麗《きれい》。残りの2人はインパクトが……

「とりあえずフレンドを呼んでみます。外で待ってますね？」

「分かりました。ではモニクさん？　お手伝いをお願いします」

「はい！」

2人に手を振り、教会の外に出る。早速皆にメッセージを送ってみよう。

『イベントを進めたら職に関する報酬が発生するらしく、フレンドを呼んで欲しいと言われたので良かったら来ませんか？　位置データも載せておきますのでお暇ならよろしくお願いします』

「こんな感じで良いかな？　よし、フレンド全員に送信っと」

『棄てられた教会』の位置データと共にメッセージをフレンドの4人に送る。

『今すぐに向かいます』

『待っていてくれ。直ぐに向かう』

アイリスさんとロザリーさんがもの凄い速さで返信してきた。

『また君は何か見つけたのか……行くよ』

『職に関する報酬？　行っても良いだろうか？』

ダイコーンさんがあの見た目でかなり控えめなのがちょっと面白い。ハスバさんは糸で吊るか？

「よし、じゃあ皆が来るまで休憩するかな？」

一旦ログアウトしてトイレ。後は【バインドハンド】の性能チェックをしても良いかも？

■

【情報】アルター　攻略スレ24【求む】
34：名無しの旅人　なぁ？　あの魔蟲《まちゅう》の森ヤバいんだけど……
35：名無しの旅人　どこかで虫除け効果のある匂い袋が買えるらしいぞ？
36：チェルシー　はいはいー、その虫除けの情報取り扱ってますよー。
37：名無しの旅人　チェルシーさんや！　欲しかったら情報を買えって事ね？　貢ぎます。
38：チェルシー　大きな街なら基本どこでも情報を扱ってますよー。今はサーディライに居るけ

ど他の街にもクランメンバーが居るからちゃんと情報は買えるし、売る事も出来るよー。
39：名無しの旅人　あの、チェルシーさん？　今セカンドラの街で何か起きてます？
40：チェルシー　セカンドラの街？　特に情報は来てないけどどうかしたのかい？
41：名無しの旅人　なんか有名プレイヤーが数人、泉でワープしてきたんですけど？
42：チェルシー　セカンドラの街にかい？
43：名無しの旅人　ロザリーさんとアイリスさん、ヒャッハー先輩とスク水の変態です。
44：名無しの旅人　その4人って随分な組み合わせだね？　確かに気になる……
45：名無しの旅人　東の門をくぐって行っちゃったよ。流石に追いかける勇気は無かった……
46：名無しの旅人　セカンドラの東になんかあったっけ？
47：名無しの旅人　セカンドラの東って特に美味くも無い荒野じゃ無かった？
48：名無しの旅人　何かありそうだな？　俺も荒野に行ってみるか。
49：名無しの旅人　私も行ってみよ！
50：チェルシー　ロザリーに連絡を取ってみたけどフレンドに呼ばれたから行っているだけらしいよ？　だから皆もあんまり詮索し過ぎないようにねー
51：名無しの旅人　ロザリーさん達を呼び出すとは……呼んでる人も結構な相手じゃね？
52：名無しの旅人　言われてみれば確かに……
53：名無しの旅人　個人の詮索はマナー違反だぞー？　やり過ぎると運営に怒られるぞ？
54：名無しの運営　やり過ぎるとアカウントBANしちゃうぞ☆

ハチが4人を呼び寄せた事を他の人は知らない……

■　●

「あっ！　そういえばトレントの事を伝えるの忘れてた」

トレントの情報を伝え忘れていた。遅いかもしれないけど一応メッセージを送っておこう。

『霧の中で根っこが4つ地面から出ている木はトレントなので気を付けてください』

4人にメッセージを送る。これでトレントに不意打ちされる事もないかな？

『ハチ君、ちょっと遅かったよ。今トレントに襲われてる最中……終わったよ。あの2人が全部終わらせた。本当にどうやってあの2人とフレンドになったんだい？』

ハスバさんからメッセージが返ってきた。あの2人はトレントを瞬殺かぁ……凄いなぁ？

「どうやってって……まぁリアルで会ったからなんだけど……そんな事は言えないね」

ハスバさんのメッセージはスルーで良いか。

「一応、まだこっちに来るまで時間はありそうだし、練習しに行きますか！」

僕の練習用の場所、オーブさんの所に向かう。

「ハチ様いらっしゃ……また凄い事になってますね……」

オーブさんが呆《あき》れたように言う。オーブさんだけは味方だと思ってたのにー！

「装備は一旦置いといて、覚えた魔法の練習をしたいんでいつものマネキン君お願いします！」

「分かりました。今回も敵対状態で？」

「最初は敵対状態でお願いします。とりあえず装備は無しで」

「はい、少々お待ちください」

オーブさんが準備をして、マネキン君が現れる。

「とりあえず追いかけてくれるかな?」

マネキン君が頷《うなず》き、僕に向かって走ってくる。

「【バインドハンド】」

魔法を発動すると僕の両手が薄い黄色に光る。これが【バインドハンド】発動中の合図か。

「はい、タッチ!」

マネキン君に触れると走っているのにその場で停止。まるでルームランナーみたいになった。

「その場から動けないってこういう事か。マネキン君に弓を持たせて撃ってみて?」

「はい、準備します」

マネキン君の手に弓が背中に矢筒が装備される。そしてマネキン君が弓を構えて、矢を放つ。

「おっと!　やっぱり攻撃は普通に出来るんだね」

【バインドハンド】は触れた相手をその場から動けなくするという効果なので、マネキン君はその場から動かずに弓を撃てばこっちに向かって攻撃出来る……これはどうだろう?

「触るだけで相手を止める……足止めとしては最高かな?」

10秒あれば逃走は可能だ。護衛でも、支援でも10秒の時間は大きい。

「そうだ、オーブさん?　マネキン君を馬に乗せたり出来る?」

「馬……ですか？　分かりました」

マネキン君の下から白いマネキン君と同じデッサン人形風の馬が現れる。

「ありがとう。じゃあまずは馬の方から……【バインドハンド】」

走る馬のマネキン……ウマネキンが走っている横から胴体に触れる。そうするとウマネキンはその場で走り、上のマネキン君は急停止した反動で投げ出される。触れた相手のみ止まるんだな。

「ごめんね？　あと1回だけ試させて？」

カクンと頷くマネキン君。絶対失敗しない様にしよう。

「よし、来ーい！」

また僕に向かって来るマネキン達に【バインドハンド】を今度はマネキン君の脚にだけ触れる。

「空中で止めると浮いたままになるのか。ん？」

馬に跨《また》がった状態で空中に停止するマネキン君。ウマネキンはそのまま走って行ったのでこれなら乗り物に乗っている相手を降ろす事も可能かも？　おっと、誰かからメッセージが来たみたいだ。

『ガイドに従って教会までやってきたが、どこに居るんだい？』

ダイコーンさんからのメッセージだ。そろそろ戻らないと……

「オーブさん。そろそろ戻るよ」

「分かりました。ではまた何か試したい事があれば」

そうして僕を転送しそうになった所で1個大事な事を思い出した。

「オーブさん！　最後に1つ。30Lvになった時に☆マークが付いたんだけどこれ何？」

「それは職の熟練度の様な物です。30Lvで一度上限ですが、教会で解放、派生等が出来ます」

「なるほど、ありがとう！」

「頑張ってください！　応援してますよー」


聞きたい事を簡潔に教わり転送され、気が付くと教会に戻ってきた。

「うぉっ!?　急に出てきた!?」

「おっと、ごめんなさい」

ダイコーンさんの目の前に転送されてぶつかりそうになった。ぶつかってないからセーフ。

「皆来てくれたんですね？」

「えい……ハチ君が呼んでくれたので」

「職に関するとの事だったんで、ね？」

ちょっと会話がぎこちないかな？

「ハチ君が呼ぶんだ。何かあるに違いない」

「こんな所に教会があるなんて知らなかったよ」

ハスバさんは僕を買い被《かぶ》り過ぎな気がする。ダイコーンさんは安心するけど、見た目がね……

「ハチさん！　お待たせしました！　遂《つい》に形になりましたよ」

教会の扉をバンッとシスターさんが開いた。どうやら終わったみたいだ。

「うおっ！　幽霊か!?」

「噂《うわさ》の幽霊シスターか……」

ハスバさんひょっとして幽霊とか苦手なのか？　ダイコーンさんは落ち着いているけど……

「結局何がどう出来たのか教えてくれる？」

シスターさんが喜んでいるのは嬉しいけど、何が出来るのかそろそろ知りたい。

「はい！　結論から言えば第二の職に就く事が出来ます！」

「「「「えっ!?」」」」「え？」

4人は何か分かっている驚き方。僕は分かってない完全なる疑問。

「第二の職だと!?」「それってどんな組み合わせも出来るんですか!?」

「同系統の職もいけるのか!?」「ステータスはどうなるんだ!?」

4人が一気にシスターさんに詰め寄る。これは話が進まなくなる奴だ。一旦僕が止めよう。

「はい、質問は後で……シスターさん。中で解説してもらっても大丈夫ですか？」

皆とシスターさんの間に入り、質問攻めを止める。中で説明してくれたら概要は分かるだろう。

「わ、分かりました、皆さん中へどうぞ」

シスターさんが質問攻めでアウェーな状況だったから教会のホームな状況に戻してあげよう。

「うわぁ！　人がいっぱい来た！」

モニクがシスター服を着ていた。悪魔がシスター服とか、人を困らせるとか言ってたのに5人でいっぱいいって言ったり、本当に悪魔？って言いたくなる。でもシスター服は似合ってるなぁ？

「モニク着替えたんだ？」

「あ、師匠！　どうです？　似合ってますか？」

「「「師匠？」」」

4人が当然の疑問と言わんばかりにこっちを見てくる。僕はスルーする事を覚えたんだ。

「似合ってるよ。シスターさんにちゃんと協力してくれたんだね？」

「はい！　色々と質問に答えて情報を纏めていったらお礼に頂いたので着てみました！」

これはシスターさんグッジョブ。付喪神シスターさんと悪魔シスターの色物シスター2人組がこの教会に居る訳だ。棄てられた教会も結構盛り上がってきたんじゃないかな？

「それじゃあ第二の職について教えてくれるかな？」

追及されない様に本題に行く事で、全員の頭の中の話題が第二の職の方に塗り替えられる。

「はい、では説明します。第二の職はこちらのシスターモニクによって齎《もたら》された新しい可能性です。まずは前提として剣士の方が剣を扱い、戦う。これは当然ですよね？」

「そうでなければそれは剣士では無いのではないか？」

ロザリーさんが答える。剣士が剣を使わないってじゃあ誰が剣を使って戦うんだって話だよね。

「はい、でも同時に騎士の方も剣を扱い、戦う。これも間違いではありませんね？」

「正確に言えば剣と盾だが……間違ってはいないな？」

ハスバさんが騎士の情報を出すが、戦うって点で武器は剣だから間違ってないのも納得出来る。

「シスターモニクはそこに注目し、違う職でも共通する物はあるはずと自分なりに考えられた結果、天職としての第一の職と、それを補助する第二の職の可能性という結論に至ったのです」

「では、天職としての剣士。補助としての僧侶か神官……そういう事も可能なのでしょうか？」

アイリスさんが質問する。それが出来れば前衛で攻撃と回復が出来る頼もしい存在になるだろう。

「可能でしょう……ですが」

シスターさんが即答する。そういう事も出来るみたいだが、一筋縄じゃいかないみたいだ。

「ですが、流石に天は二物を与えずと言うべきでしょうか？　あくまで第二の職は補助的な物で、技能や魔法は使えても力や魔力まで上がる……というのはまず無いかと」

「なるほど、あくまでステータスは第一の職が基準であって、第二の職を入れた所でその分のステータスが上がる訳では無いと……けど第二の職のスキルや魔法は使えるようになる訳か」

「理解が早く大変ありがたいです」

ダイコーンさんの要約でかなり分かりやすくなった。第二の職で戦い方の幅が広がりそうだ。

「じゃあ今は職の本は戻ってきたし、理論も纏まったからここでその第二の職に就けるって事？」

「はい。お友達の皆様も条件は既に達成しているご様子。第二の職に就いてみますか？」

そんな事を言われて断る人間などこの場には居ない。

自然と列を作り、シスターさんの前に並ぶ4人。ロザリーさん、アイリスさん、ハスバさん、ダイコーンさんの順だ。仲良いな？

「出来れば他の教会にもこれを届けて欲しいのですが……お願い出来ますか？」

これは要するにサブジョブ解放のクエストになるんだろうか？　僕は受けられないけどね！

「「「「もちろんです！」」」」

これでプレイヤー達は第二の職に就く権利を得た訳だ。

「そ、そうだハチ君。あの後に入手した職の【ウェポンコンダクター】。あれはとても凄いぞ？」

ロザリーさんが第二の職を選んだ後、話しかけてきた。ぎこちないというか……いや、仕方が無いけどさ？　あの時だけで全てが収まるとは思っていない。まだ許せないという可能性もある。

「ど、どんな感じなんでしょう？」

いけない、僕もぎこちなくなってしまった。

「武器を使って攻撃する事が出来るんだぞ？」

「それって普通の事なのでは……？」

武器を使って攻撃するのはどんな職でも一緒では？　あ、僕は武器らしい武器は使って無いか。

「こういう事だ。これで攻撃出来るんだ」「うえっ!?　凄い！」

ロザリーさんが持つ剣が3本、空中に浮く。Yの字、川の字と空中で色んな形を取る。

「旅人様、ハチ様に直していただいた長椅子等がまた壊れてしまうかもしれないので……」

僕達の会話を聞いていたシスターさんがこっちの方に来た。そしてロザリーさんを静かに叱る。

「す、すみません！」

「ごめんなさいシスターさん……壊れたらまた素材を取って来て直すよ」

「そういう事では無いんですけどね……教会の中は基本的にはお静かに」

「あ、そういう事ですか……ごめんなさい」

壊れたら直せばいいと思っていたけど根本的な所で怒られちゃった。

「でも、凄いですね？　自在に3つも剣が操れるなんて。何かデメリットとかあるんですか？」

「【ウェポンコンダクター】は魔法が使えなくなると困っていた時にこの話だ。ステータスが変わらずにスキルが使えるのだからメインを【マジックフェンサー】でサブに【ウェポンコンダクター】にする事でより多数を相手取る事が出来る。君には感謝しなければ」

範囲攻撃魔法とレイピアの攻撃に加えてこの浮遊剣とか攻撃を捌き切る自信が無い。

「私は【妖術士】を取りました。魔札が必要になりますけどこれで遠距離にも対応出来ます！」

アイリスさんは札を使って魔法を使うあたり東洋の魔剣士的な？　結構良いかも。

「急にセカンドジョブが解放されたら悩むな？　今は【戦士】で大剣を扱える様にしたが……」

ハスバさんは【戦士】を第二の職にして四王剣の全てを使いこなそうって事なんだろう。

「俺自身に攻撃力が足りてないと思っていたからな。サブジョブはありがたい」

皆第二の職の言い方が違うんだね。ダイコーンさんも何かしらの戦闘職を取ったんだろう。

「そっか。第二の職に生産系の職を入れれば出先で武器の修理とか生産とかも出来るのかな？」

生産系の職を入れれば、今まで自分が作った物よりもっと良い物を作れるかもしれないな。

「皆さん無事に第二の職に就けたようですね？」

「「ありがとうございますシスター」」

「「感謝しますシスター」」

4人ともシスターさんに祈る。第二の職に就けた事がかなり嬉しいんだなぁ……

「では皆様、他の教会にこの手紙を持って行ってくれますか？」

「「「「御意！」」」」

なんだこの空間……

「そういえばシスターさん？　第二の職に就くのに条件があるみたいな事言ってませんでした？」

「あ、ハチさんのお友達さん達は既に条件を達成していたので伝えるのを忘れていました」

テヘペロと言わんばかりの表情をするシスターさん。可愛《かわい》いけどさ？

「で、その条件って？」

「職の第一限界を突破している。です」

「第一限界を突破している……30レベルになった時の☆マークが付いたのが第一限界？」

「はい。そうです。そして第一限界は教会で突破する事が出来ます」

「おぉ、それなら突破して欲しいかな？」

「寄付が必要になりますが……」

がっくりと床に手をつく。ここでお金が必要になるのか……

「ハチさんは教会の修復をしてくださったのでお金は頂きませんよ」

「ありがとうシスターさん！」

僕も皆がやっていた様に、祈りっぽいポーズをしてシスターさんに感謝する。ありがたやー。

「ハチ様に祝福あれ！」

光が僕に当たる。ぐわぁ！　浄化されるー……って、なに闇属性っぽい事を考えているんだ。

『レベル上限が解放されました』

「重ね重ねありがとうシスターさん！」

ステータスからも☆マークが消えたって事はレベル30以上に上げられる様になったんだね。

『称号　天衣無縫の器　を入手』

ん？　なんだ？　称号入手する様な事したっけ？

【天衣無縫の器】　第一限界突破をするまでに、ソロでボスを討伐する。一度も死なない。1ポイントもSPをステータスに割り振らない。の全てを達成した場合に入手　え？　本当ですか？　本当にこの称号取れちゃったんですか？　特殊第二職業【天衣無縫の器】に就く事が可能になる。
全ステータス＋30％アップ

SPを振らなくても戦えてたから、忘れてたけど……それが功を奏したみたいだ。シスターさんに上限解放してもらい、第二の職に就ける様になり、なんか凄そうな職に就けるっぽいぞ？

「どうします？　職を派生させますか？」

派生。僕の職を派生させたらどうなるか分からないけど気になるから聞いてみよう。

「派生……それってどう派生するか先に見る事は出来る？」

「もちろんです。自分の道を決めるんですから」

ロザリーさんの【マジックフェンサー】とか多分派生だよね？　ああいう感じか。

「こちらがハチさんの派生先ですね」

そうして僕の前に2つの選択肢の様な物が出てきた。

【エンハンサー】　敵への妨害を諦め、代わりに味方に絶大な支援を行う事が出来る
【エネミージャマー】　味方への支援を諦め、代わりに敵が絶望する程の妨害を行う事が出来る

「なるほど……派生させない事も出来る？」

「基本は派生させた方が強くなりますが……しない事も出来ます」

これは僕的に派生しないが正解な気がする。【エンハンサー】も【エネミージャマー】も、僕へのデメリットがデカい可能性がある。特化は強いだろうけど、自分に合ってなきゃ長所を活《い》かせないだろうし、正直今のままでも充分戦えているから無理に派生しようとは思わない。

「うん、派生はしないよ。今のままで良い」

「分かりました。第二の職の方はどうしますか？」

「それは就きます。なんか特別な職に就けるみたいなんで」

折角【天衣無縫の器】なんて良く分からない物が出てきたんだから使ってみたい。

「『特別な職？』」

「またハチ君が何かやったのか？」

「凄いなハチ君？　俺もそのくらい色々見つけられる様になりたいぞ？」

ハスバさんを誰も見てない内にどこかに吊るそうかな？　ダイコーンさんはやっぱ良い人だわ。

「では就きたい第二の職をお選びください」

空中に職の選択肢が現れる。でもちゃんとカテゴリ分けされていて、近接、遠距離、魔法、生産、そして最後に特殊の項目に1つだけソレがあった。

【天衣無縫の器】　器であって真の天衣無縫では無いが、その素質は充分にある。第二の職でのみ就く事が可能

あの、全く職の説明が無いんですが……まぁそういう物なんだろう。早速就いてみよう！

「じゃあこれをお願いします」

「な、なんですかこれ!?　全く見た事が無いんですけど……」

いや、僕も知らない物だよ。だから就いてみるんだけど。

「第二の職でしか就けないって書いてたから誰も見た事が無いんじゃないかな？」

今解禁されたばかりのシステムにがっつり関係してる職だから見た事がある人は居ないだろう。

「と、とにかく、この職を第二の職にするんですね？」

「はい、お願いします！」

「分かりました。ハチ様に新たな可能性を……」

また光が僕に降り注ぐ。この光が僕に第二の職を授けてくれるんだ。

『第二の職を解放しました』

「これで僕も第二の職に就けたんだね？」

ステータスにはしっかりと天衣無縫の器と書かれていた。多分これで僕は強くなれたんだろう。

「これはまた教会の修理頑張っちゃおうかな？」

天井の修理や、中の掃除はしたけど外側はまだボロボロだ。それにまだ教会修復のクエストは終わったという報告がないから実はクエストはまだ終わってないんだろう。

「シスターさん？　教会の修復って後何が残ってます？」

「そうですね……後は外壁の修理と、像を作って欲しいんです」

「像？　何の像を作るの？」

外壁は分かるけど像を作って欲しいってなんだろう？

「私の、この娘の像を作ってあげて欲しいんです」

「シスターさんの？」

なんだろう？　どういう事だ？

「あっ、ひょっとしてシスターさんのその姿ってモデルが居たりするんですか？」

自分の中で立てた仮説としてはシスターさんにはモデルが居たと考えるのが自然かな？

「ええ、聖女と呼ばれたシスター。シスターメリアがこの姿の元になっています」

色々と話を聞かないと分からないけどこの教会修復クエストのラストは近いんじゃないかな？

「シスターメリア……聞いた事があるな？　確か魔物でも分け隔てなく接する聖女様とか……」

ダイコーンさんが話す。そんな人が居たんだ。

「話によると100年前の人らしいが……」

「もうそんなに経《た》っていたんですね……彼女は重い病を負っていましたが、生きている間は本当に優しく、一生懸命でした。だから彼女を忘れない為に今の私の姿は彼女を模倣した姿なのです」

誰にでも優しく、命を皆の為に燃やすのは中々出来る事じゃ無い。聖女と言われるのも納得だ。

「その人を忘れないというよりもシスターさん的にはこの教会の女神みたいな存在だからそのシスターメリアの像を作りたいと、そういう事かな？」

「はい、教会の修復を終えた後で良いのでお願い出来ますか？　材質も問いません」

『木材（自由）×200　の収集　【任意】　シスターメリアの像の作成』

これが最後っぽいかな？　木材200個集めるとか結構大変だよ？

「木材200かぁ……頑張って集めてみます！」

何でも良いみたいだけど、どうせならトレント材で200個集めたいな？

「木材を集めるクエストか、手伝うか？」「え？」

「200個集めるんですよね？　なら人手が要るんじゃないですか！」

「手伝ってくれるの？」

普通に1人で集めるつもりだったからまさか手伝おうと言ってくれるとは思わなかった。

「もちろん手伝うぞ！」

「ハチ君には色々手伝ってもらったりしているからな。木材集めなら俺たちも手伝うぞ」

ハスバさんとダイコーンさんも手伝ってくれるみたいだ。凄くありがたい。

「シスター、他の教会に伝えるというのも今すぐにという訳では無いんだろう？」

「出来れば早めにというだけですのでハチさんのお手伝いをしてくださるのなら先にそちらを優先してください。皆さんも折角就いた第二の職の力を試してみたいのではないですか？」

シスターさんが皆の心を読んだ様に、新しい力を得たんだから戦ってみたいのでは？　と暗に言ってくる。まぁ僕が勝手にそう思っているだけだけど。

「皆、協力してもらって良いかな？　トレントの木材で修復をしようと思っているんだけど……」

「なるほど、道中で倒したが、確かに良い木材を落としていた。アレを集めれば良い訳か」

「あれなら結構簡単に倒せましたし、【妖術士】のレベル上げにも良さそうですね？」

「「お、おう……」」

トレント倒すの割と大変なんだけどな……僕は相手の懐に飛び込まないと遠距離攻撃されて面倒になるけど……飛ぶ剣に魔法が撃てるロザリーさんに、抜刀で雷やら炎が出せるアイリスさん。トレント相手なら確かに簡単そう……

「と、とりあえず全員で手分けして木材を集めるって事で良いですか？」

「それで良いのなら私は構わないが……」

「出来ればハチ君と組んでみたいんですが……」

アイリスさんが僕と組んでみたいと言うが、それは困るんだよなぁ。

「ごめんアイリスさん。僕パーティ組んじゃうと結構パワーダウンしちゃうんだよね」

称号効果でソロじゃないとステータスが下がるのでパーティを組むのは申し訳ないけど断る。

「彼がパーティを組むとパワーダウンするというのは本当だ。実際に組んでボスと戦ったことがあるが、戦闘中にパーティを解散した瞬間に一撃でボスを倒したぞ？」

「ちょっと色々語弊があるんですが？」

ハスバさんが四剣の王戦の話をするが、今はその超火力を出せないんだよね……

「あの攻撃は今はもう出せないんですよね。弾《お金》も入手出来なくなってるんで」

「「「お金が入手出来ない!?」」」

皆凄く驚くなぁ……別に隠す程でも無いか。

「今持ってる呪いのアイテムのお陰でお金が入手出来ませんが、他が色々便利になってますよ」

「呪いのアイテムを持ってて便利になってると言うのはおかしいぞ……」

普通に引かれた。使い方次第なんだけどなぁ？　一応呪いのアイテムの効果を説明した。

「うん、分かった。ハチ君はおかしい」

「ちょっと流石に何言ってるか分からないですね……」

「STRとINT90%ダウンで普通に戦えるのはおかしいと言わざるを得ないな……」

「やっぱりハチ君してるじゃないか……」

その「ハチ君してる」ってなんですかね?

「メリットは確かに理解出来ますし、使えると思える部分もありますが……それを使いこなせると
は思えないですね……しかも2つも」

アイリスさんが一応は理解しようとしてるけどやっぱり理解出来ないって感じだ。

「そうですよね! 普通こんな呪いのアイテム持ってたら戦う事なんて出来ないですよね!」

モニクが4人に同意を求めると4人とも首を縦に振る。まともなのは僕だけかっ!

「やっぱり師匠がおかしかったんですね! 良かった……ボクがおかしいのかと思ってたんです」

「大丈夫君はおかしくない。おかしいのはあっち《ハチ君》の方だから」

「【魔糸生成】」

ハスバさんに糸を巻き付けて地面に引き倒す。このまま引き摺《ず》ってやろうか……

「あふんっ! し、縛りプレイだとぉ!? ハチ君いつの間にそんな物を」

しまった! この人ドMだった!

「とりあえずハスバさんにお仕置きするのは後にして、トレント材を取りに行ってきます!」

逃げる様に教会から飛び出す。他の面倒事が起こる前にさっさとトレントを倒しに行こう。


「グギャー……」

「ステータスが上がったからかトレントも結構倒しやすくなったかも？」

前よりもかなり簡単に倒せる様になった……んだけど、あれぇ？

「確かレベル上限上がったよね？　なんか全然レベル上がらなくなったな？」

トレントは経験値が美味しい敵だったはずなのに20体以上倒しても1レベルも上がらない。これは単純にレベルが上がり難《にく》くなったのか、それか【天衣無縫の器】が悪い事しているのか……

「こういう時はオーブさんに聞いてみるか」

ある程度の木材は入手出来たからオーブさんの所に行って聞いてみよう。


「あれ？　さっき練習したばかりですよね？」

「ちょっと聞きたい事があって……第一限界を突破したんだけどレベルが上がらなくなって……」

「それはおかしいですね？　そんな事は普通は起こらな……私が見ていない間に何かしました？」

「どこから見てないのかは分からないけど第二の職を解放中？　かな？」

まだ完全に第二の職が解放されたとは言い切れないと思うから解放中と言っておく。

「え？　第二の職を解放中？　どういう事ですか？」

「とりあえず僕と僕のフレンド4人が第二の職に就いて、そのやり方？　か何かを書いた手紙を他の教会に持っていけば多分他の人達にも解放されると思うから解放中かなぁって」

「まさかとは思っていましたが、緊急招集で呼ばれた原因がハチ様だったとは……」

「もしかして迷惑掛けちゃった？」

緊急招集とはよろしくないぞ？

「いえ、大丈夫ですよ？　予想よりもずっとずっと早く解放される事になったので総出で調整はしましたが、元々私達の仕事なのでハチ様が心配する必要はありません。

ところでハチ様？　第二の職には何を選んだんですか？　レベルが上がらないとなるとそちらの方にもしかすると何かある可能性が非常に高いです」

「やっぱりかぁ、【天衣無縫の器】って職だよ」

「【天衣無縫の器】ですか……それならレベルが上がらないのも納得ですね」

「やっぱりこれが原因だったんだ」

何が原因でレベルが上がらないか分からなかったけど、オーブさんにこれが原因ですって言われるとありがたい。原因が分かったなら逆にレベルが上がる方法だって分かるかもしれない。

「ハチ様、メニューを開いて職業の【天衣無縫の器】を開いてみてください」

「職業……お？」

【天衣無縫の器】　次のレベルまで　100SP

「これ、レベルアップにSPが必要になる職なんだ？」

経験値《EXP》では無く、ＳＰでレベルを上げる……今まで使わなかった分でレベルを上げろって事か。

「はい、その職のレベルを上げないと第一の職の方にも経験値が入手出来ません」

「なるほど、やっぱり特殊な職業だから第一の職にも影響があるんだ」

「説明不足で申し訳ありません。ですが特別な職ですので頑張ってレベルを上げてみてください」

「ありがとう、頑張って上げてみます！」

「はい、ここでハチ様の事を応援しています」

オーブさんにまた送ってもらう。とりあえずＳＰは全部レベル上げに使っちゃおうかな？　今まで使わずに溜《た》めてきたけどここが使いどころな気がする。

「さて、レベルを上げて……ん？」

オーブさんに戻してもらい、器のレベルを上げようとメニューを開いた時に霧の奥の方で誰かが歩いているのが見えた気がした。なんかシスター服っぽい恰好に見えたのでどうしても気になった。シスターさんが教会から出て歩いている所を見た事は無かったのでもしかしてモニクかな？

「おーい、モニクー？」

「……？」

「あっ、人違いでしたー」

そこに居たのは半透明のガチ幽霊シスターでした。

「ごめんなさい。知り合いがシスター服を着ていたもので……」

もう幽霊程度じゃ驚かなくなっちゃったなぁ？　謝ってその場から立ち去ろう。

「……あの」

シャベッタァァァ！　いや、喋《しゃべ》るくらいは出来そうだな？

「はい、なんですか？」

「ひょっとして……教会の場所……知ってます？」

「知ってますけど……もしかして教会に行きたいんですか？」

この幽霊が地縛霊的な存在なら教会の場所を知っていそうだけど、霧の中で迷ってるのかな？

「はい……ずっと……探してるんですけど……道が……分からなくて」

本当に迷っていたのかぁ……とりあえず連れて行った方が良いかな？

「一応安全なルートで進むからゆっくりになるけど、それでも良いですか？」

「教会に……行けるなら……ゆっくりでも……良いです」

シスターさんはボロボロのヴェールで表情が分からないけど、シスター服と特殊な形のヴェールを着た幽霊かぁ……ローブに首輪の僕が言える事じゃ無いけど中々な恰好してると思う。いや、僕の方がおかしいか？　とにかく、幽霊シスターさんを連れて教会に戻ろう。

僕は大丈夫だけど幽霊シスターさんの方が魔物に攻撃されないとは言い切れない。これは幽霊シスターさんを教会まで連れて行く護衛ミッションと思えば慎重に進もうと気が引き締まる。

「あれはトレントだからちょっと迂回《うかい》して、む？　ゾンビだ。もう少しルートを変えよう」

幽霊シスターさんが走れないという可能性も考慮して、霧の中を見渡し、先に敵を確認する。

そして戦闘が起きない様に敵から離れて進む。ちょっとくらい会話した方が良いかな？

「えっと……なんで教会に行きたいんですか？」

まぁシスターなんだから教会に居るのが普通だから行きたいんだろうなぁとは思ってるが……

「あの……教会に……帰りたいんです」

ん？　ちょっと待って？　帰りたい？

「あの、お名前とか教えていただけますか？」

「メリア……と言います」

おっとぉ？　とても聞き覚えがありますねぇ!?

「あの、聖女様って呼ばれてませんでしたか？」

「あはは……お恥ずかしながら」

完全に本人だコレ!?　像建てるってレベルじゃねぇぞ!?　絶対に無事に送り届けなきゃ……

「とりあえず僕から離れない様に気を付けてください。霧で見失っちゃうと困るので」

「はい……ずっと……この霧で……教会に……辿り着けなくて」

１００年前くらい前に亡くなった人だっけ？　１００年も教会に辿り着けないって事はメリアさんはかなりの方向音痴の可能性が高い。逸《はぐ》れてしまったら二度と会えなくなるかもしれない。

「貴女が帰ってこなさ過ぎて教会が貴女の恰好を真似《まね》してシスターの代わりをやってますよ？」

「そんな……事が!?」

おぉ、驚いてる。やっぱり教会がシスターの真似をするって事はあり得ないんだね？　これでもし、当たり前の事だったらどうしようかと思ったけど『棄てられた教会』だけが特別みたいだ。

「いったい……どれ程……待たせてしまったのでしょう？」

「それは……僕じゃ分からないですね？　教会に辿り着いたら自分で尋ねてみてください」

教会に居るシスターさんなら正確にどのくらい居なかったのか分かるはずだ。というよりも普通に2人で会話して欲しい。再会したら話したい事がいっぱいあるだろうし。

「分かりました……教会は……こっち……ですかね？」

「あー、逆ですねぇ……」

見事なまでにガイドのラインと逆方向に進もうとするメリアさん。これは筋金入りですね……

「そうなの……ですか？」

「ちゃんと教会まで送りますから……あ、僕はハチって言います」

名乗り忘れていたから名乗っておく。名乗っていなかったから信用されてなかったんだろうか？

「ごめんなさい……私……よく……道に迷ってしまって……」

責めてる訳じゃ無いからしょぼんとしないで欲しい。

「まずは進みましょう。ここに居たら敵が寄って来るかもしれないんで」

メリアさんを連れて霧の森をガイドを頼りに進む。敵を避け、戦闘を回避して遂に教会に着く。

「あぁ……やっと着いた……」

「中に入ってお話でもしてみてください。僕は外で待ってますから」

１００年振りの教会ならそれは確かに「やっと」だろう。シスターさんとシスターメリアが会ってどんな会話をするかは分からないけどその橋渡しくらいは出来ただろう。

「分かりました……じゃあ……会話？　してきます」

教会がシスターを作りだしたと言ってもすぐに信じられる訳じゃないだろうから自分の目で見てもらうのが一番だろう。スピードハチはクールに待つぜ……

「ハチさん、おかえりなさ……え？」

「た……ただいま……で、良いんで……しょうか？」

棄てられた教会のコピーメリアと、幽霊のオリジナルメリア。２人の１００年振りの再会。

「シスターメリア……？」

「はい……戻ってくるのに……とても時間が……掛かって……ただいま……戻りました！」

「お帰り！　メリア！」

ずっと昔の記憶が甦《よみがえ》っているんだろう……オリジナル《メリア》を抱きしめるコピー《メリア》。

「なんだか……自分に……抱きしめられるって……不思議な……気分ですね？」

２人が抱き合い、再会を喜んでいる。うんうん、美しい光景だ。邪魔をしなくて良かった。

一瞬教会のドアを開けた時にコピーメリアさんに僕を見られた気がしたけど、すぐに後ろ手を振って去ったから大丈夫だろう。

再開を楽しんでくれ。まぁ僕は窓からこっそり見てるんですけどね？

「私は……どのくらい……教会に居なかったんでしょうか？」

「１１４年……です」

「114年!?　そんなに……え？」

うんうん、普通に100年以上も迷ってたって聞かされたらビックリだよね。

「そんなに……経っていたら……私……流石に死んじゃってますよ？」

「ちょっと待っていてください……モニクさん、鏡をお願いします」

自分が死んだ事を忘れてしまっているのか……これは悲しいなぁ。

「はーい、これで良いで……えぇ!?　シスターさんが2人？」

コピーメリアさんの声を聞いて教会の奥からモニクが鏡を持ってやってきた。出てきて驚いている所を見るとひょっとして自分の部屋的な所の掃除でもしていて気が付かなかったんだろうか？

「ショックを受けるかもしれませんが、自分の姿をよく見てください」

モニクがコピーメリアさんに従い、メリアさんに鏡を向けると、半透明の姿が映る。

「本当に……私……死んじゃってたんですね……」

「貴女は病で亡くなったんです。でも魂だけは残っていた。ずっと彷徨っていたんですね……」

「ハチさん……という人に……連れて来てもらえて……やっと辿り着けました……」

「あの人は本当にお人好《ひとよ》しですね……誰でも救っちゃうんですかね？」

褒められた様でムズムズする。覗《のぞ》き見《み》はやめて、皆が来るまで待とう。と思ったら……

「うん、かなり良いぞ！」

「【魔札作成】が取れたお陰でかなり戦いやすくなりました！」

ロザリーさんとアイリスさんが帰ってきた。と思ったら後ろから残りの2人も帰ってきた。

「大剣も活用出来ると有効的な攻撃の選択の速度も重要になってくるな……」

「召喚獣達との連携を考えるとステの振り方もまた少し考えて振った方が良くなりそうだ」

珍しくちゃんと考えているハスバさん。まぁ恰好が恰好でしまらないんだけどね？

「あ、皆おかえりー。ちょっと教会に入るのは待ってもらっても良いかな？」

「ん？　どうかしたのか？」

「ちょっとシスターメリアさんの霊を連れて来て、中でシスターさんと話してます」

「「「えぇ!?」」」

まぁその反応も当然だよね。

「聖女様ですか？って聞いたらお恥ずかしながらって言ってたし、中に入った時にシスターさんも本人だって確信したみたいなんで……もう少しお話しする時間をあげたくて」

そう言うと皆教会の外で待つ事に賛成してくれた。

「そういえば木材どれくらい集まりました？　僕は40個くらい集めた所でメリアさんを見つけたんで、皆が平均40個集めていれば200個に足りるかと思って……」

僕が招集したからもっと集めるべきだろうけど、帰り道は戦闘回避の為に集められなかった。

「55個だ」

ダイコーンさんは55個集めてくれた。ありがたいなぁ。

「60個程集めたぞ」「75個です」

ハスバさんは60個、アイリスさんは75個。皆凄いなぁ？　もう200個超えちゃったぞ？

「ロザリーさんは？」

「私は……30」

「え？」

若干声が小さくて前半が聞き取り難かったけど30個？

「230個だ」

「ファ!?」

この人霧の森のトレントを殲滅する勢いで倒したんじゃないだろうか？

「倒し過ぎた……」「またやり過ぎたの？」

またって事はいっつもやらかしてるんだな……

「色々試していたら楽しくなって……」

その気持ち、分かるから僕からはなんとも言えない。

「一応、余ってる方が良いから……」

「そ、そうですね。倍位あれば不足する事は無いから！」

フワッとしたフォローをしたらアイリスさんが乗ってきた。あれ？　ロザリーさんのフォローしたんだけど……まぁフォローには成功したみたいだし良いか。

色々と会話して待っていたら教会の扉が開いた。

「ハチさん」

「ん？　はーい」

眼帯をしてるからコピーメリアさんの方だ。呼ばれたから近寄る。

「ハチさんとお話があるので他の皆さんは少々お待ちいただけますか？」

「む？　まぁ待てと言うのなら待つが……」

ロザリーさんが代表して答える。なんか僕の意思は無視されてないかい？　まぁ、行くけど……

「ハチさんは……私の状態を知りながら……教会まで……連れて来てくれたのですか？」

「あぁ……はい。こっちのシスターさんが会いたがってたから連れて来たって感じかな？」

木材を取りに行く前に会話で出てきた人の幽霊が居たから連れて来ただけなんだよね……

「なるほど……では1つ……聞かせてください。貴方は……何の為に戦うのですか？」

「何の為、かぁ……」

難しい事を聞くなぁ？　うーん、包み隠さず言っちゃって良いんだろうか？

「貴方の……本当の気持ちを……教えて欲しいん……です」

メリアさんがそう言うのなら言ってしまうか。

「本当の、根底の部分で言うのなら僕は楽しみたいから戦ってるんだと思います。あっ、戦う事が好きって意味じゃないですよ？」

「「？」」

2人共困惑している。楽しむ為に戦うと言いながら戦う事が好きじゃないと言われれば当然か。

「うーん、例えば誰かを守りたいって理由はその守りたい人が居なくなったら悲しいから。とかその後の人生がつまらなくなるからだと思うし、最強になりたいとかは負けるのが嫌、とか負けたら面白くないとかそういう気がするんですよね？」

どんな想《おも》いでも根底の部分は自分が楽しくない思いをしたくないって考えが僕の持論だ。

「自分が嫌な思いをしなければ極論関係無い人や、嫌いな人が困ってても手を差し伸べないと思います。まぁ、困ってる所を見ちゃったら手助けくらいはしたいですけどね……だから誰でも助ける聖女様の話を他の人から聞いた時は僕みたいな人よりずっと凄い人だなぁと思いましたよ」

僕の手の届かない所の人を助ける事は出来ないし、嫌な相手だったら助けないかもしれない。

「……」

メリアさんは黙って僕の話を聞いてくれる。

「自分に力が無ければ自分の意思を押し通す事も出来ない。だから僕は自分に正直に、楽しく生きられるように……言い換えるなら自己満足の為に戦っていますかね？」

包み隠さず言うのであれば僕は自己満足の為に戦っているんだろう。これはゲームに限った話では無く、現実でも自分が満足出来る生活をする為に勉強したり、仕事をするだろうからね。

「ありがとうございます……貴方の嘘偽りの無い……正直な気持ちを……聞かせてもらえました」

「普通の人じゃないとは思っていましたけど、ここまで正直に話すとは……」

なんか酷くない？　正直に話してって言うから話したのに……

「だって、取り繕った所でトレントとかいっぱい倒した後だし……」

「「ふふっ」」「ぷふっ」

なんで笑うかなぁ？　というか噴き出した声が聞こえたぞ？　モニクも居るなこれ？

「モニクさん……」

「ふふっ……はい」

まだ口元が笑ってるモニク。またデコピンしてやった方が良いだろうか？

「さっき話した……あれを……持ってきてください」

「分かりました」

僕達が外で待っていた間に3人で色々と話したんだろう。モニクが何かを取りに行く。

「ハチさん……私も……貴方と同じです」

「僕がメリアさんと同じ？」

どういう事だろう？

「私も……助けるのが好きで……色んな方を……助けてました……結果……聖女と呼ばれた……だけなんです」

それはそれで普通に凄い事では？　人助けが趣味みたいな物でしょ？

「でも……私には……力が……足りなかった……でもハチさんなら……私よりも立派に……なれる気がします」

「私もハチさんに他の人とは違う何かを感じてました。それこそメリアの様な何かを成す力を」

「持ってきました！」

メリアさんとコピーメリアさんが僕にエールを送ったと思ったらモニクが何か箱を持ってきた。

「ふふっ……どうぞ」

手渡された箱を開けてみると中には修道女の服が入っていた。

『聖女の戦闘用修道服　を入手』

「あの……僕男なんですけど……」

「まぁまぁ、似合いそうだから良いじゃないですか？」

「その……嫌でしたか？　私の……持ち物だと……これくらいしか……残っていないというか……」

ちょっと待って？　これメリアさんの服なの？

「メリアさんの服なら更に貰い難いんですが？」

「私はもう着られません……でも加護もあり……捨てるのも勿体無《もったいな》いので……貰って欲しいなと」

「ならモニクが着た方が良いんじゃ？」

僕よりはモニクの方がシスターとして教会に居る分、持っていた方が良いんじゃないか？

「こんな聖属性の強い物を身に纏ったらボクじゃまだ耐えられないですよ！」

あぁ、そっか。元々は聖女《メリア》さんの物だからそういう事があるのか。その可能性は失念してた。

「うーん……でもなぁ？」

「生きてた時の服ですし……その服は着た事が……無いので……気にしなくても……良いですよ？」

あ、着た事が無い服なんだ。確か戦闘用って書いてたな？　戦わないなら着てないのも納得だ。

「出来れば男物の方が良いけど……一回着てみようかな？」

試しにローブから戦闘用修道服に着替える。戦闘用だからか、ぱっと見スカートかと思ったけどちゃんとズボン状になっている。これなら回し蹴りとかしても気にならないな？　というか頭のヴェールまでセットなんだ……目元を隠すヴェールは特殊な模様が付いていて、僕の顔が見えないのもポイント高い。これなら僕が着ても結構違和感無くて良いかもしれない。

聖女の戦闘用修道服　レアリティ　ユニーク　MIND＋300　耐久度　破壊不可
特殊能力　精神防壁（※1）聖女の祈り（※2）聖域展開（※3）聖属性付与（※4）
（※1　MINDの数値を元にしたシールドを出す事が出来る）（※2　祈りを行う事でMPとHPが回復する）（※3　1日に1度自身と周囲の味方に展開後、即時HP全回復し、HP・MPの自動回復を付与し、DEF、MINDを50％アップし、状態異常を解除した上で無効化する聖域を10分間展開出来る）（※4　攻撃時と防御時に聖属性を付与する）
とある貴き聖女の為に作られた加護の込められた戦闘用の修道服。だが、心優しき聖女はこの修道服を身に纏う事は無かった

着ても良いかもしれない？　むしろ着させてくださいというレベルの装備だった。

「……どうですか？」

「結構似合ってますね」

「あれ？　師匠って女の子でした？」

「使われないよりも……ハチさんが使ってくれた方が……その服も……良いと思います」

付喪神シスター、幽霊聖女、悪魔、そして男の僕……まともなシスターが1人も居ない……

「実際着心地は良いからこれが女性用だとしても気にならないけどモニク？　後でデコピンね？」

「ひえっ……」

シスター服とイドとエゴが意外と似合ってる。仮面を首輪形態にしておけば奇妙だけど、統一感もあるし、呪枷も似合っていると思う。というか基本修道服の下だから見えないか。

「メリアさん、ありがとう。これは僕にとってかなり使える物だから大事に使わせてもらうね？」

修道服がスカートじゃないだけで凄く着やすく感じる。やっぱりスカートはね……

「はい……受け取ってくれると……私も……嬉しいです」

「あっ、そうだ」

僕は聖女の戦闘用修道服に着替え、次にやる事を思い出す。

「シスターさん……いや、もう3人も居たらシスターさんだけじゃ分からないな？　メリアさんのコピーだし……ミリアさんで良いかな？」

「え？　もしかして私ですか？」

シスターさんだと誰に対してなのか分からないから勝手に呼び方を決めさせてもらう。

「うん、名前も無いと呼び難いからミリア……気に入らなかったなら別の名前を考えるけど……」

「いえっ！　ミリアで良いです！　ミリアが良いです！」

お、おう……そこまで食い付いてくるとは思わなかった。

「じゃあシスターミリア？　外壁の修理に行ってきます」

「はい！　お願いします！」

ミリアさんに挨拶をして外に出る。よし！　修理頑張るかー！

「「えっ？」」「「む？」」

「あっ……」

教会の外に出た所で4人が短い声を漏らす。そういえば今の僕の恰好、修道服だった……

「さて、壁の修理しましょう」

何も言わずにオーブ・ローブに着替え、壁の修理をしようと木材とハンマーと釘《くぎ》を出す。

「流石に今のスルーは無理があるぞ？」

ハスバさんが僕の肩を掴んで動きを止める。ちぃ……

「今のは？　流石に気になるぞ？」

やっぱり誤魔化すのは無理だよなぁ。

「あー……多分隠しクエストのクリア報酬的な？」

そうとしか言えない。細かく聞かれてもちゃんと答えられる気がしない。

「とりあえずもう一度見せてくれないか？　そして出来ればスクショも取らせてくれ」

なんかロザリーさんが詰め寄ってくる。もう誤魔化せないし、もう一度修道服を着る。

「これで、良いでしょうか？」

「……なるほど、これは彼女達が着ていた修道服と同じ物では無いみたいだ。安心したよ……」

凄い勘違いのされ方をしている。これはしっかりと弁明した方が良いか。

「聖女さんの霊を教会まで連れて来たら実は１００年位森で彷徨っていた様で昔作ってもらったは良いけど使わなかったこの服をお礼として貰ったって感じです」

纏めたらこんな感じだろう。

「見た感じ女性用みたいですけど……ハチ君が着るという事はそういう趣味が？」

「違う違う、性能が凄いんだ。それにパッと見スカートだけどちゃんとズボンだし……」

「ハチ君が性能が凄いと言うには凄まじいんだろう。どんな物かまでは分からないが……」

どんな装備かバラすのは僕が持っている中だと呪いの装備くらいならデメリットがデカいからバラしても問題は無いと思うけど、ユニーク系をバラすのはマズいというか面倒な事になりそうだ。

「この装備の詳細についてはちょっと非公開って事で……」

「まぁ、戦う手札をあえてバラす必要は無いしな？　フレンドと言っても隠したい事はある物だ」

ダイコーンさんが僕の前に立ち、他の皆からの追及を遮断する。

「まぁそういう事なら仕方が無いな……」

「装備はデリケートな話でしたね……」

「下手に情報が洩《も》れると困るとかなんだろう？　これ以上は追及しないさ」

なんだかんだ分かってくれる聞き分けの良い皆。良い人達とフレンドになったなぁ……

「とりあえず僕は教会の修復をやるんで、皆は手紙を届けた方が良いんじゃないでしょうか？」

今ここに居る人だけが第二の職に就いている状況だ。この状況を長引かせたら僕らに恨みの矛先が向く可能性がある。だから早く手紙を他の教会に届けて条件を満たした人が誰でもすぐに就ける様にして欲しい。そうすれば僕達は解放してくれた人としてヘイトが溜まらない訳だ。

「1人で大丈夫か？　何ならちくわとか貸すぞ？」

「大丈夫です。高い所とか簡単に行けるんで」

そう言って壁を歩くと皆目が点になったのは言うまでも無い。

「んー、やっぱり材料が多いし、穴を塞ぐってより壊れた周辺も外して綺麗にしよう」

壊れた場所の上から板を打ち付けるんじゃなく、その周辺も切り、多めに材料を使い修復する。

「中々良い出来じゃないかな？」

修復した壁は割と違和感無く出来たと思う。皆は木材を僕に渡して教会のシスター達に挨拶しに行った。壁を歩いていた僕を見た皆は「非常識過ぎる」だとか「やっぱりハチ君してる」とか色々言われたけど便利だから何か言われても別に気にしない。気にしないったら気にしない。

「これでラスト！」

壁を修復し終えたら教会が一瞬光った。ヘックスさんの家が完成した時みたいだ。

「皆はもう他の教会に行ったかな？　僕も挨拶して行くか」

教会も楽しかったけどそろそろ先に進もう。戻ってこようと思えばいつでも戻ってこられそうだし、暇があったらまた来ようかな？　そういえば任意で像を作るんだっけ？　一応聞くか。

「ミリアさん、壁の修理終わりました。そういえば像ってどうします？」

「像？」

メリアさんが不思議がっている。そういえば像を作る話の時にメリアさんは居なかったな。

「メリアさんの像を作ってとミリアさんが……」

「そんな……恥ずかしいです……」

自分が居るのに像を建てるとか嫌だろう。ましてや聖女様と言われていたメリアさんなら……

「ハチさん、あれは忘れてください。私はメリアが居ないと思って頼んだだけですので……」

メリアさんを忘れない為に像を作って欲しいって話で、メリアさんが居るなら前提が崩れてしまう。これで無理矢理に像を作ろうとしたらメリアさんに嫌われてしまうだろう。

「分かりました。これで教会の修復は終わりですか？」

「はい！　ボロボロだったのがとても綺麗になりました。ハチさんありがとうございました！」

これで教会の修復も終わっちゃったかぁ……

「あぁそうだ。どうしてここに教会があるのか聞きたいんですけど、聞かせてもらえますかね？」

荒野の果て、霧の森の中に建っている教会。何故こんな所に教会が建っているのか知りたい。

「近くに鉱山で生計を立てていた村があったのですが……何者かによって……破壊されて」

「村は崩壊して、村人は教会に逃げこんできましたが、全員が重い病に罹《かか》っていて……あそこまで進行してしまっていてはメリアの力でもどうしようも無かった……」

ふーむ……じゃあモニクが居た廃坑はその村の名残か、何者かっていうのが結構ヤバそうな雰囲気だけどこの教会はその頃は機能していたから結界の力とかでなんとか保っていたのか。

「メリアもその何者かが居なくなるまで懸命に癒しの力で治癒していたんですが……皆を救えずに傷心のメリアがセカンドラの教会に向かって……帰ってきませんでした」

森の中で命を落として、そのまま霊体でずっと彷徨っていたのか……それは辛かったろうに。

「あのように……破壊の限りを尽くす……存在を見ると……ハチさんの様な……優しい方は……何故戦うのかと……あの時……質問しました」

「結構重い話だった……」

そんな過去があったのか……自分の力が及ばないって辛いよなぁ……

「ボク、ここに居て本当に良いんでしょうか？」

モニクが凄く不安そうに言う。その何者かが悪魔だった場合とかを考えると不安なんだろう。

「今の貴女の居場所は……ここですよ……安心してください」

メリアさんのその言葉は100年の重みを感じるような気がした。

「はい！　この教会のシスターとして頑張ります！」

『修復クエスト　蘇《よみがえ》る教会　をクリア』

教会としての機能を取り戻したから修復クエストは終了したんだなぁ……

「教会の修復も終わったし、モニクも頑張れそうだね？」

100年も前だから今も居るかは分からないけどもしかしたらその何者かと戦う可能性があるか

もしれない。先に進んで力を付ける事に損は無いだろう。

「ハチさん、教会を使いたい時はいつでも来てください。ハチさんなら寄付無しで良いですよ」

「流石に何もしないのは僕が嫌だから使う事があったら掃除でもさせてもらうよ」

教会が無料で利用出来るのは嬉しい。これが報酬かな？

「次ここに来た時には立派な叛逆の悪魔になってますよ！」

「モニクなら立派な叛逆の悪魔になれるよ。でもさっきの分ね？　ていっ」

「痛たっ！」

2発分のデコピンを喰らうモニク。若干弱めにした。

「また喰らいたくないんなら解呪が出来る様に頑張るんだぞー」

「あー！　悪魔に解呪が出来ないって分かっていながらそんな事を！」

そうなの？　まぁいっか。

「ミリアさん？」

「なんですか？」

「ウルフポンチョ気に入った？」

「えっ？　あっすいません。返します」

「良いよ、あげる。また今度、一から作ってみようかと思ってたから」

ドナークさんと協力して作ったウルフポンチョはミリアさんの祭壇に置いてあるから一応いつでも返《貸》して《して》もらえるだろう。修道服と交換したと思えば良い。

「あぁ……そうだ。今日は泊まっても良いかな？　流石に疲れちゃって……天井の所で良いから」

色々やって時間もかなり大変な事になっている。明日ちゃんと起きられるかなぁ？

「ふふ、ハチさんなら大丈夫ですよ？」

ありがたい。今日は安全な場所でログアウト出来る……明日はセカンドラの方に行こうかな？

■

【情報】アルター　攻略スレ29【求む】

25：名無しの旅人　匂い袋無くて、あそこのボス前まですら行けねぇ……

26：名無しの旅人　匂い袋を持ってる奴がパーティに1人居ればそのパーティメンバーも離れ過ぎなきゃ効力はあるらしいから持ってる奴とパーティを組むっていうのも手だぞ？

27：名無しの運営　現在、ワールドアナウンスの通りに旅人ハスバカゲロウ、ダイコーン、アイリスによってファステリアス、セカンドラ、サーディライの教会で第二の職が解放されました。

28：名無しの旅人　ホワッ!?

29：名無しの旅人　第二の職!?　セカンドジョブか!?

30：ホフマン　セカンドジョブが使えるなら一々教会で職を変えなくても良いのか？

31：名無しの旅人　あぁ、生産系の人にとってはセカンドジョブはかなりありがたいか。

32：名無しの旅人　戦闘系だって充分ありがてぇよ……

33：名無しの旅人　ヒャッハー先輩とアイリスさんは分かる。スク水変態はどうやった？

34：名無しの旅人　色々と聞きたい事が多すぎてヤバいんだが？

35：ハスバカゲロウ　やぁやぁ？　どうしたんだい？　聞きたい事でもあるのかい？
36：名無しの旅人　どうやった変態……
37：ハスバカゲロウ　というか認可されるまで結構時間が掛かったなぁ……
38：名無しの旅人　なんだ？　どういう事……はぁ!?
39：名無しの運営　現在、ワールドアナウンスの通りに旅人ロザリーによってフォーシアスの大教会で第二の職が解放されました。これにより、全ての街の教会で第二の職が解放されます。
40：名無しの旅人　ロザリーさん!?　フォーシアス!?　大教会!?　色々起き過ぎィ!!
41：チェルシー　行くとは聞いていたけど……本当に行けたのね……
42：ロザリー　数人の協力を得て第四の街フォーシアスに到達した。ファステリアスよりも更に大きい都市だ。大教会には、セイクリッド装備というセット装備が売っていた。生産系の人は少し立場が大変になるかもしれないな……情報を集めてあるが、チェルシーに任せた。
43：チェルシー　これは早く行かないと……ロザリー？　ボスの手伝いを頼んでも良いかな？
44：ロザリー　もちろん、私だけでは大変だから他にも協力が必要だが。
45：名無しの旅人　ロザリーさんレベルの人が1人では突破出来ないって事は分かった。
46：アイリス　2つ目の職のお陰で私達よりも楽にボスを倒せる人が居るかもしれません。
47：名無しの旅人　近接系と射撃系の職を組み合わせたりも出来るなら確かに面白そう！
48：ダイコーン　ヒャッハー！　サブジョブの情報だが……条件は第一限界突破済みなら誰でも出来るぜぇ？　解放には10万掛かっちまうが、解放した後で職を変えてぇ場合は通常と同じ500

0Gで変更可能だぜェ。サブジョブに就いてもステータスが上昇するとかは基本的に無ぇらしい。そのジョブ専用のモンが使えるって奴だから、ステ振りや装備を考えるんだなァ？

49：名無しの旅人　言い方は世紀末だけど内容は分かりやすい。これは先輩ですわ。

50：名無しの旅人　あれ？　ロザリーさん達、ヒャッハーと変態とフォーシアスに行ったの？

51：ロザリー　あぁ、そのメンバーでボスを攻略してフォーシアスに入ったぞ？

52：名無しの旅人　よし、変態を倒さなきゃ（使命感）。

53：名無しの旅人　ダイコーンさんは良い。だが変態、テメーはダメだ。

54：名無しの旅人　変態……まさかロザリーさんとアイリスさんに触れてはいないだろうな？

55：ハスバカゲロウ　ちょっとヘイト集まり過ぎじゃない？　回復薬を差し出した程度だよ。

56：名無しの旅人　屋上行こうぜ……久しぶりに……キレちまったよ……

57：ハスバカゲロウ　キレ方が理不尽過ぎィ!!

■

色々と話しているが、第二の職解放に一番尽力したのがハチだとは他の人は知らない……

第5章

「ふぅ、あっ結構お腹空《なかす》いてる……」

教会の天井付近で目を覚ます。梁《はり》の所で1泊させてもらったから邪魔にはなってないハズだ。そういえばクエスト頑張ってた間にご飯とか食べてなかったな？　何か食材を探しておかないと。

「おはよう。泊めてくれてありがとうね？」

「いえいえ、旅人は丸3日寝る事もあると聞きますし、このくらいお安い御用です」

ミリアさんが居たので下りて挨拶をする。あっそうだ。

「ねぇねぇ？　これ要る？」

「ん？　これはなんですか？」

ミリアさんに魔樹の苗木を見せる。小《ち》っちゃい苗木だけどほんの少しだけ動いているかな？

「魔樹の苗木って物が取れたんだけど、ここなら良いトレントが育つんじゃないかなぁって……」

神聖な場所なら心優しいトレントに成長するんじゃないかと思って苗木を渡そうと考えた。

「なるほど……やってみても……良いんじゃないでしょうか？」

メリアさんか。ミリアさんが眼帯だからすぐに見分けが付く。我ながらファインプレーだな？

「ここで……トレントを育てるなら……皆で育てましょう」

「分かりました！　裏庭に植えれば良いでしょうか？」

「裏庭なら、私も行けますね」

モニクが苗木を僕から受け取り、裏庭に持っていく。一緒に行ってみよう。

教会の裏庭。若干雑草が茂っているな……よし、じゃあやるか。

「まずは草むしりだ！」

「えぇー……」

モニクが嫌そうな顔をするが、一緒にやると言ったら渋々だけど、キチンと草むしりをした。

「綺麗《きれい》に……なりましたね？」

「お疲れ様です。モニクも良く頑張ってくれました。ではどうぞ」

綺麗になった裏庭に苗木を植える。井戸から水を汲《く》んで苗木に掛けてみる。

「水を掛けたからかなんか元気になった感じがするね？」

「もう少し……日差しがあれば……良いんでしょうけど」

霧の中だから良い感じの日光が当たらないのかもしれない。

「そうだ。一日一回だけどやってみよう」

戦闘用修道服に着替えて【聖域展開】を使用する。一日一回しか使えないけど明らかに光りそうだし、教会で聖域を展開するとか神聖度マシマシな感じがするじゃん？

「【聖域展開】」

僕の足元から光の円が一気に広がる。この光っている所が聖域か。

「綺麗な聖域ですね？」

「モニクさん……大丈夫ですか？」

「体が……ピリピリしますけど、この服のお陰で耐えられます……」

「よし【ライフシェア】」

辛《つら》そうな表情のモニク。聖域は悪魔には辛いのか……それならモニクに対して【ライフシェア】をする。聖域はHP回復の効果はあるけど悪魔だと逆にダメージを喰《く》らっちゃうんだろうか？

「あ、ありがとうございます師匠！　楽になりました！」

【ライフシェア】は聖属性じゃ無いのかモニクを回復出来る手段があって良かった。

「闇系統の魔法以外で悪魔を回復する手段を持っているとは……ハチさん。凄《すご》いですね？」

「あ、そうなんだ？」

悪魔は闇系統の魔法で回復出来るんだ。この感じだと逆に聖属性は弱点で回復出来ないのかな？

「あっ見てください！　苗が！」

聖域の中に入った苗がキラキラと光り、大きく成長していく。

「私達《たち》も……祈りましょう」

「はい」「は、はい！」

3人が苗に向かってお祈りするので僕も祈る。大きくて大人しい樹《き》に育つんだぞーっと4人で祈ると、樹がどんどん大きくなっていく。そこら辺の森に生えている樹より大きくなってるぞ？

「これは……なんか凄いね？」

「ええ……ほとんど教会と……同じくらい……」

「これ……大丈夫なんでしょうか？」

「あの、終わったなら聖域をやめてもらっても良いですか？　師匠」

一日一回制限の大技なんだろうけどモニクが辛そうだから聖域を解除する。樹も予想以上に大きくなったし、消しても問題無いだろう。展開していた聖域を解除して樹に近寄る。

「大丈夫……かな？」

もし暴れるトレントだったら仕方が無いけど倒すしか無いだろう。どうかなぁ？

「……」「へ？」

何か緑色の子が出てきたんだけど？

「まさか……その子は……ドリアード？」

「ドリアード……樹の精霊だったっけ？」

僕の記憶だとドリアードとかドライアドって呼ばれるのは樹の精霊だったと思う。

「ええ……もしかして……魔樹の苗木が……清められて……樹の精になったのかも？」

「そんな事が起きるんですね……」

「とりあえず……この子の事は任せても良いかな？」

僕がどうこうする事も出来ないし、皆に任せるしかない。

「ドリアードなら、食べ物に困る事は無いでしょうし、良いんじゃないでしょうか？」

メリアさんとミリアさんが言うならほぼ決まりだろう。

「結構小さくて可愛《かわい》いですね？」

ドリアードの頭を撫《な》でるモニク。そして気持ちよさそうなドリアード。もう仲良くなってる？

「新しい後輩も出来たみたいだし、モニク？　頑張ってね？」

「後輩……はい！　頑張ります！　この教会の事はお任せください！」

後輩と言ったらしっかりと返事をするモニク。後輩の存在はやる気をアップさせるんだなぁ……

「それじゃあ僕は行くね？　皆、またね！」

「また来てくださいね」「またの……お越しを……」「今度は立派な先輩にもなりますよ！」「……」

皆が僕を見送ってくれる。あのドリアードもモニクにべったりだ。これなら大丈夫そうだ。

「まずはセカンドラに戻るかなぁ……あっ、ダイコーンさんが居たら協力してもらおう」

まだ白ローブが追跡されている可能性はあるし、この修道服も目立つ。残っているのはシロクマコスチュームだけだし、セカンドラに行くならやっぱり召喚獣のフリが使えるダイコーンさんと一緒に街に入るのが一番安全な気がする。街に入るだけでなんでこんな事考えてるんだろう？

『ダイコーンさん、今お暇でしたらセカンドラの街に来てくれませんか？　他の人と面倒を起こさない恰好《かっこう》はあのシロクマの恰好しか無くて……』

メッセージをダイコーンさんに送る。オンラインなのは確認済みだから返事が来るまで進もう。

セカンドラにガイドを合わせて霧の森を突破する。紫電ボードをフルスロットルで使えばトレントもゾンビも僕を捉えられないだろう。流石《さすが》に霧の森を出るまでだけどこれでかなり時間を短縮出来る。荒野は……人が居たら【擬態】で何とか誤魔化せるかな？　多分居ないだろうけど。

「おっ？　返事がもう帰ってきた」

ダイコーンさんからのメッセージだ。

『教会から出てきたか。迎えに行くのは構わない。面白い物も入手したからそれも見せたい』

見せたい物ってなんだろう？　あと口調がめっちゃ丁寧。

『了解です。今荒野と霧の森の境目です。待っていても良いですか？』

ダイコーンさんが来てくれるなら待とう。霧と森があれば他の人から隠れられるし。

『あぁ、迎えに行くから待っていてくれ』

ダイコーンさんのメッセージを貰《もら》って僕は霧の森の方に少し戻り、隠れて迎えを待つ事にした。

「ヒャッハー！」

暫《しばら》くするとブロロロロ……と妙な音と共に声が聞こえてきた。テンション高いなぁ？

とりあえずシロクマコスチュームに着替えて、霧の森から荒野の方に出る。

「うわっ!?　なんですか!?　その世紀末というか近未来的なバイクは!?」

「ヒャッハー！　迎えに来たぜぇ！　こんにゃく！」

まるで狂気ＭＡＸなゴテゴテの改造をされたバイクが地面から若干浮いてこっちに走って来た。

そしてドリフトしながら僕の前に止まった。ホバーバイクって奴《やつ》だろうか？

「もしかして見せたい物って……」

「そうさ！　新しい街に行ったらマウント屋って所があって、そこで売ってたコレを色々と追加費用を払って改良してもらったんだぜぇ？」

ダイコーンさんとこのバイクは似合い過ぎてる。これは運命の出会いだよなぁ。

「これ、いくらくらいしたんです？」

「……聞きたいか？」

「いえ、やめておきます……」

凄く掛かってそうなのは雰囲気から察する。何にお金を掛けるかとかはその人次第だけどダイコーンさんのお金の掛け方は良い使い方な気がする。まぁ僕は掛けるお金は無いんですけどね？

「追加オプションでパーツを追加して、はんぺん用にサイドカーも後付け出来る様にしてもらってな？　人もちゃんと乗れるサイズだから安心してくれ」

ダイコーンさんがメニューを操作すると、バイクの横部分にサイドカーが装備された。

「おぉ……これ乗っても良いんですか？」

「まぁまだ人は乗せた事は無いが、多分大丈夫だろう。乗ってくれ」

ちょっと心配だけど、事故ってもゲームの中ならまだ受け身とか取れば大丈夫……かな？

「おっ、大丈夫かな？」

人間も乗れるサイズとは言ってたけどシロクマコスチュームだと結構ギリギリだ。

「よっしゃ、乗ったな？　それじゃあ行くぜ！」

バイクのアクセルをふかすダイコーンさん。うおぉぉ、加速が凄い……ブロロロロとエンジンの音を鳴らしながら荒野を走るバイク。人とすれ違ったけど、めっちゃ驚いてたなぁ……

「やはり、２人になるとＭＰの消費も大きいな……」

「あ、ＭＰ消費して運転してるんですか？　それって僕もＭＰを出す事出来ます？」

乗せてもらっているからMPを出すくらいはさせて欲しい。

「……どうやら出来るみたいだ。少しMPを出してもらっても良いか？」

サイドカーに操縦桿《そうじゅうかん》みたいな物が出てきた。これでMPをバイクに流す事が出来るんだろう。

「それじゃあここからは僕がMPを出しますね？」

バーにMPを流す。呪枷《じゅかせ》の消費MP－50％が効いているのか結構余裕だ。もっと多く流すか。

「「うおっ!?」」

MPを多く流したらバイクが加速した。やばいやばい、視界がスローだ。速過ぎる。

「僕だけのMPで何とかなりそうなんでMPは任せてください」

「わ、分かった……」

そこからはある程度落ち着いた速度で走ってセカンドラの街に辿《たど》り着いた。セカンドラ近くまでやってきて、人目の無い所でダイコーンさんのバイクにMPを注入する。

「とりあえず魔力タンクにMPを最大まで入れておきますね？」

「結構MPを喰うから最大まで入れてくれるのはかなり助かる……というか出来るんだな……」

バイクの魔力タンクは凡《およ》そ1万MP程入る。大容量だけど自動MP回復と修道服に着替えて祈りも使い、MP注入と回復を繰り返し、バイクを満タンにした。完全にガソリンスタンドだ僕……

「本当に満タンまで……恩に着る！」

「いえいえ、僕も街に入る為《ため》にダイコーンさんに手伝ってもらいますからお互い様です」

ダイコーンさんの召喚獣としてセカンドラの街に堂々と入る為だしね？

「くきゅる～」

「なんだ？　腹減ってたのか？　じゃあ街で飯喰わせてやるよ！」

　空腹度が限界だとお腹が鳴るのか……これは恥ずかしい……

「お願いします……」

　恥ずかしいけど、初めての街でご飯かな？　2人で門を問題も無く突破し、セカンドラの街に入る。改めて見るけど、武器や防具のお店もいっぱいだ。僕が立ち寄る事は無いだろうけど……

「あの店なら召喚獣と一緒でも喰える店だからあの店で良いか？」

「ベア（はい）」

　ダイコーンさんが指差した看板はフォークとナイフにハンバーグっぽいデザインの看板。シンプルでご飯屋さんだと分かる良い看板だ。僕もシロクマモードでベアベア言いながらついて行く。

「この店は俺の知り合いがやってる店なんだが、ファステリアスの店は大人気で、この店は試作品を作って売る。所謂《いわゆる》、実験場みたいな店なんだ。だから当たりもあればハズレもあるギャンブルな店なんだが、知り合いって事でファステリアスでも出てる美味《うま》い飯を作ってもらおうって魂胆さ」

「ベアベアー？　（味の探究者って感じですかね？）」

　試作品だからこういうお店で試して反応を見てるのか。

「ベーアベアベアー？　（現実に無い食材は、実験しないと美味《おい》しいか分からないですもんね）」

　それを売っちゃうのはどうかと思うけど……

「ははは（マズかったらどうマズかったのか聞き取りして報酬を払うし、美味かったらその美味さに見合うと思った金額を出してくれって感じでやってるんだよ）」

なるほど、味付けを修正する為の情報を得られるし、相場も分かる。そういう条件だったら美味しくなくても文句は無いだろう。何より実験場ならそもそも儲《もう》けとか考えてないんだろうなぁ？

「ベアー（なるほど、面白い人ですね？）」

「違いねぇ」

ダイコーンさんとその店に入る。そういえば看板は出てたけど店の名前は無かったな……

「いらっしゃい……おぉ？　ダイコーンじゃねーか。どうした？　何か喰いに来たのか？」

「ちょっと恩人が腹を空かせてるからな。美味い飯を頼む」

「ベア」

お辞儀をする。ダイコーンさんの知り合いだし、礼儀正しくしよう。

「は？　シロクマ？　コイツが恩人なのか？」

「事情は話しても良いか？」「ベア（はい、どうぞ）」

事情説明をしないと分からないだろう。これで熊だと思われて生肉とか出されても困る……

「事情があって俺の召喚獣のフリをしている。でもここなら別に脱いでも大丈夫じゃないか？」

「それもそうですね？　じゃあちょっと脱ぎますね？」

別にシロクマのままでも食べられるけどローブの方が良いか。

「あっ！　イベントの……オッケー理解した。シロクマに戻ってくれ、見られたら困るんだろ？」

「分かりました。じゃあ着ます」

店主さんは僕をイベントの時に見たみたいだ。色々察してシロクマの恰好に戻れと言ってきた。

「そうか……いや、君のお陰で商売が上手《うま》くいった。俺も恩を感じているんだ。イベントが終わった後で君の話をして商品を買っていく人とかも多くてな。あれでリピーターも増えて店も大きく出来てな？　君には感謝してるんだ。良いぜ、今回は試作品じゃ無くて普通のを出してやるよ」

なんか僕の知らない所で店主さんに感謝されてるけど……案外普通のご飯より実験飯？　というのもちょっと食べてみたいと思うのもまた事実。

「あー、それなんですけど……せっかくなら試作品の方をお願いしても？」

「おい、やめとけって！　外れはマジで……」

「それも楽しむのがこの店なんじゃないですか？」

ダイコーンさんに止められるけど、こういうギャンブル要素のあるご飯も現実じゃそんなに食べられ……（母さんの料理は除く）ないだろう。何事も経験って奴だ。

「ほう？　分かってるじゃないか！　俺もまだ味見してないスペシャルの感想を聞かせてくれ！」

それって料理人としてどうなんだろうか？　まずは自分で味見をする物では？

「今、自分で味見するのが先だろ？って考えただろ？」

「えっと……まぁ」

エスパーかな？

「そう考えるのも当然だな。だが、当たりかハズレか俺が分かったら面白く無いだろう？」

「気持ちが分かってしまう僕に拒否権はありませんね。そのスペシャルな奴。お願いします！」

ギャンブルするのに結末を知っていたら面白く無い。美味いかマズいか運試しだ！

「さぁ、出来たぜ？　俺が集めた食材の中でもかなりのイロモノを合わせたスペシャルだ！」

カウンターに紫色でプルプルでドロドロで……とろみのある液体《スープ》が置かれた。

「うおっ……」

「俺は普通のパンと肉で良いわ……」

ダイコーンさんはそれを見て、確実に大丈夫な物を注文する。想定よりもヤバそうだなぁ？

「さぁ！　どんな味がするか味見を頼むぜ？」

見るからにヤバそうなスープ。ええい！　見た目が全てじゃない！

「いざっ！」

「……」「ど、どうだ？」

スプーンで液体を掬《すく》い、一口食べる。

「大丈夫か？」

僕が何も言わないから心配になる2人。世紀末系と日焼けしたコックさんという、ムキムキのおじさん2人に心配されているシロクマという異空間が広がっていた。

「うぅ……ご飯が欲しい！」

「「は？」」

「見た目はアレですけどこれめっちゃ美味しいカレーですよ!?」

紫色でとろみのある液体だと見た目のインパクトが凄くて手が出せない人は多いだろうけど、これは様々なスパイスとか隠し味によって深い味わいになったカレーみたいだ。ご飯が欲しくなる。

「じゃあ一口……おっ、本当にカレーの味だ！　これは確かに米が欲しくなるな？」

「おぉ……ここまで深い味わいになるのか！　うわぁ！　米欲しい！」

2人とも米を欲している。店主さんも米が欲しいって事は米はまだ見つかってないのかな？

「おぉ！　パンに塗ればかなり美味いぞ！」

「店主さん！　僕にもパンください！」「俺もパン使わせてくれ」

紫のカレーの味がする液体を皆でパンに塗り、カレーパン？　にして食べる。

「うめぇ！」「うまーっ！」

見た目は悪いけどかなり美味い。これは止まらなくなる……

「無くなっちゃった……」「あぁ、すまない。美味くてドンドン使ってしまった」「悪い……」

3人でカレーパンにして食べていた紫スープが無くなってしまい、若干微妙な雰囲気になる。

「美味しいけど……これを売るとなると見た目がマイナスポイント過ぎるのが問題ですね……」

雰囲気を変える為に改善ポイントを挙げる。色が赤とかならもう少し受け入れられるかなぁ？

「確かに、美味いがこの色が気になる人は多いだろうな……」

「そういえば普通に食べていたが、君はこういう料理に抵抗は無いのか？」

「完全に無いと言えば嘘《うそ》になりますけど、食べられそうなら食べてみたいって感じですかね？」

お金が無いから好き嫌いとか言えない。というか食べられる物を合わせているなら基本は食べられる物が出来るハズだ（母さんの料理は除く）、後は味がどうかの問題だけだと思う。

「おい、コイツ中々才能あるぞ?」

「だろ?」

何コソコソ話しているんだろう?

「評価としてはかなり美味しかったけどお店で出すのはちょっと……って感じですかね?」

「そのくらいの評価が妥当だろうな? 普通のカレーが作れたらこの見た目である必要は無いし」

「俺の店で出したら間違いなく売れないだろうな! ハッハッハ!」

お店でアレを出す事を考えると……確かにイメージが悪過ぎるな。

「ここだけの隠しメニューくらいが丁度良いんじゃないですかね?」

「確かに、知ってる奴だけのメニューが丁度良いな? 米が入手出来たら真っ先に持ってくるさ」

「それはありがたい。今や最前線プレイヤーだしな?」

「よしてくれ、俺がフォーシアス《第四の街》に行けたのはこの人のお陰なんだ」

「「えっ!?」」

それ初耳ですけど?

「なんで君まで驚いてるんだ……」

「初めて聞いたんで……」

店主さんと驚いていたけど……ダイコーンさんって最前線プレイヤーだったのか。

「君が呼んでくれたお陰でセカンドジョブに就けたし、あの姉妹とボスに行って突破出来た。全て君のお陰だ。だが、君の許可無しに君の事を広めるのは良くないと思って黙っていた」

「あぁ、面倒事が増えそうなんで黙っていてくれて助かります」

僕が言った所で何か面倒な人に絡まれそうだから黙っていてくれた方が助かる。

「君ならそう言うと思ったよ。これからも黙っておく。ホフマンも彼の事は黙ってくれよ？」

ダイコーンさんがホフマンさんにお金を渡す。今回の代金と口止め料という事だろうか？

「まぁそれは当然だな。それに食に対する探究心もある気がするからもし何か美味そうな物とか見つかったら出来れば俺にも分けてくれないか？　ちゃんと報酬も払うから」

「探してみます。で、報酬に関しては、ちょっと厨房《ちゆうぼう》を見せてもらう事って出来ます？」

どんな物が既にあるのか厨房を見れば分かる。まぁ料理人の厨房を見たいのが一番の理由だけど。

「あぁ、良いぜ？　俺の城に招待しよう」

そして料理人の厨房《城》に入れてもらった。

「おぉ！　こんな食材が……これも食べられるんですか!?　はぇ～、これまた凄い機材……」

流石にシロクマの姿で厨房に入るのは邪魔だと思ったのでローブに着替えてから厨房に入る。基本的な食材に魔物の骨や体液みたいな物もある。そしてそれを調理する魔道具もいっぱいだ。

「ここを見てそんなに楽しそうな顔をしてくれるとこっちとしても嬉《うれ》しいぜ」

ホフマンさんの厨房にはガラスで出来た冷蔵庫みたいな物や川魚の為の生《い》け簀《す》、野菜が中に生えてるケースもあってどれも新鮮な食材だ。ある意味遊園地みたいで見るだけでも楽しい。

「俺も初めて入ったが、こんな風になっていたのか……」

「集めるのに結構な出費がな……」

「「あぁー……」」

やっぱりこういう凝った物はお金が掛かるんだろう。性能も高そうだし……

「これだけの食材と機材があれば色々試したくなるのも分かりますね」

「君はどんな料理を作るんだ？　見てる限り料理を作っていそうな雰囲気を感じるが？」

「基本は串焼き料理ですね。最近はフライパンを入手したからステーキを作ろうかと……」

「ほう？　串焼きか。簡単だが奥が深い料理だな。フライパンがあるなら何か作ってみるか？」

えっ？　この厨房の設備を使っても良いの？

「良いんですか？　でも今使えそうな食材とか持ってないです……」

「それじゃあ俺が金を払うから材料を少し売ってくれ。それで何か作ってくれれば丁度良いだろ？」

「いや、俺達の分も作ってくれるならタダで材料を使っても良いぞ！」

皆の分を作ればタダで使って良いって事なら使わせてもらおう。

「じゃあ厨房を使わせてもらいます！」

ワリアさんのフライパンも厨房でデビューするなら嬉しいんじゃないだろうか？　これからは焚《た》き火《び》の上での活躍になるだろうから一回くらいはまともな所で使ってあげたかったし。

「おう、必要な素材は好きに使ってくれ」

「じゃあお肉を貰っても良いですか？　このフライパンの最初の料理は肉料理って決めてたんで」

「おぉ、そういうの嫌いじゃないぜ？　良いぜ。この肉を使いな！」

ガラスの冷蔵庫から上物なお肉を取り出すホフマンさん。あれを調理するのか……

「この冷蔵庫は特殊な冷蔵庫でな？　常温で戻す時間とかは気にしなくてもすぐに調理出来る様に設定してある。だから下味を付けるなりなんなり直《す》ぐに出来るぜ？」

「凄いですね……料理人の拘《こだわ》りって奴ですか？」

「あぁ、こういう所を拘っておけば後からやっておけば良かったたって後悔しないからな！」

「俺のバイクみたいにコイツもこの冷蔵庫に一目《ひとめ》惚《ぼ》れって奴さ」

「「はっはっは！」」

腕を組んで笑う2人。筋肉の壁が……

「とりあえず塩コショウで頂くのが良いかな？　いや、肉汁を利用した方が良いか……あっ、えーっとホフマンさん？　アルミホイルみたいな物とかありますか？」

「アルミホイルか……寝かせるつもりだな？　残念ながらアルミホイルは無いんだ……皿と皿で閉じ込めてもある程度同じ様な効果があるはずだからそれでやろう」

覚えておこう。手早く下準備と味付けを終えた肉を準備し、フライパンをコンロ状の魔道具に乗せ、ホフマンさんに火を付けてもらう。油を熱してフライパンを充分に温めて……

「あぁ～お肉の焼ける音～」

ジュワァっと質の良い肉がフライパンの上で焼ける。見てるだけで涎《よだれ》が出てきそうだ。お肉を裏返すと見事な焼き色。さっきカレーパンを食べたばかりなのにもうお腹が減ってきた気がする。

「「ごくっ……」」

唾を飲み込む音が聞こえるけど調理に集中だ。しっかりと両面に焼き色を付け、皿に肉を乗せ、もう一枚の皿をひっくり返して蓋をして何分か待つ。くぅー！　この待ち時間が長く感じる！

「ソースも作らなきゃ……」

【欲張り調味料セット】から調味料とワインを使い、ステーキソースの待ち時間に作る。

「なぁ？　気になっていたんだが、その箱……中身は調味料か？」

「ええ、色々入ってます。あっ！　これは大事な物なので中身は見せられません！」

【欲張り調味料セット】の事を詳しく話す事は出来ない。アトラさんとの約束を破ってしまう。

「まぁ隠したい事の一つや二つは誰にでもあるから追及はしないが、便利だな？」

「それは否定しませんね。色々出来ますから」

使う機会が中々無くて活躍はしていなかったけど。

「あぁ……久々にジャーキーも作りたいなぁ……」

フライパンと調味料セットを見てるとワリアさんに教えてもらったジャーキーをまた作りたくなった。保存食を作っておけばログイン時にお腹が減った状態だったとしてもすぐに回復出来るし。

「「ジャーキーだと!?」」

「えっ？」

いきなり２人が喰い付いてきた。視界内が筋肉に占有されすぎて怖い。

「酒のお供に最適！」「携帯出来る保存食は売れる！」

２人とも別々の理由だった。だけどホフマンさんなら簡単に作れそうだと思うんだけどな？

「ホフマンさんなら簡単に作れるんじゃないですか？」

「作れるが乾燥に時間が掛かり過ぎてどうすればもっと早く作れるか試作中なんだ」

ホフマンさんが厨房の壁にある取っ手を引くと吊《っ》るされた短冊状の肉がいっぱい出てきた。

「どうにかならないかと色々やっているんだが……」

「あぁ、スライムゼリーを使うと乾燥は手早く済みますよ？」

「は？　スライムゼリー？」

「はい、おっと、火を切って……。この肉の短冊1枚貰いますね？」

「あ、あぁ……」

ソースを作り終え、ゼリーに肉の短冊を入れる。ほい、乾燥したジャーキーの出来上がりー。

「僕も習っただけですけどスライムゼリーは水分を吸って乾燥させるには丁度良いらしいです」

「そ、そんな方法が……うぉぉぉ！　ありがとう！」

両手をがっちりホールドされてブンブンと上下に振るホフマンさん。腕が！　腕がァ！

「スライムゼリーは食べられる物じゃ無かったから完全に失念していた……」

握手から解放してもらい、何とか助かった。

「ん？　ホフマンさんってスライムゼリーを食べた事あるんですか？」

だとしたらかなりのチャレンジャーだぞ……

「いや、俺には【食の目】っていう喰える物か喰えない物か見分けるスキルがあるんだ。それでスライムゼリーは喰えない物だって判断したが……なるほど、調理に使えるとは思ってなかった！」

「その【食の目】ってスキルを使えばギャンブル料理もある程度分かるのでは……？」

食べられるかそうでないか見分けられるスキルがあるならギャンブルする必要は無いのでは？

【食の目】は喰えるか喰えないかが分かるだけだ。味までは分からねぇんだ」

「不味《まず》い物でも食べられるなら【食の目】は食べられる判定が出るって事ですか……」

「絶妙に使い難《にく》いからこういう場所で喰える物判定が出た奴だけ出してるって訳よ」

ダイコーンさんが補足する。だからここで食べられる判定の物は試しているんだな？

「本当にありがとう！　これならジャーキーを量産する事も可能になる！」

「ジャーキーが沢山出来るなら空腹になる事もかなり少なくなるだろうな！」

「あの……そろそろステーキ食べませんか？　これ以上は冷めて美味しくないと思うんで……」

ジャーキーの話で盛り上がっている所悪いが、今はステーキがとても気になっているんだ。

「おっ！　そうだ！　ステーキだステーキ！」

「確かにジャーキーの話は後ででも出来るな！」

2人は即座にどこかから椅子を持ってきて座る。まぁ最初の1枚は2人に食べてもらおう。

「おっ！　良い匂い！」

皿の蓋を開けるとステーキの良い匂いが広がる。まずはそのまま食べてもらおう。

「まずは1切れずつどうぞ」

「「いただきます」」

ステーキを切り分けたけどスッと刃が入った時点でこれはかなり柔らかい。早く僕も食べたい。

「「うめぇぇ！」」

「ソースも用意してあるので掛けたかったらどうぞ」

2人に更に切り分けたステーキと、ソースも一緒に出す。めっちゃ美味しそう……

「これ店で出てたら3万でも買うわ」

「全く同じ事を考えてた。火の入り加減と言い、柔らかさと言い、店で出しても全く問題無い。というかトップクラスで美味いかもしれない。君、ウチで働かないか？」

もしかしてスカウトされてる？

「あぁ……ちょっとそれは……」

流石に料理メインでアルターを遊ぶつもりじゃないのでその提案にはちょっと乗れない。

「そんな!?　これ程の物を作れて何故《なぜ》っ……」

「無理強いはダメだぞ。お前だって料理してぇのに採掘しろって言われてもやらねぇだろ？」

「ぐっ……それもそうだな……悪かった」

流石にそこまで嫌じゃ無いし、ホフマンさんも悪気は無かったんだろう。

「流石にお店では働けませんが、食材集めのやる気はあるのでフレンドになるのはどうですか？」

「それは是非！　君なら新しい食材を見つけるかもしれない。その時は俺に教えて欲しい！」

そうしてホフマンさんとフレンドになった。

「僕はハチって言います。これからよろしくお願いします」

「男だったんだな？　ゲームじゃ見た目で判断するのも難しいから気を使ってたんだが……」

「気を使ってたか怪しいところだが？」

「ちゃんと料理を作る奴だったからリアルでも料理する奴だと思ったら舞い上がっちゃって……」

何とも面白い人だなぁ。

「あの、僕の分も作っても良いですか？　２人が食べてる所見てるだけだったんで……」

「あぁ、自由に作ってくれ！　ハチ君さえ良ければここの設備は自由に使っても良いぞ？」

流石にそこまでは……あっ、ちょっとだけワガママしても良いかな？

「それなら小麦粉とか分けてもらえます？　僕、呪いのアイテムの効果でお金が入手出来ないんで野生の小麦でも見つけて挽《ひ》かないと小麦粉とか一生触れない気がするんで……」

小麦粉があればパンとか焼けるかもしれないし、旅をするなら小麦粉はあった方が良い。

「小麦粉が欲しいのか。それならほら、持っていけ！」

ドンドンドンとデカい袋の小麦粉……一袋25kgはありそうな物を３つ出した。えっ？

「こんなに貰ったら在庫とか大変なんじゃ……」

「小麦粉は良く使うからちゃんと備蓄してある」

壁の別の取っ手を引くと小麦粉の袋がズラァッと並んでいる。３つ位なら問題なさそうだ。

「じゃあありがたく頂きます」

「スライムゼリーの情報料としたら安過ぎる位だ。それにそんだけあれば試作しやすいだろう？」

確かにこれだけあれば失敗を恐れる必要は無いな。太っ腹でありがたい。

「ホフマンさんありがとうございます。それじゃあステーキを作ってきます！」

小麦粉をインベントリに仕舞ってからステーキをまた作る。

「はぁ喰った喰った！」「美味かった！」「美味しかったです！　お肉ありがとうございました」

結局僕の分のステーキを作って食べてたら後ろから2人が覗《のぞ》いてきて落ち着かなかったので「また作りましょうか？」と提案したら「「頼む」」との事でブロック肉を全部使ってしまった。途中でホフマンさんが付け合わせを作ったり、ダイコーンさんがはんぺんを呼び出して食べさせたりと色々あったけど、ちょっと思い出した事があってホフマンさんに頼み事をする。

「自分の分のジャーキーを作らせて欲しいと？」

「はい、ソミュール液は自分で作るんでお肉と味を馴染《なじ》ませる場所を貸して欲しいんです」

「ならハチ君が作った物《ジャーキー》を俺にも分けてくれ。味の探究の為に他の人が作った奴を喰いたい」

基本的に喰わせてくれたらオッケーってホフマンさんのスタンスは僕にとってもありがたい。

「ありがとうございます。味付け中に出掛けても良いですか？　会いたい人達が居るんで……」

「良いぜ？　一応どのくらいで上げたら良いんだ？」

「大体5～6時間位ですかね？」

「なら1～2時間で出来るな？　時短アイテムがあるからそれを使えば3倍の速度で時間が進む」

「はぇ～便利……」

ワリアさんに使わせてもらった砂時計はもっとヤバかったけど3倍でも充分凄い。

「それじゃあもし、時間に帰ってこられなかったらお願いしても良いですか？」

「あぁ、任せろ」

ホフマンさんなら任せて大丈夫だろう。よし、ダイコーンさんとアミーちゃんに会いに行こう。

「ベア（どこに居るか分かります？）」

「あぁ、今日は裏道で小さい屋台を開いているハズだ」

シロクマの姿でダイコーンさんと街を歩く。アミーちゃんとはもう一度会っておきたい。

「ベアベア（ちゃんとご飯とか食べてるかなぁ？）」

あの時はお母さんの為に薬草を取りに森に行ってた様だけど、今は大丈夫かな？

「ちゃんと喰ってるさ。マーサさんと一緒に商売してるぜ？」

「ベア？　あぁ、ベアベア（マーサさん？　あぁアミーちゃんのお母さんか）」

ダイコーンさんと裏道を一緒に進むと、とある屋台に行列が出来ていた。美人な女性と小さな女の子が何か袋を売り、それを買うプレイヤー達。あれは匂い袋だろうか？

「申し訳ありません。用意した分が無くなってしまったので本日の販売は終了になります……」

「せっかく来てくれたのにごめんなさい……」

「あ、あぁ……」「また来るよ」「買えなくても良かったかもしれない……」「良い……」

美人親子に謝られればすぐに引き下がるプレイヤー達。やっぱり皆美人には弱いんだなぁ……

屋台に何も無くなり、片付けを始めた２人。話しかけるなら今かな？

「よぅ？　繁盛してるみてぇだなぁ？」

だから言い方ェ……

「ベア！」

右手を上げて２人に挨拶。

「あぁ！　おじさんとクマさんだ！」

「この前はありがとうございました……お陰でとても生活が楽になりました」

マーサさんの足も問題無いみたいで良かった。アミーちゃんも屋台の手伝いしてて偉いなぁ……

「クマさん！　これあげる！」

アミーちゃんに何か紙で作られた丸い物を渡された。

『感謝の折り紙メダル　を入手しました』

感謝の折り紙メダル　レアリティ　レア　ステータス　＋０
耐久値　１００％
特殊効果　感謝の印　アクセサリー枠を使用せずに装備出来る。
とある少女が感謝の気持ちを込めて折った折り紙のメダル。「遊んでくれてありがとう！」とメダルの中に書かれている

これヤバい。ちょっと泣きそう。

「ベア……ベアベア！　（ありがとう……大事にするよ！）」

メダルを装備するとポシェットに紙のメダルが付いた。赤い紙のメダルがワンポイントで良い。

「こっちも大分感謝してるみたいだぜぇ？　ありがとうってよ？」

「良かった！　喜んでくれて！」

「最近は他の匂い袋も色々試行中なんです。完成したら是非試してくれませんか？」

「ほう？　そいつは面白そうだ。良いぜ？　試したい時はギルド経由で呼んでくれ」

「えっ？　あっ、ベア？」

「分かりました。新しい匂い袋が出来たらダイコーンさんに連絡しますね？」

ギルドは気になるけど一旦スルーだ。ダイコーンさんって呼ばれている所を見るに僕が居ない時にも会ってたんだろう。ひょっとしてこの屋台もダイコーンさんが協力したりしたのかな？

「まぁ元気そうで良かったぜ？」

「摑《つか》んだチャンスですから……でも、最近は売れ過ぎで商品が足りなくて申し訳無いんです……」

人気過ぎて売り切れちゃうって凄いな？

「……それなら集めるのが大変な素材だけギルドで集めてもらえば良いんじゃねぇか？」

「結構掛かるんじゃないでしょうか？」

「そんな事は無《ね》ぇ、報酬を匂い袋にすれば受ける奴は出るはずだぞ？　特に今は匂い袋を入手してボスを倒そうとする奴も多い。だから一応クエスト発行してみると良いと思うぜ？」

「旅人さん達は今そういう状況なんですね……分かりました。今度掛け合ってみます！」

なるほど、こういうのもクエストになるのか……というかギルドってやっぱりゲームとか小説とかに出るあのギルドだな……僕全く行ったことが無いですねぇ……

「片付けの邪魔しちまったな？　俺達はもう行くぜ」

「ベアベアー（バイバーイ）」

手を振ってアミーちゃんとマーサさんの2人と別れる。どうしよう……ギルド行ってみるか？

いや、別にギルドに行く意味も無いか。ホフマンさんの所に戻らないと。

「ベアベアベア？　（真っ直ぐホフマンさんの所に戻りますか？）」

「あぁ、別に寄る所も無いだろう？　裏口から戻ればすぐに厨房に行けるから裏口から帰ろう」

表から厨房に入る為にホフマンさんに開けてもらうのは手間だろうし、裏から入るのは賛成だ。

「おぉい、戻ったぞー」

「戻りましたー」

厨房でシロクマからローブに戻す。動きやすさは変わらないけどやっぱりこっちの方が良い。

「居ないのか？」

「もしかしてお客さんでも来てるんでしょうか？　ちょっと見てきます」

「あぁ、分かった」

厨房にホフマンさんは居なかった。接客しているのかな？　と思ってカウンターの方に向かう。

「ホフマンさん戻りましたー」

「あっ」「えっ？」

ホフマンさんが見たことがある2人組相手に料理を出していたのですぐに厨房にバック……

「あれぇ？　あれあれぇ？　アハッ！　みぃつけた！」「あらあら？　お久しぶりねぇ？」

背筋が凍るとはこの事か。モニクよりも遥《はる》かに悪魔らしい（胃が）キリキリシスターズの2人。キリアさんとキリエさんがそこに居た。

「も、戻りまーす……」

「【ムービングバレット】」

突如銃を取り出して僕の足元に銃弾が撃ち込まれた。目の前に急に現れるキリエさん。ドアも押さえられ、閉じる事も出来ない。パワー負けしてるのが本当に悲しい。

「何逃げようとしてるの？」

「いやっ、その……」

怖い怖い、目が怖い。笑ってるけど完全に獲物を見つけたハンターの笑い方だこれ。

「ずっと捜してたんだよぉ？　また戦おうよっ！」「私も貴方《あなた》と一回戦ってみたいのよね？」

いつの間にかカウンターを抜けてキリアさんもこっちにやってきた。もうダメだ。ドアを閉じようとしてもドアごと持ち上げられた。ホフマンさんゴメン……ドア壊れちゃった。

「おぉい！　ドア壊すなよ!?　弁償してもらうぞ!?」

「後で弁償するから今は少し見逃してくれる？　やっとコイツに会えたの」

「お、おう……」

ホフマンさん……分かる、分かるよ？　でももうちょっと抵抗して欲しかったなー。

「今回は逃がさないわよ？」「リベンジしたいっ！　私と戦おう？」

これ一回戦わないと絶対帰してくれない奴だ……勘弁して欲しいんだけど。

「あの……拒否権とか……」「『ない』」「ですよねー……」

通報したら勝てる気がするけど、それで終わらせるのは凄くモヤモヤする。正直キリアさんがリベンジしたい気持ちも分かる。僕だって負けっぱなしは嫌だし。フロッカウにリベンジ出来た時は嬉しかったけどその機会も無いとストレスも溜《た》まっただろう。でも2人と戦うのは絶対キツイ。

「キリアさんがリベンジしたいのは分かりますが、キリエさんは別に戦う必要は無いんじゃ……」

僕と戦ったキリアさんならリベンジで戦うのは良いけど、キリエさんは別に戦わなくても良いんじゃ無いだろうか？　自分の仇《かたき》を自分で討つ感じでキリエさんがやらなくても問題無いと思う。

「仲間外れはつまらないじゃない。私だって貴方みたいな戦い方をする奴と戦ってみたいわ」

そんな理由で？　僕も銃と戦った事は無いけど出来れば戦いたくないよ？

「何でも良いよ！　ね！　ね！　戦おう？　リベンジしたい！」

「キリアと戦った後で私とも戦いましょ？」

2連戦はキツイな……だったらいっそのこと……

「それなら2対1で勝負しませんか？」

2対1なら同時に戦闘出来るし、なにより1回戦えば終わりだ。

「それは、私達2人相手に1人で勝てるってバカにしてるの？」

「良い！　良いよぉ！　その自信！　あなたの事益々《ますます》気に入っちゃった！」

僕に自信があると思っているのかキリエさんはバカにしているのかと不満を露《あら》わに、逆にそれだけ自信があると嬉しいのか何故か気に入っちゃったらしいキリアさん。

「別に自信がある訳じゃありません。1人ずつ戦う方が僕にとって不利になるので僕に有利になるように2対1で戦って欲しいって事です。あ、戦う為に準備の時間もください」

こうなったら図々《ずうずう》しく出よう。僕も押されてばっかりじゃない。

「ふーん？　私達相手に2対1が有利って言うんだ？」

「私はそれでも良いよ！　やっとやる気になってくれたんだから！」

「じゃあ1時間位準備の時間を貰いますね？」

「まぁ良いわ。それでやりましょう？　1時間後この店の前で」

「分かりました」

「おじさん！　ご飯頂戴！　戦う前に美味しいご飯食べたい！」

「お、おう……」

ホフマンさんには悪いけど店の前で戦う事になっちゃったので、僕は準備の為にあそこに向かう。


「それで、準備として試す為にここにやってきたと？」

「マネキン君には悪いけど色々試させて？」

「通報すればその2人にペナルティを与える事も出来ますが……」

「迷惑行為というか、あの2人だってこのゲームを楽しんでいると思うんだ。こういうの聞いて良いのか分からないけど、あの2人って僕以外に迷惑行為をしている訳じゃ無いんでしょ？」

「……確かに他の方から迷惑行為を受けたという報告はありません。白ローブを着ていると確認される事はあったみたいですけど危害を加えられたり、迷惑行為をされたという報告は無いです」

やっぱり僕をずっと捜してただけみたいだ。なら僕が勝負を受ければそれで終わるはずだ。

「じゃあ2人が戦って満足出来る様にまずは試していない事のチェックをさせてもらうよ」

「ハチ様は優しいですね……ではまずは何をなさいますか？」

今回は聖女の戦闘用修道服を使う。聖域と祈りは使ったけどまだ使ってない力もある。

「マネキン君。今回は攻撃を受ける側じゃ無くて攻める側をやってもらうよ？」

「……！」

準備運動をしてなんかやる気だなぁ？　最後は僕が攻めさせてもらうけど……

「オーブさんも攻撃をしてもらっても良い？　防御がどれくらい使えるかやらせて欲しいんだ」

「分かりました。それでは始めます」

「【精神防壁】！」

聖女の戦闘用修道服の力、どれ程の物か試してみよう。


「待ちくたびれたぁ……」「約束の時間まで後少しねぇ？」

「頼むから大事にしないでくれ……」

ホフマンさんの料理実験場で待つ2人。もし遅れたら大変な事になっていただろう。

「お待たせしました。準備し終わったんでやりましょう」

「「は？」」

そこに現れたのは顔の見えない謎のシスター。否、修道服を身に纏《まと》った僕だ。

「どうかしました？　やるんでしょう？」

「その恰好……戦えるの？」「僕とか言ってたけど……女の子なの？」

「あぁ……えぇ？」

三者三様ってまさにこの事だろうか？

「僕は男ですよ？　これはそういう恰好なだけですけど」

「バカにしてる……っていう訳じゃ無さそうね？」

「はい、寧《むし》ろ2人を相手に戦うならこっちの方が良いんで」

「ふーん？　それそんなに強い装備なのー？」

僕の攻撃力はDEX依存なのでローブの方が火力は上だが、搭載スキルが今回の戦いに有用だと判断したから聖女の戦闘用修道服を選んだ。オーブさんの所で練習もしたし、何とかなる。

「とりあえず決闘システムを使えば良いんですよね？」

オーブさんの所で覚えてきた。別空間で決闘出来るシステム。ヘルプもしっかり見てきた。

「ええ、それで良いわ。2対1だから変則決闘になるけど」

「ルールは僕が決めても良いですか？」

「場外負けだけは無しー！　面白くなーい！」

キリアさん、あのイベントでの負け方が相当嫌だったんだな……

「分かりました。場外負けは無しにします。こういうルールでどうですか？」

『制限時間10分、ＨＰが1になれば負け（デッドガード採用）、フィールド範囲限定（直径20ｍ）回復アイテム使用不可、アイテムやＧの移動無し』

「ふーん？　制限時間10分って短くない？」

「2対1なら僕が耐久勝ち出来る様にしても良いかなって、不満なら消しますけど？」

「いえ、流石にそれくらい無かったら2対1なんて不公平だわ」

「時間切れで終わっちゃうのは面白くなーい！　でもお姉ちゃんとなら10分あれば大丈夫！」

制限時間は囮《おとり》。本当に通したかった条件は回復アイテム使用不可とフィールド範囲限定だ。

「他に条件で何かありますか？」

「無い！　早くやろー！」

「私達は倒せば勝ち。貴方は時間切れか倒せば勝ち。そういう事ね？」

「そういう事です」

よし！　やったぜ。

「それじゃあ決闘を始めますね？　光に手を当ててください」

決闘の準備として僕達の前に光の玉が現れる。これに触れると別空間に行けるが……要するにこれはチーム分けだ。2人で触れば2人チームになれるから複数人で決闘する時にも便利だ。

「準備オッケー！　やっとリベンジー！」

「絶対に勝つわ」

「それじゃあ決闘システム。起動！」

光の玉に3人が吸い込まれ、白い空間に飛ばされる。僕がいつもお世話になっている場所とそっくり……というかこういう地形組み換えとかする事になるとこの空間が一番楽なんだろう。

「場外は無しなんで周りは透明な壁で覆われてます。これで場外負けは無いよ？」

「やったー！」

ああいう無邪気な笑顔は可愛いと思う。だけど得物を持っているせいで猟奇的に見えちゃう。

「それじゃあスタートしますよ？」

「いつでも良いわ」「今度は負けない！」

空中に光の玉が3つ。まるでスタートシグナルの様に順番に光り、3つ目が光ったと同時に何か割れた様なエフェクトが発生する。説明だと開始前に攻撃出来ないバリアが割れた演出だったな。

「自分から2対1と決めたんだから私達を楽しませてよ？」

キリエさんが銃を両手に持ち、僕に向かって発砲する。

「前回とは違うよー！」

両手のフランキスカをクロスさせて刃を僕に向け、キリアさんが走り寄ってくる。前衛と後衛。この姉妹なら何も言わずに妹に当てない様に姉が僕を牽制《けんせい》し、後方からの援護射撃を邪魔をしない様に妹が制圧する事が出来るんだろう。

真後ろからの援護射撃は結構怖いと思うけど姉妹で信用しているからこそキリアさんの肘の下を通ってくる様なスレスレの援護射撃が来る。これは下手な回避をしたら斧《おの》で狩られるし、最低限で躱《かわ》そうとしても僕を動かす場所に次の1発が飛んで来る。

「前回と違うのは僕もですよ」

今までならこの状況で【受け流し】で対処しようとして手数負けの未来が見えたけど今は違う。

「【精神防壁】」

左腕を前に出す。すると僕の正面で飛んで来た弾が全て弾《はじ》かれる。

「ガード系のスキル……」

「そーれっ！」

キリエさんが即座に銃弾をガードされたからどう援護するか考えているみたいだが、キリアさんはXの字で僕を斬る様にフランキスカを振るうが、僕の前の透明な盾に阻まれる。

「それ、見た事無い！　いっぱい攻撃したら壊れるかな？」

片方のフランキスカを逆手持ちにして回転を始めるキリアさん。

「【旋斧《せんぷ》】！」

PVで見た5人キルしたあの技。それで【精神防壁】を突破しようとするが、それはさせない。

「【受け流し】」「うわっ！」

空中の盾を僕の腕に移動させてそのまま受け流す。すると受け流された事でキリアさんはバランスを崩してこけてしまう。やっぱりあの技回転するから軸をずらされるとバランス崩すんだな。

「【クイックバレット】」

こけたキリアさんへの追撃を阻止する為に連続で弾を僕に発砲してくるキリエさん。僕を動けない様に撃つだけだから止まって防壁で弾を受ける。

「どうやらそれで10分耐えようって感じかしら?」

「まぁ、それもプランの1つですね」

精神防壁で10分耐え続けても良いけど、これの本領は防ぐだけじゃ無いんだよなぁ!

「あれ? 動けない!? なんで!?」

キリアさんが地面から立ち上がれない。まぁそうしてるのは僕なんだけどね。

キリアさんの背中に精神防壁を展開して邪魔をしている。今の僕には防壁を2枚出すのが限界だけど、攻撃を防ぐだけじゃなく動きの阻害にも使える防壁の使い勝手は最高だ。多分本来は後衛が前衛を守る為にこの盾で遠距離からの攻撃を防ぐ……的な使い方を想定してたんじゃないかな?

でも2枚の防壁を操るだけでも中々難しい。ロザリーさんの浮く剣も僕の防壁と同じ様にどう動かすかイメージしながら戦ってるんだろうけど、本気出せば5本同時に動かせるとか言ってたよね? 凄いなぁ……

「【アポート】!」

僕に銃撃しながらキリアさんに近寄って何か発動したキリエさん。するとキリアさんが押さえつけられていた場所から消えた……と思ったらキリエさんのすぐ近くに現れた。

「ありがとお姉ちゃん!」

「気を付けなさい、キリア。油断はダメよ?」

ぐぬぬ……多分射程は短いけど自分の手元に引き寄せる系の魔法かスキルか……

「次から気を付ける!」

また接近するキリアさん。単純だけど止めるには防壁か、僕が対峙《たいじ》するしかない。その間にキリエさんが撃ってくるから防壁は必要だろう。流石に弾とキリアさんを同時に躱すのはキツイ。だから防壁をキリアさんが突っ込んで来た後に、キリエさんと分断する為、僕達の間に展開した。

「振りが、早く、なってるねぇ！」

「貴方ともっと戦いたかったから頑張っちゃった！【嵐斧《らんぷ》】！」

嵐の様な勢いのフランキスカの受け流しをミスれば致命傷は避けられない。集中しろ僕。左下、右、上、右下、右上、左。様々な角度から振られるフランキスカを見て、避けて、受け流して、キリエさんが横に移動したから防壁をずらして弾丸の邪魔が入らない様にガードして、遂《つい》にそのタイミングが来た。キリアさんが両手で上から同時にフランキスカを振り下ろす。その瞬間を。

「【ディザーム】！」

連撃の締めとして振り下ろされた二つのフランキスカの柄を掴み、くるりと回してフランキスカを没収する。同時だからこそ出来る2本【ディザーム】。これがキリアさんに戻ったとしても直ぐに使えない様に魔糸で纏めちゃおう。僕の後ろに捨てておけば取りに行くのも簡単では無いだろう。

「アハッ！　凄い凄い！　2つとも取られちゃった！」

武器を没収し、素手のキリアさんに接近して首を絞め、拘束する。姉《キリエさん》に対しての肉盾だ。

「2対1でも不利じゃないってこれで分かってくれましたか？」

「中々エグい手も使ってくるじゃない？」

「2対1するならこういう手も使わないと勝てないかな？　と思いまして……」

僕もこれはかなり悪役ムーブだと思う。人質取ってるし……

「まぁ、前の私達ならそれで降参していたかもね？」

「え？」

「貴方に勝ちたくて新しいジョブも練習したんだよ！」

「ん!?」

拘束していたハズなのに気が付いたら僕の体はキリアさんに持ち上げられていた。

「【グラップルスロー】！」「がはっ!?」

持ち上げられて、ブン回されて壁に叩《たた》きつけられる。な、なんというパワー……

「バリアもあるなんて厄介ね？」

壁に叩きつけられた間にキリエさんが移動して僕に銃弾を当ててきた。【電磁防御】が発動し、弾を防ぐが……時間切れになればいよいよ余裕なんて無くなる……

「キリア、アレをやるよ？」「分かった！」

2人で合図をして何かスキルを発動する様だが、叩きつけられた体勢の僕には止められない。

「「【ドッペルゲンガー】」」

2人が同じスキルを発動すると、2人の影がムクムクと膨れ、同じ姿になる。よ、4対1？

「「さぁ！　行くよ！」」

「「これで終わりね？」」

ちゃっかり武器まで複製されているのか……投げられる4本のフランキスカと4丁のリボルバー

の弾丸の雨。防壁で防いでも必ずどれかが漏れる。

「「【トリガーハッピータイム】」」

「うっそぉ……」

キリエさんがスキルを発動してリボルバーが増えた。キリエさんのリボルバーに追従するようにリボルバーが1丁ずつ……キリエさん2人分合わせて計8丁のリボルバーから弾丸が発射される。

「「ほらほらぁ！　もっと踊りなさい！」」

8丁の拳銃、4本のフランキスカ、2人のキリアさんの格闘。最初からアレ使えば良かった……

『決闘終了！』

システム音声が空間に流れる。地面に転がる僕は2人に負けた。

「あれぇ？　このくらいだったっけ？」「まぁ、頑張った方じゃない？」

勝者の2人が僕に対して何を言おうと反論は出来ない。だって僕は負けたんだ。試合が終わった事によって、決闘用空間からホフマンさんの店の前に戻ってくる。

「んー……なんか残念」

キリアさんは不完全燃焼という感じだ。

「…………かい」

「え？」

「もう一回！」

僕は何を言っているんだ？　負けたんだからもう2人に付き纏われる事は無くなるはずなのに、

全力を出し切れず負けた。そして相手がどこかに行く……あぁ、こんな気持ちだったんだ。

「さっきの条件でもう一回お願いしましゅ！」

噛《か》んでしまった。恰好つかないなぁ……

「ぷふっ！　どうするキリア？」

「良いよ！　さっきの本気じゃなかった気がするし！」

「じゃあもう一回やりましょうか。久々にアレを使ったけど決闘なら弾は消費無しだし」

矢や弾等のアイテムを消費すると決闘を受けた遠距離系物理プレイヤーが一方的に損耗してしまうのでそれを考慮したシステムのお陰でキリエさんは弾の消費が無いみたいだ。

「ありがとうございます！」

「あ、でもその前に私達が勝ったんだからまずは貴方の名前を教えなさい」

「教えろー！」

「僕はハチです。もう一度決闘を受けてくれてありがとうございます。次はお２人を瞬殺します」

僕の瞬殺宣言で明らかに楽しそうな顔をするキリアさんと訝《いぶか》しむキリエさん。

だが、２戦目は僕が開幕即発動した【聖域展開】によって悪魔系の２人は体の自由が利かなくなり、僕の４連お清め掌底や、聖なる呪いの４連銭投げ等によって２人を瞬殺するという真逆の結果が起こった。

「何よアレ!?　ズル過ぎよ！　もう一戦！」「もう一回！　もう一回！　次は負けないよ！」

封殺された事で初戦の余裕はどこへやら。さっきの僕の様にもう一回勝負！　と言ってくる。

「フィールドサイズもう少し大きくしてよ？」

「え？　僕、受けるって言ってないけど……」

普通にもう一度戦おうとしてくるので揶揄《からか》う感じで言ってみた。

「本気出してない相手に勝って、勝った気になってる自分が嫌なの！　本気出した相手を打ち負かして笑ってやりたいの！　私達だってリベンジマッチを受けたんだからもう1戦やりなさいよ！」

「全力で戦って全力で勝ちたい！」

2人共言いたい事は大体一緒。本気の相手と戦いたいという事だ。

「じゃあもう一回やりましょうか」

「「絶対勝つ！」」

そこから勝った負けたを繰り返し、【レスト】とかも使って僕の脳が限界になるまで戦った。

「おいおい！　流石にもう良いだろ!?　何時間戦ってんだお前ら!?」

「ジャーキーの味付けもとっくに終わっちまってるぞ？」

「あっ！　そうだった！」

最終的にホフマンさんとダイコーンさんに止められるまで2人と戦っていた。すっかりジャーキーの事も忘れる程戦ってたみたいだ。【聖域展開】無し、場外アリ、大きいフィールド、修道服からローブに着替えて殴り合いとか、ルールを変えて戦ったが多分僕の方が若干勝ち越したかな。

「かなり戦ったし、この辺で終わりましょう。キリアさん満足した？」

リベンジマッチとしては回数が多過ぎるけどこれだけ戦えば満足してくれただろう。

「うん！　面白かった！　満足！」

「久々に全力で戦えた気がするわ。ロザリーと戦う時はあっちの方が強いって先に考えちゃうから本気が上手く出せないけど、ハチとなら勝てるか勝てないかのギリギリで楽しいわ！」

複雑な気分だけど、対人戦は同じ位かちょっと強いくらいの相手と戦うのが一番燃える。

「そうだ。ジャーキーはもうほとんど完成してるんですよね？」

「ん？　あぁ、本当にあともう少しって所だな」

「じゃあキリエさんとキリアさん。良かったらジャーキー貰ってください」

ジャーキーをお土産として貰ってくれるかな？

「へぇ？　料理もするんだ？」「美味しーの？」

「味は間違いなく美味いハズだ。味付けの段階も俺が見ていたが、あれで不味くなる方が難しい」

「じゃあ貰おうかしら？」

ホフマンさんのお墨付きを貰えたし急いでジャーキーを取りに行く。

「とりあえず、これが僕の分で、ホフマンさんの分と2人の分。味は……うん、美味しい！」

ジャーキーを食べると噛めば噛む程じわぁっと味が広がるので美味しい。ちゃんと出来てる。

「お待たせしましたー、はい、これ僕が作ったジャーキーです。ホフマンさんの分も」

「おっ、悪いな？」

「へぇ？　中々美味しそうね？」

「じゃあ1個食べちゃお！　うまー!!」

キリアさんが早速一口食べてモグモグ味わっている。美味しいと言ってくれて何よりだ。

「ハチ。これ、受け取りなさい」

「はい、なんですか？」

キリエさんが何か指で弾く様な仕草をしたと思ったら僕のメニューに通知が……メニューを開いてみるとキリエさんからフレンド依頼が届いていた。

「えっと……これはどういう意味で？」

「私もハチの事を気に入ったって事」

「あぁ！　お姉ちゃんズルい！　私も！」

また通知……今度はキリアさんからのフレンド依頼が来ていた。イベントで会った時はヤベー奴って印象だったけど、単純に負けず嫌いで、僕に勝ち逃げされた状態だったからリベンジしたくてずっと捜していただけで、言動で誤解されやすいんだ。僕に勝つ為に態々《わざわざ》【グラップラー】という素手の投げや、締め技に特化した職を選ぶ位リベンジに熱意がある人で戦う事で理解出来るって言えば良いのかな？　とにかく、悪い人じゃない。

「それじゃあ2人共よろしくお願いします」

「「よろしく！」」

フレンド依頼を許可し、キリエさんとキリアさんの2人とフレンドになった。今後もまたバトルしようって言われるかもしれないけど、僕もギリギリの戦いが結構面白かったので絶対に嫌という気はしない。というか普通に可愛い2人とフレンドになれた。凄くない？　僕のフレンドの半分以上は綺麗な女性だよ？　まぁフレンド全部で見たらイロモノな人が多いけどさ……

「一旦僕は落ちます。ここで落ちても良いですか？」

「あぁ、構わないぞ？」

ホフマンさんの許しを得て、このお店でログアウトする許可を貰えた。

「それじゃあ私達は行くわ。今度は完勝するから覚悟しなさい？」

「次も楽しいバトルしよー！」

「ハハハ、まぁ僕も強くなってたら良いよ？」

今回は聖域とかのお陰で勝てた感じなのであの2人が聖属性に耐性を持ったら聖域も効かないだろうし、聖域以外の手段も欲しい。【バインドハンド】もキリアさんには効いたけど銃を使うキリエさんに接近するのも案外難しいし、遠距離の人には【バインドハンド】は若干腐ってしまうな……今のままだと2人の成長に置いて行かれる。強くなる為にはやっぱり先に進むのが一番かな？

「それじゃあお疲れ様でした」

皆に挨拶してログアウトする。第三の街、目指してみるかぁ。

「僕、結構影響されやすいのかもなぁ……」

命を削るような戦いだったけど、充足感があったのも確か。【レスト】をする時間もくれたから何度も戦う事が出来た。何だか今までよりも長時間戦える様になったかも？

「まぁ影響されて脳が強くなったなら良いか！」

スローモーションで脳を酷使するので今までより強くなる分には悪い事は無い。上手くいけば眼鏡を外しても人混みを楽に歩けるかも？

「ご飯作るかぁ」

今回はかなり頑張ったと思う。正直最初のボスとか比べ物にならない程あの２人は強かった。次のボスはどの程度強いのか分からないけど、あの２人に勝てるなら次のボスも何とかなるだろう。でも油断は禁物だ。今回僕が勝てたのは装備のお陰だ。単純な殴り合いでも一応は勝てたけど、タイマンじゃなきゃ勝てなかったし、レベルアップで何か覚えるのに期待しようか。

「天衣無縫の器……かぁ、ＳＰ全部つぎ込んでみたけど……どうなんだろう？」

僕の持っていた３００ＳＰは全て天衣無縫の器のレベルアップにつぎ込んだ。１レベル上げるのに１００ＳＰを使うので【天衣無縫の器】がＬｖ３に上がった所でＳＰは無くなっていた。本来はステータスに割り振るポイントでレベルアップするから少し勿体無《もったいな》い様な気もするけど、Ｌｖ１で経験値取得可能に、Ｌｖ２でアクセサリー枠＋１が、Ｌｖ３で状態異常発生率減少とちょっと払った代償《ＳＰ》に対して効果がどうなんだ？って言いたいが、アクセサリー枠＋１はかなり良いな。

「まぁ今後に期待するか！」

どう成長するのか楽しみだし、今後もＳＰは天衣無縫の器につぎ込んで行こう。

「さて、何作ろうかなぁ？」

適当に冷蔵庫を見てご飯を決める。ご飯食べたらちょっと体操してからログインしよう。

「ふわぁ……誰も居ないや？　あ、手紙が置いてある」

『ハチ君へ』と書かれた手紙があったので開いてみる。

『裏口はハチ君でも自由に出入り出来る様になっているから起きたら裏口から出てくれ。ハチ君のジャーキーはとても美味かった。俺が作ったジャーキーも良かったら受け取ってくれ』

手紙と一緒に置かれていたジャーキーは僕のジャーキーと色合いとか見た目が違う。素材に使った肉が違うんだろう。僕の為に置いてくれたみたいだし、ありがたく貰っておこう。

「あっ、しまった。ダイコーンさんが居ないからシロクマじゃ逆に浮いちゃうか……」

ダイコーンさんと居る時限定でシロクマはカモフラージュ率が高いが、居ない時はマイナスだ。

「うーむ……屋根伝いでセカンドラを脱出するか。今度目立たない服を入手しないとかなぁ……」

ホフマンさんの店を出たら壁を登って屋根伝いで移動しよう。多分また北に行けばボスに行けるんじゃないかな？　裏口なら道路に面していないので壁を登る所を見られる心配も無い。ホフマンさんの店の屋上に上がり、辺りを見渡す。今は丁度夜なので暗いけど【ゲッコー】の効果で僕には手に取るように景色が分かる。これなら屋根伝いで移動も楽だろう。

「北は……適当に門に行けば分かるかな？　とりあえずあの門まで行ってみようか」

やらなきゃいけない事は無数にあるが……夜の闇に紛れて行ける正面の門に向かおう。

「すいません。ここって何門ですか？」

「うおっ!?　びっくりした……ここは西門だが、夜だから開けられないぞ？」

こっそり衛兵さんに尋ねてみたら凄く驚かれた。まぁ、いきなり後ろからは無理は無いか。

「驚かせてすみません。そうかぁ……やっぱ今は出られないか」

「夜は危ない魔物が多いから街を守る為に開ける訳にはいかないんだ。明日また来てくれ」

夜は街から出られないって面倒だなぁ……ん？　門が閉じてるだけなら僕は出られるな？

「分かりました。出直します。お仕事お疲れ様です」

「おう、気を付けて帰れよ？」

衛兵さんに挨拶をして立ち去り、姿を見られない場所まで移動する。ここが西門なら、あっちが北門か。よし、それなら行くかー。

「さてと、それじゃあセカンドラの街から出るとしますか！」

この街の一番の売りである装備とか全く見てないけどまぁ良いや。また来た時に見よう。

屋根から街を囲う壁に張り付こうと助走をつけてジャンプしよう……とした時にメッセージを受信した。ジャンプ直前にメッセージが来たことで普通に落ちかけたけど壁に立つ事で事なきを得た。

「ん？」

「誰からだろう？」

メッセージを開いて内容を確認する。

『ハチ君、まだセカンドラ近辺に居たら北の花畑に向かってくれないか？　私のフレンドが立ち往生している様なんだが、良かったら行ってみてくれないか？』

ハスバさんから知り合いが立ち往生していると情報が……どうせ北に向かうし行ってみるか。

『今セカンドラの街に居るので花畑とやらに向かってみます』

多分北に向かう道を進めばその花畑も出てくるんだろう。

『え？　セカンドラの街に居るなら外に出られないんじゃないか？』

『あ、今壁登ってます』

【擬態】で壁の模様と同じ色になり、這《は》うように登る。やっぱり簡単に登れるから楽だなぁ……

おっと、壁の上にも衛兵さんが居たか。見られていないタイミングで反対側に行って……

『セカンドラ脱出しました』

『うん……いやぁ、うん。とりあえず助けに行って欲しい。トーマ君と言うのだが、君が助けに行ってくれるのは助かる』

壁を越えたら、街の外の景色が見えた。花畑が見えたからあそこに向かえば良いんだな？

「いやぁ、結構入れなかった人とか居るんだな」

街の壁のすぐ近くで焚き火をしている人達も居たから壁から下りる場所を探すのが大変だったが、そこを越えてしまえば暗闇も相まって僕が見られる心配も無く目的地の花畑に向かって進めた。

「誰かー！　助けてくださいー！」

「あれは……周りが毒になってる？」

花畑を進むと声が聞こえる。男の子っぽい声だ。1人、紫色のドロドロした沼みたいな液体が周りに撒《ま》かれていて動けなくなっていた。

「おーい、そこの君？　トーマ君かい？」

トーマ君は獣人系のキャラと言うべきか茶色いケモミミと大きな尻尾が付いていて犬……いや狐《きつね》

かな？　とにかく困っているみたいだし助けよう。

「はい！　あっ！　白ローブの人だ！」

これ喜んだ方が良いの？　良く分からないけどとりあえず【リインフォース】を発動して助走を付けて毒沼を飛び越え、トーマ君が居る陸地に着地する。

「ハスバさんから君の救援依頼を受けて来たんだけど……なんでこんな状態に？」

気になるのはどうしてこんな孤立する状態になっているのかだ。

「花を採取していたらポイズンマンイーターを刺激してしまって……自作アイテムでその場で倒される事は回避出来たんですが、周りに毒を撒かれて身動きが出来なくなっちゃったんです……」

あらら、それは可哀想《かわいそう》に。

「とりあえずここから出れば安心……」

「自分にターゲットが絞られたのでここから出ようとすると襲われちゃいます！」

「そうなの？」

「はい、この毒沼の中に潜んでます。まさかポイズンマンイーターも人が入ってくるとは思っていなかったのか反応はしていませんでしたが……」

それは多分【欺瞞《ぎまん》】の効果だろうけど……そうか、対象を孤立させて弱ったら捕食する感じか。

「よし、それじゃあ僕がそのポイズンマンイーターをどうにかすれば良い訳だね？」

ジャンプで毒の包囲網を抜けるのがダメなら、敵を倒すのが一番手っ取り早い解決法だろう。

「さて、どうするかな？」

毒沼に潜むポイズンマンイーターの姿は見えない。試しに落ちてた石でも投げ入れてみよう。

「「「ギシャアアア！」」」

うわぁ……ハエトリグサ？　毒沼から顔を出したそれは凶悪な牙のある植物か動物か何とも言えない見た目をしていた。石が落ちた所に嚙みついて、こっちに攻撃はしてこない所を見ると目視索敵では無さそう？

3方向に石を毒沼に投げると3つの頭が石の落ちた所に嚙みついていた。毒沼に入ると攻撃される感じかな？　でもそれだと飛び越えれば余裕なんじゃ無いか？

「気を付けてください！　毒沼に近付き過ぎると嚙みついてきます！」

「うおっと!?」

毒沼から飛び出してきたポイズンマンイーターをギリで後ろに転がり、回避。危なかった……

「完全に目が見えないって訳じゃ無いのか……」

「遠くが見えないだけで近くの物は見えてます。だから自分はここに居るしか出来なくて……」

「なるほど……あれ？　何か狭くなってない？」

後ろに転がって初撃は避けたけど、何か囲まれた陸地が一回り狭くなった気がする。

「はい、時間が経《た》つと毒沼が増えて最後は……だから救援を頼んだんです」

「時間制限有りって訳ね……やってやろうじゃないか」

「え!?　ちょっと!?」

このままだとトーマ君だけじゃ無く、僕もやられる可能性が高い。後ろからの呼び掛けにも構わず僕は毒沼に1歩踏み込む。アミュレットの身体系状態異常超耐性と【天衣無縫の器】の状態異常発生率減少の2つがあれば毒沼でも何とかなる……いや、何とかしてコイツ等《ら》を倒す！

「「「「「ギシャアア!!」」」」」

僕を囲う様に毒沼から現れるポイズンマンイーター。6体か……流石に毒沼から上がらないと足を持っていかれるかも。一旦陸地に引いても完全に僕をロックオンしている。陸地に上がっても僕に噛みつこうとする頭が1つ。単純な突進噛みつき……だな？　一応注意して回避しよう。

「よっと！……はあっ！」

上半身に噛みつこうとする攻撃をスライディングで回避すると自分の上には細い蔦《つた》。ポイズンマンイーターの蔦だ。これを見ちゃったら手刀で斬るしかないよね！

「ギャッ……」

僕のステータスが上がっているお陰か、蔦を手刀で斬る事が出来た。斬った後は急速に頭がカラッカラに枯れて地面に落ちる。口を開かれると牙が危ないけど、それを回避してしまえば後ろは無防備な細い蔦。この位なら2体、3体同時に来てもキリアさんのフランキスカ以下の速度だから避けるのも簡単だ。大きく避けないと牙に当たるけど【パルクール】で相手の噛みつき攻撃の上を取って蔦を手刀で斬る……躱して斬る。追撃が来なくなったら毒沼に入ってヘイトを稼ぐ。そして出てきた頭をまた……と繰り返して頭を落としていくと毒沼が減ってる？

「す、凄い……あっ！　ポイズンマンイーターのコアを破壊してください！」

毒沼は既に田んぼくらいの深さでもう渡れそうだけど、沼の中に蔦が絡まっている物があった。

よく見ると蔦の中に紫色に光っている球状の物がある。アレを破壊すれば倒せるのか。

「よーいしょっと！」「キュイイイイ!!　アァァァ……」

ピクピクしている蔦の中から心臓部と思われる紫色の物を引き抜くと、ポイズンマンイーターは全て枯れてしまい、カラッカラの死体だけが残り、毒沼は綺麗に無くなった。

「助かりました……ありがとうございます！」

「とりあえず怪我《けが》は無さそうだね？」

毒沼が無くなった事でトーマ君も歩いて出られる様になった。見た所ダメージは無いな。

「貴方は……本当にあのイベントの時の人ですか！」

「イベントは出たけど……」

イベントは出たけど、僕だけじゃ無いし「イベントの時の人ですか！」って言われても困る。

「エントリーナンバー８１５さんですよね！」

「あぁ、それは僕だね？」

「うわぁ、本物だぁ！」

有名人ってこんな感じなんだろうか？　ちょっと嬉しいな。

「ハスバさんが８１５さんとフレンドだって嘘じゃ無かったんだ！」

僕はトーマ君がハスバさんとフレンドなのが不思議だ。まぁ交友関係は人次第か。

「この素材は要るの？　要るならあげるよ」

「良いんですか!?　ありがとうございます！」

何となく有名人として扱ってもらえて嬉しかったからトーマ君にサービスだ。

「本当に助かります！　これは錬金術の素材に使えますよー！」

「錬金術？」「錬金術に興味があるんですか!?」

グワッと詰め寄るトーマ君。あぁ、こういう系かぁ……なら詳しそうだし聞いてみようかな？

「やった事は無いけど、何が出来るのかは知りたいな？」

「はい！　ではお教えしましょう！」

ガチャガチャと準備をするトーマ君。あれは錬金釜という奴だろうか？　でっかい釜だなぁ？

「錬金術というのは無限の可能性を秘める力です！　他の人がゴミと判断した物でも錬金術を使いこなせば毒にも薬にも変える事が出来ます！」

「はぇ～……ん？」

釜に火を入れるトーマ君。え？　指先から火の玉が出てる？　それも気になるんですが？

「例えばこの毒草！　これと魔水……そしてモンスターのフン。これを使って……」

トーマ君が材料を釜を入れて、グルグルとかき混ぜる。様々な色に変わる煙が釜から立ち上がっている。虹色……と言うには若干汚い色も混じっているので綺麗とは言い切れなかった。

「何が出来るんだろう？」

あれをただかき混ぜるだけならエグみがヤバい液体が完成しそうだけど……

「【錬金】！」

煙が汚い色が綺麗な虹色の煙に変わる。おぉ？　何だか良い匂いがしてきた気がするぞ？

「出来ました！　回復薬の完成です！」

緑の小瓶が出来ているこれは確かに凄い。けど使ってる物が……

「あぁ……でも、これなら【調薬】する人と素材が被《かぶ》らないで回復薬を作れるのは良いかも？」

「毒草は薬草に間違われて採取された物がギルドにありますし、魔水は自作出来ますし、モンスターのフンは農場で沢山貰えますから【調薬】を使う人よりも簡単に作れますよ？」

僕は薬草とインクリー草で作るけどトーマ君のなら街で安価に素材を集める事も出来そうだ。

「素材があれば爆弾だって作れます！　今回は素材が無くてピンチになっちゃいましたけど……」

「攻撃用のアイテムの素材が無くなってポイズンマンイーターにやられかけたって訳ね？」

「はい、恥ずかしながら……」

生産系でも攻撃用のアイテムを作ってそれを使って戦えるならそれは立派な戦闘職だ。これで戦闘中もアイテムを作って使えるなら厄介な相手になるだろう。その瞬間まで得物を持っていないんだから。急に出たアイテムがどんな性能なのか一瞬で見極めるとか至難の業だろう。

「素材があれば凄く強そうだなぁ？」

「そんな、強いなんて……」

恥ずかしがるトーマ君だけど、尻尾がブンブン……あれ自分の意思で動かしてるんだろうか？

「戦闘中にアイテムを作れたら凄い強そうだと思うけど？」

「流石にそんな隙はありませんよ。事前に作っておかないと……」

「そっかぁ……出来たら強いと思ったんだけどなぁ……」

「あー、でも、もしかしたら派生先にそういう物があるかもしれません。自分はまだ28レベルなので第一限界まで到達してないんです」

僕のフレンドは皆僕よりレベルが高い人ばっかりで忘れてたけど30レベルに行ってない人だって居るのも当然だ。もちろんバカにするつもりもない。僕だって2レベルしか変わらないし。

「なるほど……そういえば毒沼しか見てなかったけど、この花畑に用があって来てたの？」

周りを見渡せば綺麗な色とりどりの花達。正直どんな花なのか分からない間は近寄りたくない。

「はい！　ここで取れる素材を使って錬金してみようと！」

「なるほどね。あ、そうそう。これとか使えるかな？　これは一杯持ってるから分けてあげる」

僕の持っているインクリー草をトーマ君に進呈しよう。在庫は一杯あるし。

「え、えぇ!?　こんなに品質の良いインクリー草があるんですか!?」

「ん？　これが僕の中だと普通なんだけど……普通はもっと品質が悪いの？」

「普通はもっと効果が低いんです！　どこでこんな良質なインクリー草を!?」

これは村でゴブリン達が丹精込めて作ったインクリー草だから詳細は教える事は出来ない。

「ごめん、これの入手先は秘密にしてくれって言われてるから教える事は出来ないんだ」

「あ、ありがとうございます！　これは凄いアイテムです！　本当にありがとうございます！」

ペコペコお辞儀を繰り返すマシーンとなってしまったトーマ君。

「夜だから街には入れないけど街の近くまで送ろうか？」

「いえ、夜の間にしか取れない物があってそれを探すまでは帰るに帰れません」

んー、アイテムを作る為の素材が夜の間にしか無いからそれを取るまでは帰れないと。

「それを探したらどうするの？」

「ボスに挑もうかと……次のボスはゴーレムらしいのでハンマーの打撃や爆発魔法が凄く効くらしいんです！　ソロで倒した人も居るらしいので自分もパーティを組めば勝てるんじゃないかと」

ハンマーと爆発魔法。２名思い当たるなぁ……グランダさんとガチ宮さんは元気にしてるかな？

「なるほどね」

「はい！　これで皆に認めてもらうんです！」

「そんな事しなくても充分だと思うけど……自分だけの隠し技とか良くない？」

錬金術は充分強いと思う。何事も使い方次第だ。

「そ、そうですかね？」

「ねぇ、トーマ君？　フレンドになってくれないかな？」「えぇ!?」

急過ぎたかな？　まずはフレンドになって彼との距離を少し詰める所から始めよう。

「自分がフレンドになって良いんですか!?」

「ハスバさんがフレンドだから気にしないよ」

「ハスバさん……確かにあの人とフレンドなら気にしないというのも納得出来ます！」

ハスバさんの扱いはやっぱりこんな感じなのか。でも良い仕事だ。直接お礼は言わないけど。ハスバさんがフレンドだから気にしないと言ったお陰ですんなりトーマ君とフレンドになれた。

「ハチさんって言うんですね。よろしくお願いします！」

「うん、よろしく。じゃあ友達として言うけど、もっと自信を持って良いと思うよ?」

フレンドになった事で他人よりは響いてくれるかな? と思って言ってみた。どうかな。

「そう言われても……」

「……よし! トーマ君。僕とボス討伐しよう。僕がトーマ君を守るからアタッカーはトーマ君に任せる! 爆弾が作れればボスを倒すのだって出来るんでしょ?」

「えぇ!?」

僕だってたまにはパーティ戦をしたい。僕が壁役《タンク》で回復役《ヒーラー》で……あれ? まぁ良いか。

「夜の間に探すんでしょ? ほら、一緒に探すから」

「ちょちょちょ!? たった2人でボス攻略する気ですか!?」

「さっき自分でソロで倒した人も居るって言ってたじゃん? トーマ君だってほとんどそれと同じくらいの事が出来る力があると思うよ? ほら、朝が来る前にさっさと探そう」

「え、えぇ……」

強引過ぎかな? でもトーマ君に自信を持って欲しいから荒療治は必要だ。まず錬金術師とか名前からカッコ良いんだからトーマ君が強くなればもっと沢山の人が錬金術に目を向けるだろう。

「わ、分かりました! とにかく探しましょう!」

「とりあえず形を教えて? 僕も探すから」

「はい、火の玉のような花です。見つけたら回収お願いします」

「了解」

トーマ君の爆弾を作る為の素材を集める事を手伝う。火の玉かぁ……


「うわぁ、本当に火の玉だ……」

夜の花畑の中に火の玉が浮いている。あれが爆弾の素材になるのか……

「わぁ！　6つもある！　ラッキーですよ！」

「おっと！　足元危ないよ？」

周りを見ないで駆け寄るから敵に気が付かないんだろうなぁ……トーマ君の足元に蔓《つる》の様な物があったので何とか止める。モニクといい、トーマ君といい、保護者みたいになってないか僕？

「これは……マンイーターの蔦！　ごめんなさい、もう少しで戦闘になっちゃうところでした」

「僕が取ってくるから待ってて？」

僕なら【擬態】や【欺瞞】等があるからトーマ君よりもバレない気がする。あの火の玉の花を回収するなら根から回収した方が良いのかな？　まぁ、地面から掘り出して取ろう。

「まぁそんな見え見えのトラップには引っかからないよ？」

暗いから蔦を踏んだらその場所を目掛けて飛び掛かってくるんだろうけど【ゲッコー】の効果で見えてるから蔦を避けるのも簡単だ。蔦のトラップを避け、火の玉の花の目の前まで行き、手早くナイフで花の周りの地面を掘り、根っこごと火の玉の花を回収する。

『火玉花×6　を入手』

後はこれを持って戻るだけ……微妙に蔦の場所を変えてるな？　花が抜かれたとかその辺の微妙

な地面の変化を感じ取っているのか？　だけど残念。蔦の位置を変えても僕は引っかからないよ。

「よし、必要なアイテムはこれだけ？」

「はい！　それがあれば作れます！　こんな事までありがとうございます！」

トーマ君一人だとやっぱり注意の目が足りていない。仲間が居ればというのも分かるなぁ……ダイコーンさんのはんぺんみたいな子が居れば周囲警戒を負担してくれるんじゃないかな？

「これで作れる？」

「はい！　必要なアイテムが揃《そろ》ったのでこれで爆弾が作れるはずです！」

ここは敵が邪魔になりそうだし、花畑から離れて錬金してもらおう。さっきは毒沼が消えた所でやったから周りを見通せて出来たけどここは辺りが花だらけでまた蔦に捕まったりすると面倒だ。

「素材が取れたなら移動しよう。爆弾を作るならここじゃ邪魔が入りやすいし」

「はい！」

トーマ君と一緒に足元に注意して脱出する。蔦トラップを張るマンイーターは面倒だな？

「とりあえず道まで出てこられたね？」

「はい！　花畑は綺麗なんですが、あのマンイーターが居るから人が少ないんですよね……」

確かに花畑は綺麗だったけどマンイーターが居るせいでお花見……とかはちょっとキツイかな？

まぁそもそも夜っていうのもあって花畑に人が居ない理由は分かった。

「ここまで来たら錬金術出来るかな？」

「はい、それじゃあ錬金術で爆弾を作ります」

釜を出して火を入れて、色んなアイテムを釜で混ぜるトーマ君。僕の見た事が無いアイテムも色々混ぜていく。今回は煙の色が赤っぽい。攻撃系アイテムを作るとそういう感じになるのかな？

「これで……完成です！」

釜の中からボウリングの玉みたいな大きさの物が出てきた。これが爆弾か。

「レシピは教えてもらったんですけど……これって5個までしか持てないみたいです」

「じゃあ1個作れないのか」

火玉花は6つ取れたからフルで作るなら6つ作れるハズだ。でも所持上限があるらしく5個までしか持てないらしい。1個分は保留だね。

「5個……ボスを倒すのに足りるでしょうか？」

「1個当たりHPの20％飛ばせる火力があれば足りるけど……まぁやるだけやってみない？」

「当たって砕けろって事ですか？」

「流石に砕けるつもりは無いけど……その爆弾でボスのHPを削ってくれれば僕だって戦いやすくなるし、トーマ君さっきボスに爆破が有効って言ってたよね？　情報とか集めてるよね」

「それは……攻略したいんで集めてます」

「それならトーマ君はボスの行動が分かるんじゃない？　一緒に戦ってくれるなら心強いなぁ？」

直接戦っている人より、外から見ている人の方が戦況を確認しやすかったり、攻撃のタイミングが分かりやすかったりもする。そして僕が前衛でトーマ君が後衛で指示してくれるなら守りやすい。

「なるほど！　自分が後ろから指示を出せばハチさんが戦いやすくなるって訳ですね！」

「そうそう、だからボス行ってみようよ？」

「なんか行けそうな気がしてきました！　はい！　行ってみましょう！」

ハスバさん以来のパーティ戦になるのかな？　いや、ボス戦ならレイド形式でソロ2人の攻略という手法が行けるか？　それなら2人協力で僕はソロ状態だからステータスが下がらないで済む。

「トーマ君？　このボスってレイドに出来る？」

「レイド……というと複数パーティの共同戦にするという事でしょうか？　自分達2人しか居ないのにそんな事をしても難易度が上がっちゃうだけなんじゃ？」

「僕はソロじゃなきゃフルパワーが出せないんだ。だから2人で参加するならレイドかなって」

「同じボスとソロの状態で2人同時に戦うなら確かにレイドにするしか無いですね。あぁでも人数ボーナスで強さはソロの時より少し強いくらいで抑えられるかも？」

レイドにした時の敵の強さがどう変わるのかとかは正直分からないけど相手がゴーレムと仮定して爆弾の攻撃で部位破壊とか出来れば余裕が出るハズだ。

「その辺の設定は任せても良いかな？　今回の主役はトーマ君だ」

「自分が……主役。はい！　勝ちましょうハチさん！」

「うん、勝とう！」

ボス前の濃い霧の前で2人で拳を軽くぶつける。おぉ、なんかカッコイイぞ？

「あっ！　ゴメンちょっと待って？」

「なんですか？」

「【レスト】」

トーマ君と僕に【レスト】を掛ける。先にステータスを10％上げておこう。

「今のはいったい？」

「今から10分間全ステータスを10％アップさせたからこれでトーマ君も強くなってるハズだよ」

「全ステータス10％アップって凄いです！って10分しかないなら急いで始めないとですね！」

『レイドに参加しますか？』

トーマ君が急いで設定を終えたみたいで僕の所に通知が来る。もちろん参加を選択する。

「それでは行きます！」

霧に呑《の》み込まれてボス戦フィールドに辿り着くとトーマ君が少し前に居る状態だったので場所を入れ替える。今回は守り主体なので聖女の戦闘用修道服で【オプティアップ　ＭＩＮＤ】【リブラＳｔｏＭ】【リインフォース】を発動する。ＭＩＮＤを上昇させれば【精神防壁】の強度も上昇する。防壁は機動隊のシールド位のサイズが丁度良い感じだからこのサイズで行こう。

「……ォォォン」

霧が晴れ、僕達の前で石がドンドン積み重なって見上げる程になった時、石の巨人は動き出す。

「ウオォォォン！」

「第二のボス、ジャイアントルードオアゴーレム……！」

「一気に強そうになったな……」

最初のオランウータンを思い出すと一気にジャンプアップした気分になった。

「踏みつけと叩きつけに注意してください！」

「了解！」

後ろから声が掛かる。まぁあの巨体で軽快なフットワークとジャブとかしてきたら困るわ。一応前に出ているから僕にヘイトが向いているとは思う。様子見の【精神防壁】は出しておこう。

「関節を破壊すれば行動制限出来るのかな？」

「爆弾で破壊出来ます！　どこをやりますか？」

「とりあえず相手の足を奪えば僕もトーマ君を守りやすくなるから頼めるかな？」「はい！」

相手の機動力を削《そ》ぐのと攻撃チャンスを作る事を考えると相手の足を奪うのが一番だと思う。

「足破壊のルートだと破壊後に腕の振り回しと叩きつけが脅威の行動になります！」

ルートとかあるんだ……トーマ君が持っている情報ってかなりの物だな……？

「まずは1発！」「ウォォォン!?」

トーマ君が爆弾を放り投げる。ゴーレムの右脛《みぎすね》辺りに爆弾が当たり、起爆。爆発により、右脛が破壊される。右足が壊されたことでバランスを崩し、倒れるゴーレム。

「続けて行きます！」「ウゴァァァ!?」

残った4つの爆弾をトーマ君が連続で投げつける。右肩、左膝、左脇腹、頭部右側が爆弾で吹き飛ばされた。爆弾5つでとんでもない損害を与えたな……

「ほら！　トーマ君！　もの凄い事になってるよ！」

「こ、こんなに……」

僕も良く分かってないけどこのゴーレムの様子は大ダメージを喰らっていると言っても過言ではないだろう。トーマ君の作った爆弾は明らかに強い。

「ウォォォ！」

「うわっ!?」「はぁ！」

ゴーレムが左腕をトーマ君に振り下ろそうとするが、その拳は振り下ろさせない。【精神防壁】を2枚から1枚にして上に構える。1枚で展開する方が強度は高いし、守るべきはトーマ君1人だ。

「うぅ……えっ!?」「ウォォ？」

ゴーレムが振り下ろした拳はトーマ君を捉える事も、地面に叩きつけられる事も無かった。空中で展開された【精神防壁】にその拳は止められた。

「絶対にトーマ君には攻撃させないよ？」

「ハチさん！」

防壁の下に居たトーマ君は移動する。いつまでも拳の下に居るのは良くないしね？

「さっき、爆弾は5つしか作れなかったって言ってたよね？」

「はい、あと1発あれば倒せそうですけど……」

爆破されたことでゴーレムの体もボロボロと崩れている。壊れた脇腹の内部から若干光が見える。

もしかしてコアがある感じかな？

「だったらさ？　今ここで作っちゃおう！」

「えっ!?　もしかして本当にさっき言ってた事やるんですか!?」

戦闘中に錬金術。さっきのを見るに、最低でも1分は掛かるだろう。でも本当にあと1発分の爆弾が出来ればこのゴーレムを倒せると思う。確かに僕が攻撃したらゴーレムを倒せるとは思うけど、今回は僕ではなく、トーマ君が倒して自信をつけてもらわないと。

「今やれるのはトーマ君だけなんだよ！　大丈夫君は死なない！　僕が守るから！」

「自分がやらなきゃダメ……分かりました！　覚悟決めます！　自分の事守ってください！」

トーマ君も覚悟を決めて釜を取り出した。絶対にトーマ君を守り切って爆弾を完成させる。

「さぁ来い！　絶対に僕の後ろには抜かさせない！」

爆弾で右腕と両足を破壊してくれたので左腕の攻撃を防ぎきれれば何とかなるはずだ。

「ウォォォン！」

「うぅっ！」

「僕を信じて！　手を止めないで！」

僕とトーマ君を同時に殴る横薙《よこな》ぎの左腕を体勢を低くして防壁と共に待ち構える。

「【受け流し】！」「ウォォ!?」

迫りくる巨腕を僕の両手と【精神防壁】を使い【受け流し】。ちゃんと防壁側でも発動してくれたのか、ゴーレムの左腕が跳ね上がる。これでも【受け流し】が成立するって凄いな……

「【魔糸生成】」

気休め程度だけど地面とゴーレムの左腕を糸で繋《つな》げる。ほんの少しの時間が稼げれば充分だ。

「トーマ君が作るまでもう少し黙っていてくれよ？」

立とうとするゴーレムは左手に付いた糸を半壊した顔で見ると力で引き千切った。やっぱ無理だったか。トーマ君の方は……おや？　さっきより早く作れてるんじゃないか？

「確実に倒せる様に丁寧に、だけどすぐ使える様に迅速に！」

トーマ君は自分に言い聞かせる様に釜と真剣に向き合っている。あの感じだと周りが見えてないだろうけど今はその方が良い。存分に集中出来る環境が今出来ている。

「腕一本は辛いだろう？」

「出来ました！」

「今楽にしてあげるよ。トーマ君がなぁ！」

最後にゴーレムの腕を弾き、体勢が崩れた所でトーマ君の為に道を開ける。

「行っけー！」

トーマ君が作った爆弾は壊れた脇腹から中に入り、爆発。ゴーレムがバラバラに飛散した。

「危なっ！」

爆発でゴーレムの破片が飛び散る。防壁を展開して僕も体で念の為トーマ君を庇《かば》う。防壁のサイズを大きくし過ぎると割れるかもしれないと思ったので普段通りのサイズで、僕も覆い被さればトーマ君を守れるハズだ。絶対に守ると約束したから破片すらトーマ君に当てさせない。

「ぐっ……！　ったぁ……」

防壁で防ぎそびれた破片が後頭部に、肘に、腰に当たる。破片なのに結構痛い……

「ハチさん!?」

「守るって言ったでしょ？　痛たたっ……」

大分飛んで来る破片が減ってきた。やばいな……ＨＰギリギリだ。

「ちょっとごめんね？」

トーマ君の背中まで手を回し、合わせて祈る。【聖女の祈り】が発動して僕のＨＰが回復する。

「えっ!?　えぇ!?　何がどうなってるんですか!?」

そりゃあトーマ君がパニックになるのも分かる。だって爆発が起こった後、僕がトーマ君の盾になって抱き着かれたような状態だ。混乱しない方がおかしい。

破片が降ってくるのも落ち着いたので祈りをやめて、辺りを見渡す。

「凄いなぁ？　これ全部トーマ君の爆弾の力だよ？」

バラバラになったゴーレムの体と光の穴がある。あの穴はボスを倒した時に出る奴だ。

「これ、自分がやったんですか……ん？　何か称号が……？　何これ凄い!?」

トーマ君には何か称号が出たみたいだ。まぁダメージを稼いだのはトーマ君だから結果には納得だ。これでトーマ君のレベルが30まで届いていれば第二の職にも就ける様になるかな？

「戦闘中……通常の4倍の速さで錬金術が出来る……こんな効果付き称号が……」

何やらブツブツ言いながら獲得した称号の効果を見ている様子のトーマ君。

「おーい？　ゴーレムの素材を取りなよー？」

「あっ、はい……あっ！　ごめんなさい！」

急に謝るトーマ君。何かあったっけ？

「アイテム全部自分が取っちゃいました」

「あぁ、良いよ良いよ。多分鉱石とかその辺でしょ？」

自分が加工出来ない素材を貰っても困るし、街で加工するにもお金も無い。ならトーマ君が有効活用してくれた方がずっと良い。

錬金術師だしそういう素材はかなり使うんじゃないかな？　僕の偏見だけど、鉄から金に変えたり、不老不死の薬を作ったり……ゲームで不老不死はヤバいか。

「確かに鉱石系のアイテムですけど……せめて欲しいアイテムがあれば選んでください！」

取得アイテムのログを見せてくれた。鉄や銅の鉱石、少ないけど金鉱石もある。後は魔石とかストーンガントレットとか言う装備品。ガントレットはもうあるしなぁ……ん？　これは……

「じゃあこれだけ頂戴？　見た中だとこれが一番欲しい」

「これだけで良いんですか？　欲しい物は遠慮なく言ってください！」

「いや、僕が欲しいのはこれだからこれだけ貰うよ。あとは錬金術の練習とかで使っちゃってよ」

僕の目を引いたアイテム。まさかの原石とかじゃなくてその物がドロップしたみたいだ。

「僕はこの『磁石』だけ貰えたら嬉しいよ」

「では受け取ってください。ハチさんには感謝です！」

トーマ君から磁石を貰う。その内作ろうと思ってたコンパスを作る時にこれは使える。

「ありがとう。僕もこれが貰えると助かるよ」

道に迷う事もこれで少なくなるだろう。

「自分も30レベになりました！　サーディライで限界突破して第二の職にもこれで就けます！」

「何の職に就くかもう選んでるの？」

何を選ぶのか既に決めているのかな？

「自分は……テイマーかサモナーを第二の職にしようと今回の戦いで思いました」

「おぉ、良いじゃん？　僕もサモナー辺りを推そうかと思ってたんだ」

前線を仲間モンスターに抑えてもらって、後方から攻撃アイテムで攻撃する。一応ボス相手でも通用した戦法だし、アリだと思う。しかもさっき戦闘中の錬金術が速くなる称号をゲットしたみたいだし、僕よりも守りが強いモンスターを仲間にした場合。トーマ君の強さは一気に跳ね上がる。

「サモナーだと召魔の石が必要になりますね……サーディライで入手出来るかなぁ？」

「ん？　召魔の石？」

聞き覚えのあるアイテムの名前だったので聞き返した。

「サモナーは召魔の石を使って魔物と契約するんです。何が出るかは分かりませんけど……」

「それってこれだよね？」

長らくインベントリの肥やしになっていた召魔の石を取り出す。

「えっ、なんでハチさんがそれを持ってるんです!?　それかなりレアなアイテムなんですよ？」

「あー、イベントの報酬？　まぁ良かったら使ってよ」

ポイッとトーマ君に召魔の石を投げ渡す。

「うわっちょちょちょ!?」

何とか受け取るトーマ君。レアアイテムでも何でも僕が使えない、使う気の無いアイテムは薬草以下の価値しかない。魔硬貨のお陰でお金にもならないから尚更《なおさら》踏ん切りがつけやすかった。

「レベル30到達のお祝いの品って事で！　それじゃあ僕は先に出てるから」

「えぇ!?」

光の穴に先に飛び込む。早く次の街を見てみたい。

「『山だぁ……』」

ボスを越えて光の穴を潜《くぐ》った先にあったのは山とそこに続く道。第三の街は山の街なのかな？

「じゃなくて、ハチさん！　こんな貴重な物簡単に人にあげちゃダメですよ!?」

「トーマ君だからあげるんだ。盾役が居れば君はもっと強くなる。だから使わない僕が持つより、君が持つ方が良いんだよ。必要無かったら売っても良いよ？　僕、お金も入手出来ないからね」

「……ハチさんの事をおかしいって言っていたハスバさんの言葉は本当だったんですね……」

「あの人、いつか本気でぶん殴ろうかな……」

ハスバさん僕の事をなんて言ったんだ？　これはハスバさんを市中引き回しする事も辞さないぞ？

「ああ！　違うんです！　悪い意味で言ってたんじゃなくてハチさんみたいな特殊なプレイヤーを見たことが無くて、悪い人に良いように使われるんじゃないかって心配してたんです」

「……まぁそれはもうトーマ君の物だから好きに使ってよ？」

そんな事を考えてたんだ。市中引き回しは考え直すとしよう。

「は、はい」

トーマ君と一緒に道を進む。道の外にはモンスターが居るが道の中には入ってこない。やっぱりダイコーンさんのあの言葉って本当なんだな……

「トーマ君も結構消費しちゃったし、道からは出ないようにしよう」

「はい、今の僕が知ってるレシピじゃ攻撃用アイテムを作る材料が無いので無理はしません」

トーマ君も安全に第三の街を目指す事に賛成してくれた。でもあの山なんか変だなぁ。

「ちっちゃいゴーレムとかが居ますね？」

「結構出てくる敵も変わったなぁ？」

ミニサイズゴーレムや電気を纏ったプリズムみたいな物とか、竜巻や、炎、水を纏った等色んな属性を纏ったプリズム達が道の外側に漂っていた。どう見ても魔法攻撃してくる感じだよねぇ？

「でも基本は中立っぽいし、こっちから仕掛けなかったら綺麗なオブジェくらいに思えば良いか」

夜なのもあってキラキラ光っているプリズム達が居る平原は中々に綺麗だ。

「確かに綺麗です。マイホームとか持てたら1体位部屋に居てくれるとオシャレな感じがします」

「おぉ、マイホームに1体かぁ……確かにオシャレかも」

明かりを消してこのプリズムの光だけで照らされる空間とか癒されるかも？　そんな事を考えてまったりとトーマ君と喋《しゃべ》りながら道を進んで行くと夜が明けてきた。そしてメッセージも届いた。

『ハチ君？　頼んでいた救援はどうなったかな？　メッセージが無いから心配なんだが……』

「あっ、そうだった。ハスバさんに返事しないと」

「あっ！　自分も忘れてました！」

2人とも救援が終わった事をハスバさんに伝え忘れていた事を思い出した。

「じゃあ僕がメッセージ送っておくよ」

2人揃ってメッセージを送る必要は無いと思ったので僕がメッセージをハスバさんに送る。

『無事に救出出来ました。今第三の街に向かってる最中です』

『は？　ちょっと待ってくれ？　第三の街に向かってる最中？』

『はい、向かってる最中です』

『救出に行ってなんで第三の街に向かってる最中なんだい？』

『トーマ君と2人でボス倒したんで』

『私がおかしいのか？　君がおかしいのか？　ゲームがおかしいのか？』

『全員正気ですよ。救出した後トーマ君が探していた素材を一緒に探して、爆弾作って、自信が無さそうだったんで自信をつけさせるために2人でボス攻略をしました』

『やっぱりハチ君してるー!?』

やっぱり市中引き回しかぁ？

『因《ちな》みに、攻撃に関して僕は手を出していません。ボスを倒したのは100％トーマ君です』

『なに？　トーマ君が……？　遂にハチ君は他の人に影響を与える様になってしまったのか……』

『ハスバさん？　市中引き回しか縛られた状態で街中に吊るされるかどっちが良いです？』

『おっと済まない。悪気がある訳じゃ無いんだ。君が関わると良い意味で思いもよらない方向に進んで行くから関わっていてとても面白いんだ。もう一度言うが君を悪く言っている訳じゃ無い』

めちゃめちゃフォローを入れてくる。これは本気で言ってるんだろうな……

『本気で言ってるのは何となく分かりました。引き回しは勘弁しておきます』

『あ、ちょっと引き回しは興味あるかも……』

『心臓引き摺《ず》りまわしましょうか？』

『あ、遠慮しておきまーす』

ドMでも流石に命は失いたくないらしい。

『まぁ、なんだ。突破おめでとう。多分山が見えると思うが、それはただの虚像だ』

『あぁ、やっぱり何かおかしいと思ったら虚像だったんですね。情報ありがとうございます』

もうそろそろ山が近付いてきたし、メッセージもこの辺で良いだろう。さて、どんな街かなぁ？

「ん？　なんだ？　なんでシスターさんがこんな所に？」

「あっ、忘れてた」

第三の街に近付くと衛兵さんが頭に？《クエスチョン》マークでも浮かべている様な感じで話しかけてきた。服
戻すの忘れてたよ……オーブ・ローブに着替えるとその間にトーマ君が衛兵さんと話していた。

「すいません、気にしないでください。ここがサーディライで合ってますか？」

「あ、あぁ……ここは常夜《とこよ》の街サーディライで合ってるぜ？」

「とこよ？」

「あぁ、この街を保護する天幕の内側は日中でも暗いんだ。だが、街は明るいぜ？」

とりあえず入ってみなきゃ分からないって奴かな？

「入っても良いですか？」

「あぁ、この街は定期的に祭りが起こるからな。まぁどんな祭りかは分からないが、大食い祭りや喧嘩《けんか》祭《まつ》り、基本この街はどんちゃん騒ぎだ。常夜の街……別名祭りの街を楽しんでくれ！」

「それは……凄いなぁ？」

え？　めっちゃ怖いんですけど？　衛兵も把握してない祭りって……でもまず街に入ってみよう。

さっきまで山の様に見えたのは超巨大な街を覆う天幕。そして中に入ると夜の様な暗さと街中には提燈《ちょうちん》のような明かりが沢山……祭りの街って言うのも納得だ。

「僕は泉の登録が出来たら一旦ワープしようと思うからトーマ君とはこの街でお別れだね」

「分かりました。もし何かあったら言ってください。力になれるなら何でもお手伝いします！」

召魔の石をあげたから恩に着ているのかな？　まぁ助けてくれるなら困った時は頼ろう。

「じゃあ困った時は頼むよ。泉までは一緒に行こう」

「はい！」

とりあえずトーマ君と一緒にサーディライの泉を目指す事にした。

「とりあえず喧嘩祭りではなさそうだね？」

「ぶふっ!?　うわぁ……あれ見てください」

「ん？　ぶはぁ!?」

大通りをパレードする山車《だし》の上に見覚えのあるスクール水着の男……見なかった事にしよう。

「あれは……僕達は参加しなくても良いでしょ？」

「はい、泉を探しましょう」

トーマ君と意見が一致した。アレに関わると面倒が起きそうだ。

「おっとぉ？　そこに居るのは私のフレンド達じゃないか！」

「「ちっ……」」

「あっ！　何故逃げる!?」

目聡《めざと》いな……あの上から僕達を見つけてきたか……やっぱり白いローブが目立つか？

トーマ君と一緒に街を適当に走る。パレードの主役《ハスバさん》は僕達を追いかけられないだろう。

「あっ！　ハチさん！　あれ泉じゃないですか？」

「おぉ！　流石トーマ君！　頼りになるなぁ！」

走っていると広場に出た。真ん中に見覚えのある泉が見える。

「トーマ君はどうする？」

「自分は店を見たり素材を買ったりします」

「そっか。じゃあ僕はここで！　トーマ君またね！」

「はい！　さようなら！」

トーマ君と別れて泉にダッシュする。そして泉に触れてアストライトの村に撤退する。

「ふぅ……まぁ第三の街まで行けたし、新しいフレンドも増えたしオッケーって事で」

やっぱり安心出来る場所があるのはとてもありがたい。まさに心のオアシスだ。

「おぉ？　ハチ！　おかえり」

「姫様、あぁ安心するわぁ」

姫様が花に水を掛けていた。絵になるなぁ……

「んー？　なんだ？　疲れているのか？」

「まぁ色々あってちょっとね？」

「ほれ、私がなでなでしてやろう」

「い、いや良いよ……」

なでなでとか恥ずかしい……

「疲れた時は適度に休む方が良い。遠慮するな」

ほぼ強制的に頭を撫でられる。あぁでもなんか凄い癒される。

「……ありがとう姫様。かなり楽になったよ」

「そうだろうそうだろう？　落ち込んだ時や疲れた時はこうされると落ち着くんだぞ？」

「僕、また頑張れそうだ！」

姫様の精神的ヒールでハスバさんショックから立ち直れた。立ち直るも何も無いんだけどね？

「そうだ！　アトラ様がハチの事を捜しておったぞ？　帰ってきたら連れて来てくれと」

どうしよう？　一旦ログアウトしてご飯とか食べてからとかでも良いのかな？

「一旦休んでからで良いかな？」

「あぁ、急ぎでは無いはずだからゆっくり休むと良い」

「じゃあ家で休ませてもらうね。アトラさんが来たら家に居ると伝えてもらっても良いかな?」

「任せておけ!」

姫様に頼んで僕はログアウトする。そういえば第三の街から先に進むのってゴキ……Gとかを越えていかないといけないいんだよなぁ……

「さて、何を依頼されるかな?」

ログアウトしてご飯を済ませてきた。もう一度ログインすると僕が使ってる家の中だ。

「おーい、ハチ? 起きてるかー?」

アトラさんがドアの外から声を掛けたので返事をする。

「あ、アトラさん。おはようございます。何か頼みたい事があるって聞いたんですけど……」

「あぁ、ちょっと手伝って欲しい事があってな? 一緒について来てもらっても良いか?」

「手伝って欲しい事ですか。良いですよ? 行きましょう」

僕に出来る事があると言うなら手伝わない訳にはいかない。

「よし、なら乗れ!」

「じゃあ失礼して……」

屈《かが》んだアトラさんの背に飛び乗る。

「何しに行くんですか?」

「まぁ、ちょっとした事だ」

アトラさんのやるちょっとした事とか規模が凄そうなんだけど? アトラさんに数十分乗せても

らって、ここがどこだか分からないけどとりあえず崖の上だ。ここで何をするのかな？

「ハチにはここで橋を作って欲しいんだ。向こうまでのな」

「橋!?」

僕にちょっとした事で橋を作れって言うんですか？　アトラさんが示したのは１００ｍくらい先に地面からそびえ立つ塔みたいになった場所。あそこまで橋を架けるのってどうする？

「んー……流石にあそこまではジャンプじゃ届かないな……」

「儂《わし》も手伝うがどうする？」

アトラさんも手伝ってくれるとは言うけどどうすればあそこまで届くかな？

「やっぱりあそこまで飛んでいけたらなぁ……」

僕に１００ｍを飛ぶ跳躍力は無い。飛べるなら魔糸で足掛かりの１本が作れそうだが……

「試したい事は何でも試してみろ。危なくなったら儂が救ってやる」

「頼もしいなぁ。じゃあ僕をぶん投げて……流石にそれは危ないか。む？　ちょっと待てよ？」

アレを使えば行けるかもしれない。

「アトラさん。やっぱりぶん投げてもらっても良いですか？」

「本当に良いのか？」

「パーライさんから貰ったこれを使えば落下が低速になってアトラさんにぶん投げてもらえば飛べるはず！　魔糸で向こうまで繋げれば糸を伝って移動も出来るし、橋を作れそうかな？」

紫電ボードに乗ってアトラさんにぶん投げてもらえばあの場所にも行けるだろう。

「準備は良いか？」

「いつでも！」

アトラさんが前足2本を使って僕を持つ。紫電ボードは僕の足にしっかり付いているし、魔糸は地面に既に付けている。後はぶん投げてもらうだけ……

「行ってこい！」

「うおっ!?」

アトラさんにぶん投げられる。勢いで腰が折れそう……

「あ、ちょちょちょ!?　ふんっ！」

アトラさんの力が思いの外強かった。目的の場所を通過するレベルの勢いだ。伸ばしていた糸を摑んで空中で急ブレーキを掛ける。体にめっちゃ負担が掛かる……

「ん？　あれは……？」

頂上には小さな祠《ほこら》があったが、このままだと直撃コースだ！　糸を手繰り寄せなきゃ！

「あっぶなぁ……」

「おーい！　大丈夫かー？」

崖の方から声を掛けてくるアトラさん。

「何とかー！　とりあえず戻りまーす！」

糸を伝って歩いて帰りもう1本張って、糸2本の上に木材を置けば吊り橋が作れるだろう。

「おぉ……結構怖いぞ？」

1本の糸の上を歩いて崖の方に戻る。

「うおぉっと!?」

「ハチ!?」

バランス感覚に自信はあるけど横風に負けた。

「【ゲッコー】取ってて良かったぁ……」

上下逆さまになっちゃったけど糸に足がくっ付いている。【ゲッコー】が無かったら地面に真っ逆さまだっただろう……あっ、逆さまには変わり無いか。

「おっ、おいっ!?……なんか大丈夫そうだな?」

心配していたアトラさん。だけど僕が逆さまになっても糸にくっ付いている事を確認するとすぐにホッとしていた。なんか前足で口元を押さえたりする姿は可愛らしかった。

「ふぅ、これで板を付ければ橋が完成っと」

「頼めるか？　素材集めが必要なら集めてくるぞ?」

「じゃあ板を頼んでも良いですか?」

「よし、集めてくるから少し待っていろ」

トレント材は全部教会に置いてきちゃったしなぁ……

「はい、僕もこれだけだと危ないと思うんでもう少し魔糸を足しておきます」

現状これは吊り橋にすらなってないよね？　糸を足して安全性を高めておこう。

「では板を集めてくるぞ」

「はい、お願いします」

アトラさんが走って行った。あれなら帰ってくるのも早いだろうな……こっちも急ごう。ここがどこだか分からないけどとりあえずこの橋は作っておこう。あの祠も気になるし。

「まぁ祠を調べてみるのは橋を作った後だけどね」

行ったり来たりして、橋を作っていく。僕は板が無くても歩けるけど普通の人は無理だろうな。

「後は板を付ければ完成だね」

後はアトラさんが板を持ってきてくれれば取り付けて完成だ！

「おーいハチ！　悪い、人間に見つかりそうだから帰るぞ」

「あ、はい」

あらまぁ……橋を完成させられなかったのは残念だけど、今回は仕方が無い。撤退しよう。

「あとちょっとだったんだけどな……」

「すまぬ、流石に人間に見つかってしまうと大騒ぎになってしまうからな」

「そういえば人間ってどっちです？　この世界の人ですか？　それとも旅人？」

アトラさんの言う人間ってどっちだろうか？

「あぁ、こっちの人間だ」

「じゃあまだ大丈夫そうだ」

アトラさんを見つけた人経由で情報が広がるかもしれない。そうなると困るが……多分見つかってはいないだろう。アトラさん素早いし。

「ところであそこはどういう所だったんですか？」

もしかするともう一度あの場所に行くかもしれないし、情報が欲しい。

「あそこは魔《ま》蟲《ちゅう》の森って地域の東側にある崖だ」

「魔蟲の森？　もしかしてサーディライの先にある場所ですか？」

ダイコーンさんが匂い袋を入手出来て突破しやすくなるって言っていた地域かな？

「そうだ。ハチはサーディライまで進んだのか？」

「はい、なら後で魔蟲の森に行って修理の続きをしますね」

「それは助かる。板も渡しておこう」

『踏板　を入手』

アトラさんに板を貰う。これを取り付ければ橋が完成してあの祠へのアクセスが良くなるはず。

「そういえばアトラさん？　あそこにあった祠って何です？」

「やはり見つけていたか。あの祠は自分で確認してみると良い。全部教えたら面白くないだろう？」

おぉ、そう来たか……魔蟲の森も探索しなきゃなぁ……

「確かに。そうだなぁ、コンパスも早く作らないと……」

魔蟲の森とか特に迷いそうだ。出てくる生物だって強くなってくる頃だろうし、戦い終わった後に方向が分からなくなるのなんて特に起きそうだ。

「ほう？　コンパスか？」

「実は磁石を入手したんで針があれば水に浮かべて方向を調べられるなって」

「ほう？　針ならドナーク辺りが持っているんじゃないか？」

「確かにドナークさんなら持ってそうだな……ちょっと頼みに行こうかな？」

コンパスを作る為にもドナークさんの所に行ってみるか。

「それじゃあドナークさんの所に行ってみます！」

「あぁ、手伝ってもらって悪かったな？」

「いえ、まだ手伝っている最中ですよ」

迷ったら死んで教会に戻る通称デスルーラは絶対にやりたくない。だからコンパスは欲しい。

「ドナークには話を通しておこう。少し時間を空けてから来い。準備する時間も必要だろう」

そっか、いきなり訪ねて針ちょうだいって言ったら迷惑か。

「じゃあお願いします。僕も他の皆に声を掛ける前にアトラさんと一緒に出掛けたんで一応皆にも挨拶しておかないとなって思っていたところだったので」

他の皆と軽く会話していれば時間的に大丈夫かな？

「あぁ、そうしてくれ。では儂は行く」

アトラさんが村の中に入って行く。とりあえず誰か探してみるか。

「おっ？　兄さん戻ってきとったんですね？」

「ただいま。ミミックさん？　他の皆がどこに居るか知ってる？」

「あぁそれならヘックスさんの家の前で女子会？ってのをやってまっせ？」

「女子会かぁ……それじゃぁ僕が邪魔するのも悪いなぁ」

挨拶しようと思ったけど女子会をしてるならやめておこう。ワリアさんは参加してないよな？

「ワリアさんは家かな？」

「あぁ、料理を作るので駆り出されてますわ……」

「あぁ……」

女子会の料理担当かぁ……じゃあ後はホーライ君くらいしか残ってないんじゃないかな？

「ホーライ君は？」

「今頃狩りに行ってる時間やなぁ……大体このくらいの時間に狩りに行っとりますで？」

「そっかぁ……」

となると今はミミックさんだけが僕の話相手だなぁ。

「ミミックさん。この村での生活は楽しい？　他の所に行きたいとか思ってる？」

「何を言いますやら、こんな楽しい村、他に見つける方が難しいでっせ!?」

村に不満は無いみたいで良かった。ミミックさんは結構他の所を巡ってたみたいだし、いつか村を出ていっちゃうんじゃないかと心配だったけどそんな事も無いみたいだ。

「良かった。じゃあちょっとお話ししようよ？」

「おっ！　ええですやん！」

僕がやった事や、ミミックさんがどんな所に冒険していたか等の話をしてアトラさんが僕を捜しに来るまでお話に熱中していた。

■

【相棒】アルター　サモナースレ8【可愛い】

4：名無しの旅人　やっぱりウチの子はかわええのう……

5：名無しの旅人　ウチの玉猫ちゃんも可愛いぞぉ？

6：ダイコーン　ヒャッハー！　相棒を自慢してる様だな？　だが俺のはんぺん達も凄いぜ？

7：名無しの旅人　あっ！　ヒャッハー先輩！

8：名無しの旅人　ヒャッハー先輩や！　先輩のお陰でゴーレムのボスも倒せました！

9：名無しの旅人　信頼度が高いと協力技が使えるってヒャッハー先輩のお陰で分かったし。

10：ダイコーン　俺だけの力じゃねぇ。色んな奴の協力で見つけられたんだぜ？　それこそまだファステリアスから出てねぇ奴の協力も無きゃあ俺だって腐ってたかもしれねぇ。

11：名無しの旅人　何この圧倒的主人公感……

12：名無しの旅人　でもダイコーンさんはサモナー界のほぼ主人公やで？　フォーシアスに初到達したメンバーにダイコーンさんが居たお陰でその辺の職の地位向上の一翼を担ってるし。

13：名無しの旅人　確かにパーティには入りやすくなった。ダイコーンさんありがとう！

14：ダイコーン　実際はレイドだが……まぁパーティに入りやすくなって良かったな？

15：トーマ　あのすいません。ここってサモナーの事教えてもらえますか？

16：名無しの旅人　おっ？　サモナー新人か？

17：トーマ　第二の職でサモナーを選んだんですが、召魔の石を街で使っても良いのかなと。

18：名無しの旅人　やめるんだ！　β時代それでエライ事になった人が……

19：ダイコーン　ちくわを街で召喚しちまった時はかなり謝って許してもらえたぜぇ……

20：トーマ　あっ、大変な事になるんですね……大人しくフィールドで初召喚します。

21：名無しの旅人　こういうミスの情報を拡散してくれたお陰で俺は事故をしなくて済んだ。因みにウィンドタイガーだからもし街中で召喚していたらヤバい怒られてた所だったよ……

22：トーマ　サモナーさんも色々あるんですね。第二の職でサモナーをしようと思いまして。

23：名無しの旅人　メイン職は何にしているかは分からんがサモナーは良いぞぉ……一緒に戦って愛着や信頼が生まれてやがて相棒や戦友になっていくぞ？

24：トーマ　楽しみになってきました。教会で貰った1個とフレンドさんから貰った1個でどんな子が来るのか召喚しに行ってきます！

25：名無しの旅人　ん？

26：名無しの旅人　ちょっと待って？　今なんて？

27：ダイコーン　フレンドから召魔の石を貰っただぁ？　マジか？

28：トーマ　はい……最初断ったんですけど。ボス討伐のお礼として使わない僕が持つより、君が持っている方が有用だ。必要無かったら売って良い。僕、お金も入手出来ないからって……だからその人に託された石から出てきた子は大事に育てようと思っていまして……

29：ダイコーン　君、そのフレンドは本当にそう言ったのか？

30：トーマ　はい、錬金術師の自分と一緒にボス討伐を手伝ってくれて、そう言いました。

31：名無しの旅人　ソイツもやべーけど錬金術師してる君も凄いな？　錬金術師がメインでサモ

ナーがサブか、確かに職の相性はかなり良さそうだな？
32：ダイコーン　もしかしてそのフレンド……ハスバカゲロウの知り合いだったりしないか？
33：トーマ　はいそうです！　ハスバさんのフレンドです！
34：名無しの旅人　変態のフレンド？　それだけでもう常人じゃない気がしてきた。
35：ダイコーン　その人物にはかなり心当たりがある。武器持ってなかっただろ？
36：トーマ　あっ、当たりです。
37：ダイコーン　その人物は俺もフレンドだ……サモナーについて軽くだが俺は教えられる。今から君の所に行くまで召喚を待ってもらう事は出来るか？　その人物についても話したい。
38：トーマ　はい、分かりました。場所とかはどうしたら良いですか？
39：ダイコーン　俺もハスバとはフレンドだからアイツ経由で場所を決めよう。人が多過ぎると召喚獣が驚いてしまう可能性があるからな……
40：トーマ　分かりました！

■

その後サモナースレの中でトーマとダイコーンが話していたプレイヤー《ハチ》について探りを入れようとしても2人が適度にはぐらかし、他の情報が全く流れなかった事をハチは知らない……

第6章

「おっハチ、もう用意しているから取りに行ってこい」

「ありがとうございます」

話を通してくれたアトラさんにも感謝だが、実際に用意したドナークさんにも感謝しなくちゃ。

「ミミックさんもありがとう。それじゃあドナークさんの所に行ってきます」

「行ってらっしゃいやでー」

待たせるのも悪いので早速行こう。

「ドナークさん、こんにちはー」

「おうハチ、針が欲しいってこういう針で良いか？」

ドナークさんが針を数本出してくれた。この中から選んで良いのかな？

「コンパスを作りたいんで本当に使わない針を貰《もら》えれば良いんですけど……」

「んー、とりあえずどんな物か実際に作ってみせてくれ」

「えっと、とりあえず水と針を借りますね？」

ドナークさんの家で桶《おけ》に水を張り、針に磁石を当てて、一方向に向かって擦《こす》る。これで磁性を持たせられたはずだ。後は針を適当な紙か葉っぱに乗せて水に浮かべれば……

「これがどうしたんだ？」

「これで針の尖《とが》った方の向いてる方向が北です」

水に浮かべた針がスーッと一方向を示した。木の年輪で方向を探す方法が使えたなら方位磁針も使えるはずだと思っていたけどこうやって針がちゃんと動いてくれるとちょっと嬉《うれ》しい。

「ほー？　こんな物で方角が分かるのか」

「ドナークさん。また紙とペン貸して？」「ほい」

ドナークさんから紙とペンを受け取る。とりあえず出来るだけ一般的な方位磁石の絵を描く。丸いケースの中にひし形の針に、N、S、W、Eの4文字。やっぱりこういうの作りたいなぁ。

「これがとりあえず僕が目指すコンパスかな？」

「さっきのと全然違うじゃん？」

「これで大事なのは針が自由に動ける事なんだ。さっきは水で針が自由に動ける様にしてて、今回は針の上で方角を示す針を乗せて抵抗を少なくして自由に動いて方角を示す事が出来るんだ」

説明が長くなっちゃったけどこれで伝わるかな？

「要は見た目は違うけど仕組みは一緒って事なのか？」

「そうそう！　まぁこれは今は作れないからさっきの水に浮かべるタイプで作ろうかと……」

「ちょっと待て、その針さえ作ればコンパスを作れるんだな？」

「え？　まぁ……えっ？」

「それじゃあ作ってやるさ！　ハチにはそれが必要なんだろ？」

「必要ですけど……本当に良いんですか？」

「針だけだけどな？　浮かせる用の針はさっき出した針をちょっと調節すれば何とかなるだろ？」

それだけ用意されて作らない訳にはいかない。ケースは自分で作ろう！

「はい！　それさえ作ってもらえれば他は僕が自分で作ります！」

一番大事な部分である針をドナークさんに任せて僕はケースを作る事にした。

「よーし！　作るぞー！」

魔糸鋸《まいとのこ》で木材を切り取っていく。ホントに便利だなぁ……一応ドナークさんがどのくらいのサイズの針を作ってくるか分からないし、文字を書くとか考えてちょっと大きめに作っておこう。

「コンパスがあると冒険感も増す気がするんだよなぁー」

僕の中で冒険と言ったらコンパスは持ちたいアイテムの中でも上位だ。一番はナイフだけど……

「おーい！　絵を見て作ったけど……こんなんで良いか？」

ケースを作り終えた辺りでドナークさんが針を持ってきた。完璧な仕上がりですぐ使えそうだ。

「完璧ですよ！　この針！」

「そ、そう？　やっぱ試しでも作ってみるもんだなぁ？」

ドナークさんは器用だなぁ？

「こっちも作り終えたんで早速合わせてみましょう！」

ケースの真ん中に磁針を置く為《ため》の芯と磁針を乗せて……

「こっちが北で合ってますか？」

針が動いて一方向を示す。水に浮かべた針と同じ方向を示していた。

「あぁ、そっちが北だ」

ドナークさんの手の上で空中に浮かぶ矢印が僕のコンパスと同じ方向を向いている。魔法を使ったドナークさんの矢印と同じ方向を向いているという事は成功と見て良いだろう。

「やった！　完成だ！」

お手製コンパス　レアリティ　ＰＭ《プレイヤーメイド》　耐久値　１００％
方角が分かる

そっけない説明だけど僕の欲しかった物を作る事が出来た。

「ドナークさんありがとう！　これでアトラさんの手伝いの続きが出来るよ！」

魔蟲《まちゅう》の森を進む為のコンパス。今回は位置データが無いからざっくりだけど、森という方角を見失いやすい場所で戦闘後に道を進む場合において方角が分かるのは凄《すご》くありがたい。

「おぉ、ハチ。コンパスを作れたのか？」

「はい！　ドナークさんのお陰で作れました！」

出来上がったコンパスをやってきたアトラさんに見せる。

「そうか、あの祠《ほこら》は魔蟲の森を道なりに進んで大きな岩が見えたらそこから真東に進むと良いぞ」

おぉ、真東なら分かりやすいぞ？

「なるほど……」

「あぁ、あと一つ、出来れば蟲達《むしたち》に危害を加えない方が良い。後々の為にな？」

危害を加えない方が良い？　要するに戦うなって事かな？

「アトラさんがそう言うって事は重要な事なんですね……覚えておきます」

魔蟲の森って結構危険な感じだという情報が僕のフレンド達の中で飛んでた気がする。

「あぁ、覚えておいて損は無い。もう行くのか？」

「はい！　コンパスも出来たし、橋を完成させたいので他の皆によろしく言っておいてください」

何人か会えてないけどまぁここで楽しくやってそうだし、また戻ってきた時にお話ししよう。

「それじゃあ行ってきます！」

「おう！　いってらっしゃい！」「頼んだぞー」「兄さん頑張ってなー」

皆に見送られてアストライトを出る。行く先はサーディライの街だ！


「やっぱこの街苦手だなぁ……」

街に入ってすぐお祭り騒ぎのこの街の雰囲気……まずは街から出よう。魔蟲の森に避難だ。

「森が僕を待っている！ってね」

人とぶつからない様に移動して路地に入り、屋根伝いで移動……やっぱり僕おかしいかな？

「おう、旅人さん。こっから先はかなり危険だから行くならしっかり準備してから行くんだぞ？」

「ありがとうございます。お仕事お疲れ様です」

「あぁ、気を付けてな！」

労《ねぎら》いの言葉を掛けたら衛兵さんに気分良く返事してもらえた。こっちも気分が良い。

「えっと……先に進んで行けば大きな岩があるんだよね……っと！」

道を進むと1m近いサイズの蜂が3匹飛んで来た。思いっきり道の上を飛んでる所を見るに、今までの道程安全性は無いのかもしれない。これで虫に危害を加えないでって、中々ハードだ……

「いや、蜂？　蜂って確か……」

蜂を潰したりしたらその蜂から攻撃フェロモンが出て仲間が集まるとか聞いた気がする。そう考えると虫に危害を加えるなって言うのも納得出来る。あんなデカい蜂が沢山来たらねぇ？

「大きな岩が出てくるまでは道付近を離れ過ぎない様にしないとな……」

蜂を回避する為に道から少し離れる。道を見失わない程度に森の木を利用して進む。とりあえず【欺瞞《ぎまん》】が発動していると思うから大丈夫だとは思うけど【擬態】も発動して森に溶け込もう。

「そっち行ったぞ！」「気を付けろ挟まれるぞ！」「【ヒール】！」「【ダブルスラッシュ】！」

先を進んでいたプレイヤー達だろう。蜂3匹と3m程のムカデ1匹と戦っていた。

蜂は基本的に集団か。レベルが結構あるパーティなのか？　蜂が2～3発喰《く》らったらポリゴンになっている。でもムカデは結構硬いのか剣の攻撃を弾《はじ》いてる。やっぱり虫もデカくなるとそれだけで強そうだ。

「クソッ！」「がっ！　解毒してくれ！」「【ポイズンキュア】きゃっ！」「ヒーラーがやられた！」

1人が蜂に刺されて紫色の泡の様なエフェクトが出ている。で、その毒を治療しようとしていたヒーラーをパーティの剣士が抑えきれなかったムカデが咥《くわ》えて他のメンバーと引き剝がす。引き剝がされたヒーラーは追加で来た蜂に囲まれ、刺されてポリゴンと化す。

えぐいな……回復を全てヒーラーに任せていたのか、ヒーラーがやられた事でパーティはあっという間に瓦解した。

「うわぁ！」「無理だっ！」「なっ⁉」

ある者はムカデに嚙《か》まれた毒のせいか地面に倒れて、動けない状態で頭からガブッと。ある者は蜂のお尻の針がただ刺すだけじゃなく飛ばす事も出来たようで両足を針で撃ち抜かれて、歩けなくなった所を集団でブスブスと。

ある者は戦場に現れた黒光りする弾丸の様な速度で迫ってきたヤツを捉える事が出来ず空中コンボでハメられて、ヒーラーの後を追うように3人がポリゴンになって消えていった。匂い袋を持っていないとああいう風になるのか？　ダイコーンさんがもっと高値でも売れるって意味が分かる。

あれはヤバい。僕は【欺瞞】のお陰か、特に攻撃されないが、下手に手は出さずに大きな岩を目指そう。あれを見てしまったら慎重に動かざるを得ない。

「助けられなくてごめんなさい」

全滅したパーティに軽く謝り、大きな岩を目指す。その間にもサイズが大きくなったムカデ、ゲジゲジ、蜂、バッタ、蠅《はえ》、カメムシ、ナメクジ、蚊、ゴキブリと様々な虫達が居た。

「ここか……いや、ここからだな」

虫を掻《か》い潜《くぐ》り、ようやく目的の場所まで辿《たど》り着けた。ここからがスタートだけど……目印の大きな岩まで来たが、ここからは本当の森の中を進まなければ。コンパスよ、僕に道を示してくれ！

「大体は真《ま》っ直《す》ぐ進めそうだな？」

針の向き的に岩の右方向に進む。とりあえず邪魔な存在は居ないから真っ直ぐ進めそうだ。

「さて、ここからは完全に危険地帯だな」

生垣っぽい物を越えただけで虫の大群が来るかもしれない。本当に慎重に進もう。

「うひゃー……頭痛くなってきた……」

ゆっくり進むと虫の大群が居た。樹液でも吸っているんだろうか？　色んな種類の虫が居る。何百匹と居る虫をしっかりと見てしまったら頭痛が……

「迂回《うかい》しよう」

食事中ならお邪魔しない様にしよう。食事中に邪魔されたら誰だってキレる。

「ゆっくりそのまま食べててくださいよー……」

ここで食事をしているのならその間に進むべきだろう。今見える範囲の虫は少なくともここに居る。森に分散してない今の内に進むのが得策だろう。食事の隙を突いて更に森の奥へ進む。

「よーし、何とか大群は突破出来た」

虫の食事場を回避して東に進み続ける。まだ崖や作りかけの橋は見えない。

「にしてもこんな所に本当に人が居るのかな？」

目的は橋の完成だけど、発見出来るならアトラさんを見つけた人物を探して口止めしたい。

「おっ？　あれは……」

1時間位だろうか？　ずっと東に向かってコンパスも確認しつつ進むと、見覚えがある場所が見えてきた。糸だけで作られた作りかけの橋……間違いない。あの場所だ。

「やった！　遂《つい》に到着だ！」

多分だけどここはあの祠があるお陰か虫が居ない……気がする。早速踏板を取り付けていこう。

「なんだかちょっと楽しくなってきたぞ？」

板を魔糸で取り付けるのが結構楽しい。溶接とかこんな感じかな？　丁寧に踏板を取り付けて橋が完成していく。これで祠にも簡単に行ける様になったぞ？

「よーし！　出来た！　とりあえず祠を見てみよう」

橋を歩いて確認したけど大丈夫そうだ。これなら問題無いな。あの祠を見てみよう。

「とりあえず埃《ほこり》は払って……この像はなんだろう？」

汚れていた祠を掃除して中の像を確認する。動かすのは罰当たりかなと思ったので見るだけだ。人型で背中に大きな蝶《ちょう》の翅《はね》の様な物が付いている。石の像だけど凄い技術だな……

「何かお供え物をした方が良いかな？」

祠の掃除をしつつ、何かお供えするべきかなぁと考える。見た感じ蝶っぽいし、お花でも供えるのが一番かと思ったけど持ってない。代わりになりそうな物あったかな？

「あっ、花の蜜じゃないけど樹液はどうかな？　良かったらどうぞ～ってね」

トレントを倒して木材を集めた時に樹液も集めたからこれをお供えしておこう。

木のプレートを1枚使うけどこういうのは大事にしたい。プレートはまた作れば良いや。

「花の蜜じゃ無いみたいですが……まぁ良いでしょう。ありがたく頂きましょう」

なんだ？　急に生意気な感じの声がどこからともなく聞こえてきたぞ？

「ん？　もしかしてこの像から？」

聞こえてくる声は像から聞こえてきた気がする。像をしっかり見てみよう。

「そうです。本当は花の蜜が良いですが……こんな森では良質な蜜は中々頂けないんですよ。おまけにこんな所に閉じ込められて……ってあれ!?　道が出来てる！」

僕が作った橋を見て驚く像……いや、もう像じゃない。石像だと思っていたソレは石では無くなっていた。空色の服を着た小さな人型に綺麗《きれい》な蝶の翅。妖精とでも言うべき存在が居た。

「なんで!?　なんで道が出来てるの!?」

「ん？　まぁ頼まれたから？」

「え？　君が作ったの!?」

アトラさんに頼まれて作ったけど……なんだろう？　もしかしてこの子、封印されてた？

「うん、まぁアトラさんに頼まれたからやっただけなんだけど……」

「アトラ様!?　やっと許してくれたんですね……」

ん？　アトラさんを知ってるのかな？

「アトラさんと知り合い？」

「知り合いというか、アトラ様に迷惑をかけてここでずっと反省させられてた」

アトラさん……お仕置きで石にして祠っぽい所に放置していたのか……

「ところでアトラさんに何したの？」

「殴ったり、蹴ったりして遊んでたんだけど、老いぼれって言ったらブチギレて封印された」

アトラさん、僕と同じで言ってはいけないＮＧワードがあるのかな？

「言っちゃいけない言葉はあるよね。でもアトラさんがこの橋を作れって言ったから許してくれたんじゃないかな？」

そろそろ許しても良いって思ったから僕をここに連れて来たんだろうな……どうしよう？

「んー、不味《まず》くはないけどやっぱり花の蜜が良いなぁ……」

樹液じゃ満足出来ないらしい。花の蜜かぁ……あの花畑にでも連れて行けば良いのかな？

「花の蜜なら花畑を一か所知ってるけど……」

「花畑!?　連れて行って！」

花畑と聞いた途端僕の腕を引っ張る妖精。だが、何かを思い出したのか引っ張るのをやめる。

「あっ、そういえばアイツの事忘れてた」

「ん？　他に誰か居るの？」

アトラさんにお仕置き封印されたのがまだ居るんだろうか？

「私を封印する為にもう一つの祠に自分から封印されに行った奴《やつ》が居るんだった」

「え？　何、それは……」

自分から封印されに行くってどういう……

「祠は2つ機能してると封印の効力が上がるっていう事で態々《わざわざ》自分からアトラ様の為にって。君がお供えしてくれたお陰で私は出られたんだけど、ソイツも一応出してあげてくれない？」

お仕置き封印されたのが逃げ出さない様に自分が一緒に封印されて効力を上げるって相当だな？

「何か精神修行として丁度良いって言ってたよ？」

「変態か何か？」

どうしよう？　アトラさんはそのもう一人？　の事は何も言ってなかったからもう一つの祠から出すかどうかは僕次第って事だよね？　いや、迷う事では無いんだけどさ？

「まぁどういう人かはさておき、その祠はどこにあるの？」

もちろん祠から出してあげなきゃ可哀想《かわいそう》だ。出す為にもどこにその祠があるか聞こう。

「確か西の方？」

「ざっくりだなー……でも多分パターン的に真逆の位置にあるでしょ」

こういうのは真逆の位置にあるとみて良いだろう。この森を横断するのは結構大変だぞ？

「まぁ、頑張って行きますかー！」

「ちょ、ちょっと!?　ここに置いて行くつもり!?」

「え？」

ここは安全そうだから妖精を置いて行こうと思ったら肩に乗ってきた。え？　ついてくるの？

「連れて行かなきゃダメ？」

「ダメに決まってるじゃない！　どうせならアイツも解放して花畑に行くまではついて行くわ！」

うわぁ……面倒な事になったなぁ……

「1つだけ約束して？　移動する間は絶対に僕の言う事を聞く事。出来ないなら置いて行くよ？」

勝手に行動されたらとてもじゃ無いが守れない。約束を守れないなら悪いが自己責任って奴だ。

「ほ、本気の目ね……分かったわよ……で、何をすれば言いわけ？」

「何もしないでジッとしている。この森では戦闘行為はしないのが一番安全そうだからね。それを守れないならカメムシの前だろうが、ムカデの前だろうが僕は君を置いて行く」

これぱっかりは真剣だ。守る為にもイレギュラーを起こさない事が重要な事だと思う。

「は、はい……」

若干威圧っぽくなってしまったかな？　このままだと感じ悪いか。

「ジッとしていれば終わった後に花畑まで送ってあげるよ。だから約束してくれる？」

「ジッとしてるわ。約束する」

約束してくれたからとりあえず安心だろう。でも肩に乗るっていうのはずり落ちる可能性とか色々あるからフードの中に入ってもらおう。仮面を変形させて、アトラさんっぽい感じの蜘蛛《くも》系フルフェイスにした。これで顔は隠して、フードに妖精さんを入れる事が出来る。

「よし、とりあえず肩じゃなくてこのフードの中に入ってくれるかな？」

「そこに入っていれば良いのね？　あっ、案外落ち着くかも？」

フードを気に入ってくれたみたいですっぽり入っている。これなら走っても問題無さそうだな？

「走って移動するから一応気を付けてね？」

「はーい」

返事も聞こえるから何かあってもすぐに気が付けるだろう。そもそもこの仮面は着けていても視界も音も遮らないから何の問題も無い。自分の作った橋を渡り、森を引き返す。

「えっ!?　ちょっと!?　速いって！」

「だからちゃんと摑《つか》まっててよ？　落ちても知らないよ？」

「冗談じゃ無いって！」

森を走って進む。案外【欺瞞】の効果で走ってもバレないと分かったから、ダッシュだ。

「早く花畑に行きたいんでしょ？」

「それはそうだけどっ！」

「じゃあさっさと解放に行くべきだよね？」

「じゃあゆっくり早く行ってよー！」

どうしろと言うんだ。思いっきり矛盾してるじゃないか……

「面倒だからこのままの速度で行くよ？」

一々妖精さんの要望を聞いていたらいつまで経《た》っても着く物も着かない。この速度ならしがみ付いていられるみたいだし、騒いでるだけで問題無いのかもしれない。無視だ無視！　先行くぞー！

「皆！　大丈夫か？」

「ギリギリだけど何とかね……」

「死ぬかと思ったぁ……」

「匂い袋があっても戦闘したら敵が来るのは知らなかったわ……何か変わったのかしら？」

息も絶え絶えで魔蟲の森を進むパーティ。袋を持っていたが、近場の蜂を刺激してしまい、仲間を呼ばれて大変な目に遭った。何とか逃げられたが、回復する為に大きな岩の付近で休憩していた。

「どうする？　もう回復が無いぞ？」

「このままボスに行ってもジリ貧で負けそうだなぁ……」

「MPも無いよー」

「匂い袋って攻撃されないんじゃなくて、本当に虫除《むしよ》け程度の効果しか無い？」

ボスに向かうべきか、戻るべきか、匂い袋の効力の程等色々な意見が飛び交う。

「街に戻って立て直そう。このまま死んでデスペナを貰うのは良くない」

「賛成。別の所でレベル上げしてからまた来よう」

「帰り道は大丈夫かなぁ？」

「こっちから手を出さなければ大丈夫だと思うわ。ゆっくり帰りましょう」

今回のボス攻略は手持ちの回復アイテムが足りないので無理だと判断し、撤退する事を決めたパーティ。４人が立ち上がり、道を引き返そうとした時に事件は起こった。

「キャー――！」

「「「「!?」」」」

唐突に聞こえた女性の悲鳴。即座に臨戦態勢を取る４人だが、それよりも先にソイツは現れた。

「なっ!?　なんだコイツ!?」

「虫……人？」

「絶対ヤバい奴だ！」

「戻ってギルドに報告よ！」

手足が黒く、蜘蛛に似た顔をした白いローブを纏《まと》った存在が大きな岩の上に現れた。悲鳴を上げた女性の安否は分からないが、今の今まで存在に気が付かなかった隠密《おんみつ》能力。多分殺傷能力も……

それからは誰も何も言わずにパーティはサーディライの街に向かって全力で逃走した。

●

「ん？　なんであの人達逃げたたんだろう？」

「ちょっと!?　枝が当たって痛いんだけど!?」

「あっ、それはゴメン。謝るよ」

さっきの悲鳴は枝に当たったからか。フードの中なら大丈夫かと思ったけどこれは僕のミスだ。

「走らないと両方から挟まれそうで……でもジャンプは要らなかったかも。本当にごめんね？」

「そ、そこまで言うなら許してあげてもいいわよ？」

下手に出たら案外言う事聞いてくれるタイプかな？　さっきも威圧っぽく言うより下手に出るべきだったかも。とりあえず大きな岩の所まで戻ってこられたし、後半分の道のりだなぁ……

「気を付けて進むけど、もしかしたらまた枝に当たるかもしれないし、奥の方に入ってて？」

「そうね、奥の方が安全そうだし、そうするわ」

フードの奥の方に入って行く妖精さん。これならもっと速度を上げる事も出来るだろう。

「よし、それじゃあ西側に行きますか！」

草むらを飛び越えて西側の祠を目指す。実際にあるって明言はされて無いけど多分あるだろう。

「こっちはこっちで大変そうだな……」

ある程度進んでコンパスで方角を確認してみると進むべき方向に何かの巣みたいな物がある。マジかー……何の巣だあれ？　ブーンッと羽音が聞こえる。む？　あれは……

「ミツバチ……かな？」

薄《う》っすら生えた毛と脚に蓄えた花粉団子。あれは多分ミツバチだと思う。デカいけど……でもこの森に花なんて見えないぞ？

「蜜の匂いがする！　あっ！　あそこ！　蜜が出てる！」

フードから顔を出す妖精さん。目聡《めざと》くミツバチの巣から垂れている蜜を発見する。あの蜜、ちょっとだけ貰えれば妖精さんももっと言う事をしっかり聞いてくれるかな？

「あの蜜、ちょっとだけ貰ってみる？」

「やってやって！」

穴から地面に垂れているあの蜜をお椀《わん》で受け止めてそれを貰うくらいなら許してくれないかな？

「よし、じゃあ絶対動かないで？　静かに貰うから」

「分かった！」

蜜の為ならお安い御用って感じだな？　ミツバチを刺激しない様に静かに近寄る。

「よし……じゃあこれは巣の修理費って事で……」

地面に垂れる蜂蜜を木のお椀で受け止める。10秒も掛からずにお椀は一杯になった。これは漏れ出る量は相当だ……勿体無《もったいな》いから魔糸で穴を塞いでおく。お椀に入った蜂蜜をインベントリに仕舞い、巣からゆっくり離れて、距離が空いたら目的地に向かって走る。

「ふぅ、もう良いよ？」

「オッケー？　もうオッケー？　蜂蜜オッケー!?」

蜂蜜を確保する一部始終を見ていた妖精さんは肩を叩《たた》きながら急《せ》かす。少し落ち着いて欲しい。

「はい、零《こぼ》さないでよ？」

「零すなんて勿体ない！」

お椀を渡すと妖精さんは両手で受け取り、呷《あお》る。

「ぷっはぁ！　久々の蜜だぁ！」

「飲んでる間はゆっくり進むよ」

おっさんかな？　蜂蜜を首筋に零されない様に、飲み終わるまではゆっくり進む。

「おぉ、アレかな？」

「アレね」

西に向かい歩いていくとさっきの祠の大きい版があったけど、その周りが岩だらけだ。

「まずは岩を退《ど》けないとな……」

邪魔な岩を退けないと祠の中を見る事も出来ない。でもＳＴＲが無いから僕には無理そうだ。

「そりゃそりゃそりゃ！」

「何してるの？」

岩に対して両手で削る様に腕を振るったが、岩には傷一つ入らない。これは壊せないな……

「岩を壊そうかと思ったけど……うーん、どうにか力で動かすしか無いのかなぁ……」

ここでまさかの力で解決しなければいけない問題が来るとは……

「岩を退かせば良いの？」

「え？　妖精さんこの岩を退かせるの？」

ここでまさかの妖精さんがパワータイプの可能性が……

「何か変な事考えてない？」

妖精さんの瞳と蝶の様な翅が青く光る。青い鱗粉《りんぷん》がさっき僕が破壊出来なかった岩にかかると岩が浮き上がり、祠が露《あら》わになった。凄い……妖精さんにこんな力があったのか……

「あと、私は妖精さんじゃなくてエアラよ」

「エアラさんね」

「それで良いわ。それより先に祠の方に行った方が良いんじゃない？」

妖精……エアラさんは名前持ちだったみたいだ。岩を退けてもらったし、祠の中を見てみよう。

「祠の中は……うおっ!?　めっちゃカッコイイ！」

祠の中には片膝をついたカブトムシモチーフの鎧《よろい》……というか外骨格？　の石像があった。

「……とりあえず先に綺麗にして最後に樹液をお供えしよう」

エアラさんと同じ感じで石化が解除されるなら先に石像を綺麗にしよう。このカッコ良さで動く姿を想像したら汚れている状態で復活するのは勿体無い。時間を掛けても綺麗にしてから復活だ。

「もうしばらく待っててください。綺麗にしてから復活しましょう」

聞こえてはいないだろうけど、復活はもう少しだけ待っていてくれ。

「よし！　ピカピカだ。お待たせしました！　どうぞ。お受け取りください」

プレートに注いだ樹液を石像の前に置く。これで外に出れば良いんだよね？

「へー！　私こんな風に復活したんだ」

「そういえばエアラさんの時は見逃してたな……」

銀のカブトムシ風の鎧を纏った者が祠の中から出てきた。

「復活させていただきありがたき幸せ。これはお主が？」

武士語だ。カブト武士さんの手に木のプレートが。樹液は既に飲んだみたいだな。

「はい、おかわり要りますか？」

「頼めるか？」

プレートを差し出しておかわりを要求するカブト武士。カッコいいけど案外可愛《かわい》いかもしれない。

「ふぅ……美味《おい》しいです」

「あれ？　口調が？」

「失礼、お腹《なか》が減ってしまうとあのような口調になってしまうのです」

お腹減ってた方がカッコイイじゃないか……ちょっと残念な気分になったぞ？

「話はエアラさんから少しは聞いてるんですけど……精神修行で封印されてたって本当ですか？」

「ええ、そこのエアラがアトラ様に迷惑を掛けていたので封印される事になったのです。そして私は御守《おも》りとして役目を果たせず、今一度鍛え直す必要があると思い、一緒に封印されました」

「ちょっと!?　御守りって何よ!?」

「お前は厄介事を起こし過ぎる。私が色々後始末をしていた事、知らないとは言わせないぞ？」

「そ、それは……」

「はい、ストップ。そこまで」

思い当たる節があるらしく、目を逸《そ》らしているが、これ以上ヒートアップしない様に中断させた。

「とりあえず、エアラさんはやんちゃが原因で封印されたけどもう反省したんだよね？」

「私はやんちゃじゃ……」

「したんだよね？」

「うっ……はい。反省しました」

よしよし、それで良い。

「で……その、貴方《あなた》はお名前とかはあるんでしょうか？」

カブト武士さんのお名前はなんて言うんだろう？

「拙者はソイルと申す。よろしく頼む」

「あ？　またお腹減っちゃった？」

流石《さすが》に木のプレートだと一回で飲める樹液の量も多くない。またおかわりを出そう。

「ご迷惑をかけてしまい申し訳ない」

「復活したてでお腹も減ってるでしょ？　遠慮しないで」

ソイルと名乗ったカブト武士はとても礼儀正しい。ちょっと食いしん坊気質があるけど。

「忠義を尽くしたくなるお方だ……いやいや、私が尽くす相手はアトラ様ただ一人……」

「アトラさんなら友達だよ？」

「なんとぉ!?」

驚くソイルさん。ちょっとコミカルだ。

「という事は今でもアトラ様は息災でいらっしゃるのですね！」

「うん、元気だよ。村で他の皆と一緒に暮らしてるよ」

「「村!?」」

2人が驚いている。そうか、村については2人とも知らないのか。

「色々とお聞かせください！」

ソイルさんとアトラさんに現状を話しておくか。

「なるほど……アトラ様が作った村、そのアストライトという村に行きたいです！」

「私は先に花畑に行かせてちょうだいよ？」

2人共村には行きたいみたいだ。エアラさんの方は約束でもあるし、花畑が先だけど。

「でも良くこんな所に封印されてたね？　お疲れ様」

祠の中は埃だらけで何も無い。そもそも封印されてる間ってどういう気持ちなんだろうか？

「動けないだけですからね。慣れてしまえば集中するのに丁度良いです」

「私は退屈で退屈で……ちゃんと反省したらその内出してやるって……」

対照的な2人。動けないのは辛《つら》いなぁ……首から下が動かないという経験はあるけど全身が動かないっていうのは喋《しゃべ》る事も出来ないって事だろう。勿論《もちろん》喋る相手も居ないとなると……

「せっかくだしこっちの祠も掃除しようか」

祠周りは敵対存在は居ないし、この祠自体に何らかの力があるんだろう。綺麗にして損は無い。

「お手伝いします」

「助かるよ」

ソイルさんも掃除を手伝ってくれた。エアラさんは……まぁそういう事はしないタイプだろう。

「うわっ!?」「何事っ!?」

祠の掃除を終えた途端、祠から光の玉が飛び出し、森の中にゆっくりと進んで行く。

「あれ、追いかけた方が良いんじゃないの？」

良いんじゃないの？　と言いつつ、既に光の玉を追いかけているエアラさん。

「エアラさん待って！　ソイルさんゴメンついて来て！」

「了解です！　こら待てエアラ！」

エアラさんを追いかけつつ、仮面を付けて走り出す。ソイルさんは遅れ気味か……

「そこのエアラさん。止まりなさい！　【魔糸生成】」

「うぎゃ!?」

エアラさんの翅に糸を引っ掛ける。するとエアラさんは墜落した。

「ちょっと何すんのよ！」

「約束忘れた？　勝手に行かないって約束したよね？」

「そ、それは悪かったわよ……でもこんな止め方しなくても良いじゃない！　糸外してよー！」

糸塗《いとまみ》れになったエアラさんが僕に抗議してくる。光の玉は僕達を待ってくれるのか、少し遅くなったからソイルさんの速度に合わせられるだろう。でも流石に糸で絡めるのは可哀想だったか。

「ごめんよ。糸はすぐに消すよ。消滅」

エアラさんに絡みついた糸を消す。糸だけ綺麗に消えるのがとてもありがたいな。

「さっきの糸はいったい？」

「アトラさんに教えてもらったんだ。ソイルさんまだ走れる？」

「はい。行けます」

ソイルさんも追いついたのでエアラさんをフードに入れて、一緒に光の玉を追いかける。

「ごめんごめん、後で好きなだけ花畑で蜜食べて良いから！」

「ならさっきの許す！」

フードからひょこっと顔を出して答えるエアラさん。とりあえずこれで全員の足並みは揃《そろ》った。

ソイルさんが威圧的なのか、光の玉を追っている間はそうなのか、虫があまり寄ってこない。

「そういえばお主は何という名だったか？」

「あぁ、アトラさんの話だけで僕の事は話して無かったね。僕はハチって名前だよ。はい、樹液」

武士モードになったソイルさんに樹液を渡す。燃費悪いな？　まぁ走っているせいだろうけど。

「良い名前です。これだけ樹液を貰えれば……」

「ん？　何を？」

ソイルさんが急に僕を掴み上げる。なんだ？

「飛びます！」

「うおっ!?」

ソイルさんの背中が開き、ジェットの様な噴出が出る。まさかのジェットでビックリだ。

「あっ！　光の玉も速くなってるわよ！」

「追いかけます！」

森を飛ぶカブトジェットで凄《すさ》まじいGを味わいながら光の玉を追いかける。どこに行くんだ？

「あそこが終点でしょうか？」

祠に向かう際に目印にしていた大きな岩の所に光の玉が向かっている様に見えた。

「多分そうだね。よし、皆行こうか」

「行きましょうハチさん」

「花畑まではまだ時間が掛かりそうね……」

フードからため息が聞こえてきそうだ。

「そこの光の玉待ってー！　いったいどこに向かうのですかー！」

僕らの来た方向と反対の方向から探検服を着た人間が光の玉を追いかけて来ていた。あの光の玉はひょっとして東の祠から出てきた光の玉？　というかあの人はいったい誰だろう？

「ふぅ……えぇ!?　いったいなんですかこれ!?　僕はここで死ぬんですか!?」

まぁ、ソイルさんを見ちゃったら腰が引けるのも納得だ。カッコイイんだけどなぁ……

「僕は蜘蛛の化け物に殺されてしまうんでしょうか？　あぁ……もっと色々発見したかった……」

「え？　僕の方？」

言いたい事は色々あるが、２つの光の玉が1つになり、岩の中に。すると、岩が動いて地下に向かう階段が現れた。探検服の人が何か言ってるけど、岩が元の位置に戻ろうとしている。

「悪いけど付き合ってる暇は無いみたいだから。ソイルさん行くよ！」

「はい！」

「あぁ……親切にしてくれた皆さんごめんなさい……へ？」

探検服の人を無視して階段に向かう。このままだと岩が元に戻って入れなくなるかもしれない。

「これは！　お宝な気がします！」

「いつの間に……」

階段を下りると小さな空間に台座があり、その上に何かが浮いている。探検服の人も来ていた。

「とりあえず聞いても良いかい？　君は誰？」

「言葉が分かるのですね。では教えましょう！　僕はタンケ！　お宝を探して探検しています！」

タンケと名乗ったその人はトレジャーハンター的な事でもやっているんだろうか？

「一応言っとくけど僕も人間だよ」

「えぇ!? 人だったんですか!?」

蜘蛛フルフェイスを首輪に変えて顔を見せるが……失礼過ぎない？

「で、そのタンケさん？ はどうしてこんな危ない所に？」

どう考えても1人じゃ危ない。武器も……短剣があるだけみたいだ。それはどうなんだ？

「そこにお宝があるのなら！ たとえ火の中水の中！」

あ、お宝しか見えてないかぁ……

「この前、この森で人より大きな蜘蛛を見た時も死ぬかと思いましたよ！」

「ん？」

人より大きな蜘蛛。それアトラさんの事じゃないか？ という事はこの人が例の……

「それってもしかしてさっきの仮面と似たような顔をしてた？」

「ええ！ あの時見た蜘蛛が人になって僕を殺しに来たんじゃないかとヒヤヒヤしましたよ！」

とりあえずタンケさんが件《くだん》の人間で間違いないな？

「その事は他の誰かに話した？」

「いーえ？ まだこの森に何かあると思って探検していたので他の人には話していませんよ？」

「じゃあ黙っていてくれるかな。あの蜘蛛は僕の友達なんだ。色んな人に話したら僕の友達が危険な目に遭っちゃうかもしれないから黙っていてくれると助かるんだ」

「人以外の友達ですか！ それは珍しい！ 分かりました！ 黙っていましょう！」

ちゃんと約束は守ってくれそうだ。とりあえずアトラさん問題はこれで解決したかな？

「で！　で！　あれはどうするんです？」

台座の上に浮いている物を指差し、どうするのか僕に聞いてくる。

「とりあえず取ってみようかな？」

「大丈夫ですか？　危険そうなら自分が取りますが？」

「いや、僕が取るから大丈夫だよ」

ソイルさんが僕の身を案じて、代わりに取ると言うが、これはきっと祠から出た光が導いてくれた物だと思うから安全だと思う。この形は……もしかしてベルトかな？

「そういえばタンケさんは僕が蜘蛛の事を黙ってる代わりにお宝よこせとかは言わないんだね？」

こういう人ってお宝第一でそういう交渉が来ると思ったんだけど、タンケさんはしないのかな？

「僕はお宝を発見する事が好きなのでお宝が欲しい訳じゃないんです。あの光の玉もきっと貴方が出したんですよね？　それなら貴方が入手するべきです！　どうぞ！　どうぞ！」

発見するっていう経験が一番のお宝って事か。それはちょっとカッコイイな？

「じゃあこれは僕が貰っても良いのね？」

「はい。勿論！」

タンケさんのあの顔はマジだな。じゃあ僕が貰おうか。

「あ、ちょっと待って？　触って罠《わな》でも発動したら困るから私は離れておくわ」

エアラさんはここで僕を見捨ててソイルさんの元に行く。薄情者めぇ！

「オッケー！　取ってみてよ！」

「まぁ、良いか……」

皆距離を取っている。これを取った途端に爆発するかもしれない……でも取っちゃお。

「……試練に挑戦してもらう」

どこからか声が聞こえる。

「何をすればいい？」

「お前がこの森で倒した蟲。その全てともう一度戦ってもらおう！」

どこからか聞こえる声が僕に戦えと言ってくるけど……

「……？　どういう事だ？」

謎の声も困惑している。そりゃそうだ。僕はアトラさんの言いつけを守ってこの森の蟲は1体も倒してないのだからもう一度戦えと言われても戦うべき相手が出てこないのは当然だろう。

「なんかゴメンね？　僕この森で1体も倒してないからさ？」

「……強き者よ、汝《なんじ》の力となろう……」

『ヴァーミンズ・ベルト　を入手』

ヴァーミンズ・ベルト　レアリティ　ユニーク　AGI＋300
耐久度　破壊不可　特殊能力　害虫達の意地　様々な虫の特性を扱う事が出来る（3種類まで）

マジでどうしようこの空気。僕の手には黒いベルトがある。試練には成功したんだろうけど……

「あの……何か試練的な物があったんじゃ？」

あの声はタンケさんにも聞こえてたのか。って事はここに居る全員にも聞こえてたみたいだな。

「聞いてた通り、僕この森で何も倒して無いから試練の敵が出てこなくて終わっちゃった……」

「あははは！　面白い！　とても面白い！　これだから探検はやめられない！」

タンケさんには面白かったみたいだ。僕としても何もせずに良い物貰えたから良いんだけど……

「えぇ……なんか腑《ふ》に落ちない」

「このような事も起こりえるのですね……流石です」

エアラさんは腑に落ちず、ソイルさんは褒めてくれてる？　のかな？

「もうあの声もしないし、終わっちゃったみたい」

本当は倒してきた大量の虫との死闘をして最後にさっきの言葉を聞いてありがたく受け取る流れだったんだろう。意図せずしてそのイベントをぶち壊してベルトだけ入手しちゃった。

「面白い経験をさせてもらいました！　僕はまた新しいお宝を探しに探検しに行きます！　またお会い出来る事を期待していますよ！　さようなら！」

タンケさんは階段を上って行ってしまった。え？　開いてるの？

「ねぇ？　そのベルト？ってどんな能力付いてるの？」

「えーと……」

黒い革？　と黒い金属で出来た少し大きめのバックル。何か3つの穴がバックルの横に開いてる。

「虫の特性を3つまで使える様になるみたい？」

「へぇ？　どうやるの？　見せて見せて！」

そういえばそうだ。これにどうやったら虫の特性を3つ使える様に設定出来るんだ？

「何か落ちましたよ」

「ありがとうソイルさん。なんだこれ。試験管？」

拾ってもらったのは3本の小さな試験管の様な物。それを手にした時、ウィンドウが開かれた。

「これは……ほとんどこの森で見た虫かな」

ムカデ、ゲジゲジ、蜂、バッタ、蝿、カメムシ、ナメクジ、蚊、ゴキブリ、ボルウ虫《ダンゴムシ》……僕が見た事ある虫ばかりだ。試験管の様な物を手にしたらウィンドウが出たって事は選べば良いのかな？

「とりあえずバッタでも選んでみるか」

バッタを選ぶと試験管の中にバッタが現れた。動いてないから模型的な物だと思うけど……

「この穴……もしかして」

バックルに開いている穴に試験管。大きさ的にはバックルの横の穴に入りそうだ。

『グラスホッパー！　インストール！』

「なんだ!?」

急にベルトから声がした。もしかして日曜朝とかにやってそうな番組に出る様な物なのでは？

「これでバッタの力が入ったのかな？　痛ったぁ!?」

試しに思いっきりジャンプしてみたら思いっきり天井に頭をぶつけた。痛すぎる……

「へぇ！　面白いじゃない。あと2つも入れてみてよ？」

エアラさんも案外ノリノリだ。頭を思いっきりぶつけたけど残り2つも入れてみよう。

「痛てて……何を入れようかな？」

残った2つの穴に何を入れるべきか。多分だけどバッタも飛べるはずだけど僕には翅が無いから跳ぶ事は出来ても飛べはしない。その虫の特徴的な要因の1つを僕の体で再現しているだけだろう。

『コックローチ！　インストール！　ホーネット！　インストール！』

ゴキブリと蜂の試験管を入れてみた。これでバックルの穴は全部塞がったね？　蜂は多分毒だと思うから試すのは後回し。ゴキブリの方は何となく想像出来るからこれなら怪我《けが》なく試せそうだ。

「よーし！っと!?」

凄まじい加速。0から100へ到達する加速力が今までの比では無い。あとベルトを装備してAGIも上がり、トップスピードも上がってる。スローが無ければ壁に激突するところだった。

「え!?　いつの間に!?」

「これ注意しないと能力に負けるな……ベルトだけ付けておけばただのAGIが300上がるアクセサリーだけど別の虫の特性を入れるとかなり使い勝手が変わるかも……」

虫限定だけど色んな使い方がありそうだ。今の僕はSTRが無いからカブトムシの力とかは悲しい結果になりそうだけど……バッタとゴキブリは今の僕にとても合っている。機動力強化はある意味僕の攻撃範囲が伸びる様な物だ。普通の人より1歩で進む距離が変われば相手の意表も突ける。

「いやぁ凄いな？　これ？」

「凄まじいですね……目で追うのがやっとです」

ソイルさんは何とか目で追えたらしい。

「これだけ移動力が上がると、楽しくなってくるね！」

「ハチさん。あまり調子に乗ると多分良くないですよ？」

「え？」

ソイルさんが忠告をしてきた。一旦止まろう。

「確かに移動力が上がるのは良い事ですが、そのような力には何かしらの代償があるのでは？」

「なるほど……うわっ！　めっちゃお腹減ってる!?」

ソイルさんの言葉を受けて、ステータスを確認すると空腹度が10％を切っていた。機動力の超向上と引き換えに力を使用すると空腹度を大きく削る。僕も腹ペコキャラになっちゃったか。

「使い過ぎは要注意って事ね……うまぁー」

ジャーキーで空腹度を回復する。ベルトの力をフルで使うなら満腹状態じゃ無きゃダメか……

「ハチさん？　その食べ物……？　はなんです？」

ソイルさんは僕の咥えているジャーキーを見て何かと聞いてくる。

「これはジャーキー。所謂《いわゆる》食べやすくした干し肉かな？」

「一口食べてみたいのですが……」

「あ、それなら私も一口食べたい！」

2人共ジャーキーを一口食べたいみたいだ。一口ずつならジャーキー1つを分ければ充分かな？

「ほい、どうぞ」

「「いただきます」」

2人共食べてみるが、ソイルさんはちびちびと、エアラさんには硬いのか食べていない。

「なるほど……割と塩が利いているのですね……」

「硬い……もう少し柔らかいの無い？」

ジャーキーはあまり2人には好評では無いみたいだ。味の好みの違いって奴だろう。

「2人は甘い食べ物の方が良い感じかな？」

2人の味覚だと甘い食べ物の方が気に入りそうだ。卵とか牛乳があったらホットケーキとかご馳《ち》走《そう》してあげたい。ホフマンさんならそういう食材が取れる場所とか知ってるかな？

「あっ！　そうだそうだ！」

ホフマンさんで思い出した。

『ホフマンさん？　蜂蜜って要ります？』

『蜂蜜を見つけたのか？　ちょっと待て』

ホフマンさんに連絡すると何かあるのかちょっと待つように言われた。

『このガラス瓶をやるから取れる分を取ってくれないか？　液体なら結構な量が入るぞ？』

プレゼントボックス付きのメッセージ。そこには4つの空のガラス瓶が入っていた。瓶には目盛が付いており、一番上は100ℓと……え？　この瓶1つに100ℓ入るの？　流石ゲーム。

凄いなぁ……良い物貰えた。あの巨大なミツバチの巣なら蜂蜜をもうちょっと貰えるかな？

「あっ、そういえばジャーキーの効果って……」

甘い物、蜂蜜、ホフマンさんと連想ゲームの様に繋《つな》がっていき、最終的にジャーキーに戻った。

そういえばジャーキーって空腹度減少軽減が付いてたっけ……

「……やるか。【違法改造】」

味、効果1、効果2、効果時間、追加効果の5つが選択可能……味と効果1、追加効果を最低に、効果時間を大体6分の1程度にして、効果2に全振りだ……これ食べるのは非常に勇気が要るな。

ジャーキー（違法改造） 空腹度＋1％回復　空腹度消費無効10分

「やっぱり出来たな……」

マイナス候補がこれだけあれば1点に伸ばせば効果が強くなるかもしれないと思ってやってみたけど、これを食べればベルトのデメリットも消せるんじゃないかな？

「急に何かやってどうしたの？」

「あぁ、ごめん。まずはここから出ないとだね？」

「脱出する場所はどこでしょうか？」

食べるのは後回しだ。まずはこの空間から出る事を考えよう。

「そういえばタンケさんはどうやって出たんだ？　ここに入る時岩で封鎖されてたはず……」

広場から階段の方に向かってみる。

「なんだこれ？」

階段を上がっていくと魔法陣とその傍《そば》にメモがあった。えーっと何々？

『もし出口が無い場合、この【エスケープパッド】で脱出してください！　大丈夫！　外に繋がっているトンネルの様な物です！　安心してください！　タンケ』

「これを使って脱出したのか。もしかしてタンケさんってお助けキャラ的な存在だったのかな？」

これはタンケさんに会うのも合わせての一連のイベントだったのかもしれない。トレジャーハンターが居ますよ的な？　まぁタンケさんはハンターじゃ無くてディテクターかな？

「おーい！　2人共、出口あったよー」

「早速見つかった？」「これですか？」

忘れ物も無い。隠し部屋も無い。祠を掃除したらまた来られると思うから部屋から出るとしよう。

「多分この上に乗れば外に出られるはずだから行くよ？」

「オッケー！」「準備万端です！」

エアラさんはフードの中に、ソイルさんは僕と一緒に【エスケープパッド】に乗ると、背後に大きな岩。周りの景色は森。ちゃんと魔蟲の森に戻ったみたいだ。

「とりあえず一旦村に2人は送り届けるとして……ソイルさんをどうにか隠さないとな……」

「隠れた方が良いのですか？」

「ソイルさんは目立つから街の泉でワープする時に大騒ぎになっちゃうから、隠さないとなって」

「分かりました。では小型化しましょう」

「うっ……」

ソイルさんが光り輝き、光が収まると掌サイズの銀のカブトムシになっていた。

「え？　ソイルさん？」

「はい、これなら大丈夫でしょうか？」

「うん、掌サイズなら何とかなりそうだ。これなら先に蜂蜜を集めてからでも良いかな」

どうしてもデカいソイルさんを連れて歩くのは目立つからどうしようか困ってたけど、少し大きいカブトムシサイズになってくれたならエアラさんと一緒にフードに入れて移動出来るな。

「頼まれ事もあるからさっきのミツバチの巣に一旦寄るね？」

ホフマンさんに蜂蜜を持ち帰れば卵と牛乳を貰えるかな？　早速ミツバチが居るかチェックだ。

「なるほど、何の蜜かと思ったらアカシアの蜜か……」

下を見ても花も無く、どこから蜜を集めているのかと思ったら上だった。通販番組で見たアカシアの木。といっても確かニセアカシアだっけ？　ともかく、それは蜂蜜の女王って称される蜂蜜だ。

「零れている所は……お、あった」

巣から蜂蜜が零れている場所を発見した。ガラス瓶を置いておけば蜂蜜が溜《た》まるだろう。

「後で修理するからその零れているもったいない蜂蜜を貰うね？」

謝りながらビンを置く。自分も使う分を確保したいからビンを置いたら離れて木の近くで待つ。

「おぉ……」

上を見てミツバチを見てみると、花から何か粒子の様な物を吸っていた。そしてミツバチの周りに黄色い粉の様な物が回っている。あれは花粉なのかな？

「花粉症の人は近寄りたくないだろうなぁ……」

花粉症の人は見ただけで辛そうだ。プレイヤーに花粉症は居ないと思うけど……

「もう少しで溜まるけど……この巣、蜂蜜の漏れ出る量が凄いな？」

僕としてはありがたいが、溜めた蜜があれだけ漏れ出ると勿体無いな……ゲーム的に採取しやすくしてるんだろうけど、勿体無い気持ちの方が先に出てしまう。

「これだけあればもう充分だし、直しておくね？」

壊れた部分を魔糸で修理してガラス瓶を拾う。1本丸々溜まってる……漏れすぎだろう？

「それじゃあ貰っていきますね？」

「で、逃げる訳ね？」

ガラス瓶に入った蜂蜜は後で僕の分とホフマンさんに渡す分とに分けよう。

「戦う必要は無いからね。さっさと街に戻るよ。あ、街に着いた時は2人とも隠れてね？」

「はい」「はいはい、分かってるって」

蜂蜜を回収した瓶はインベントリに仕舞い、道に戻る。害虫が多いこの森でミツバチは益虫の類《たぐい》だと思うが、このサイズだともう益虫の範囲を超えちゃってるって判断になるのかな？

「ん？　何だあれ」

サーディライの街に戻る為、道に向かって歩いていくと何やら武装した集団を見つけた。

「どうだ？　居たか？」

「いえ、報告にあった虫人は見えません……既に行ってしまったのでは？」

「いや、まだどこかに潜んでるかもしれない……全体、周囲警戒を怠るな！」

なんか危険なモンスターでも出たんだろうか？　僕もそんな奴に会わない様にさっさと街に戻らなきゃ……とりあえずあの人たちの邪魔をしないように通り過ぎたら後ろの方から行こう。

「気を付けろ。話によると察知系のスキルを持っていた旅人でもその接近に気が付けなかったらしい。もし、ソイツがこの場に急に現れたとしたら我々が全力で以《もっ》て倒さねばならない……」

隊長的な人が凄い深刻そうな会話をしてる。もしかして街からやってきた人達かな？　僕も森の中を結構歩き回ってたけどそんな奴一回も見なかったな？

「白いローブを着た黒い蜘蛛の虫人なんて本当に居るんでしょうか？」

「報告通りならそうだな。領主様も道の付近だけで良いから安全を確保せよとの命令だ。あまり森の中に入り過ぎない様に気を付けつつ進め」「「「了解！」」」

「マジ？」

会話が聞こえて冷や汗が出る。その虫人の特徴が白いローブの黒い蜘蛛の虫人だって？

白いローブは着てますねぇ。黒い蜘蛛の虫人？　手足はイドとエゴで黒いし、顔はアトラさんモチーフの蜘蛛フルフェイスだし、黒い蜘蛛の虫人の全条件クリアしてますねぇ……僕。

「よし、完全ステルス状態で街を目指そう」

今の状態で話しかけたらいきなり斬られるだろう。ここは居ない相手を追ってもらおう。

「やっぱりサーディライの街はあんまり好きになれないな……」

フードに2人を入れて、僕は街の方に走った。【ジャミング】で探知系のスキルは躱《かわ》せるし、ありがとうヘックスさん。お陰で乗り切れそうだ。改造ジャーキーとゴキブリパワーで街まで走るか。

「うえっ……生臭いし、腐ってる様なエグさが……うぷっ、吐きそう」

口の中が地獄と化す。ジャーキーがここまで不味くなるのか……改造回復薬で吐くのも納得だ。あっちは苦さに特化したけどこっちは複合的な不味さだ。噛み応えがあるせいでとても辛い……

「何かソースでも掛けたらもう少し美味しく食べられるかな……うえっ」

だが、これで空腹度の減少が無効になったはずだ。もう気付かれない距離だろうし、走ろう。

「自分の走る速さでスローモーションになるのはヤバいな……」

走ると景色がスローになり、脳に負担が掛かる。仮面のお陰で風で目が開けられない等無い分、目を閉じないと移動中は常にスローになりそうだ……危ないからちゃんと前は見るけど。

「速すぎィ！　止めて！」

「かなりのスピードですね……」

「おっとゴメン。速すぎた？」

フードの中から緊急停止命令が出たのでゴキブリパワーのダッシュを止める。なんかカサカサいってる？　森もそろそろ出られる距離だし丁度良いだろう。仮面を首輪状にして街の門に向かう。

「おぉ！　君！　大丈夫だったか？」

「あ、衛兵さん。何かあったんですか？」

白々しいけど衛兵さんに話しかけられたから何も知らない体で答える。僕の事なんだろうなぁ。

「森の中で危険な生物が出たらしい。心配していたが……その様子だと会ってないみたいだな？」

「そういう生物には出会ってませんね？　安全に帰ってこられて良かったー」

襲われる事は絶対無いけどね？　だってそれ僕だし……そそくさと街に入り、泉に向かう。フードの中の2人もちゃんと隠れてるし、このまま村に一旦ワープしてしまおう。

『現在転移すると、触れている存在も一緒に転移します。本当に転移してもよろしいですか？』

あ、そういう警告文とか出るんだ。

「2人共一旦村に行っても良いかい？　花畑は後でちゃんと連れて行くから」

「はい、アトラ様に早く会いたいのでお願いします」

「花畑もそうだけど、私の味方しなさいよ？　怒らせて封印されたし……」

いざ、村に行こうとしたらエアラさんが若干弱気になってる。再会を恐れてるみたいだな……

「それは大丈夫。ちゃんとフォローはするよ」

一応、エアラさんの味方になる予定だ。流石に暴言とか言うならその限りでは無いけど……

「なら、行くわ」

反省はしてるし、ちゃんと大事な時の言う事は聞いてくれるし、問題は無いと思うけどね？

「じゃあ行くよ？」

妖精と銀のカブトムシをフードの中に入れてアストライトの村に戻った。

「ここが、アストライトですか？」

「凄い、結構しっかりした村じゃん」

2人をフードから出して掌に乗せてアストライトの村を見せる。気に入ってくれてるかな？

「おや？　今回は結構早いじゃないか？」

「あ、アトラさん。2人を連れて来ました」

丁度アトラさんがやってきたのでタイミングとしてはある意味最高じゃないかな？

「アトラ様！　ソイル。ただいま戻りました」

「……戻りました」

「やっぱりハチは全て言わなくても2人共連れて来てくれたな？　感謝するぞ」

ぎこちないのはエアラさんだけみたいだ。

「安心しなよ。アトラさんだっていつまでも怒ってる訳じゃ無いって」

僕の後ろに回ろうとしたエアラさんを止める。怒ったアトラさんが相当怖いんだな……

「許してるから解放する為に僕を向かわせたんですよね？　アトラさん」

「まぁ、そうだな。正直儂《わし》もあんな事で怒り過ぎたと思っておる。エアラ、すまなかったな」

「え？　え？　嘘《うそ》？　アトラ様が私に謝ってる!?」

動揺するエアラさん。アトラさんと僕の顔を交互に見るんじゃない。

「そ、そこまで言うなら許してあげなくもな……痛たたっ!?」

「はい、そこで調子に乗らない」

エアラさんをデコピンする。悪い人じゃないけど調子に乗って失敗するタイプだろう。止める人が居ないと突っ走っちゃう感じの……僕もその節があるかもしれないから注意しないとな。

「やはりハチに頼んで正解だったようだな?」

「あ、エアラさんを連れて花畑に行く約束があるからソイルさん? 後の説明頼んでも良い?」

「アトラ様に説明する役割はお任せください」

「ごめんアトラさん。エアラさんを花畑に連れて行くっていう約束してるからもう行くね?」

「お、おう……行ってこい」

「うっそ、あのアトラ様が完全に負けてる……」

「それじゃあエアラさん行くよ?」

さ、花畑に行きますかぁ。

「ハチ……あんたいったい何者?」

「何者って聞かれたら旅人とかよそ者かな?」

この世界基準で考えたら僕は他所《よそ》からやってきた存在だからその辺が妥当だろう。

「いや、そういう事じゃ無くて……あのアトラ様が完全に押されてたし、何なの?」

「単純にアトラさんとは友達だからこういう感じ?」

何なの?って言われてもアトラさんは尊敬ってよりも信頼とか友情の気持ちの方が強いし。

「はぁ、ハチの事が分かった様な分からない様な……」

「ほら、花畑に着いたよ？　一応気を付けてね？　マンイーターとかいうモンスターが居るから」

「イヤッホー！　花畑ー！」

まだ空腹度減少無効の時間が残ってたから急いで花畑に向かった。エアラさんも花畑に着いた途端これだよ。今までの話も忘れて花畑に夢中だ。

「これこれ！　やっぱ花から取るのが一番！」

「もう少し狭い範囲で飛んでくれないかなぁ……」

花畑を楽しそうに飛び回るエアラさん。エアラさんが襲われない様に警戒しながらついて行くのも中々しんどい……蔦《つた》は避けて、エアラさんの背後から迫るマンイーターは手刀で斬り落とす。エアラさんは花畑を鼻歌交じりで飛んでるし……油断というかリラックスし過ぎだろう？

「ボディガードが居ると安心出来るわー」

「あー休憩しちゃおっかなぁ」

改造ジャーキーの効果時間は終了してる。これ以上は空腹度を削りながら追いかけるしかない。でも食べ物を無駄に消費するのも勿体無いからそうなるのは避けたい。

「お腹減って動けなくなるんだっけ？　しょうがない。この辺で勘弁してあげる」

「……まぁ、花畑に連れて来るのは約束だったし、今回は見逃そう……」

「なんか言った？」

「いや、別に？」

エアラさんの高慢な態度は直らないだろう。そういうキャラだし……

「僕の周りだけで飛んでくれるならもう少し付き合うよ？」

「じゃあもう少しだけ良い？」

自分勝手に遠くに飛ばない。それだけを守ってくれるだけで僕的にかなり楽になる。

「良いよ。森の時と一緒で離れ過ぎない。それだけ守ってね？」

「はーい」

返事を聞いて、懐からジャーキーを出して食べる。歩きながら食える優秀な食料だ。

「でもやっぱりおにぎりとか食べたいなぁ……」

ジャーキーは確かに美味しい。だけどおにぎりみたいなしっかりお腹に溜まる物も食べたい。

「おにぎり？　何それ？」

近くを飛んでいたエアラさんが僕に向かって話しかけてきた。おにぎり知らないかぁ……

「お米を握った食べ物なんだ。中に具を入れたりするけど、肝心のお米が無いんだよね……」

小麦粉はホフマンさんに貰ったからパンとか作れるけどお米は無いからおにぎりは作れない。

「米？　確かどこかで見た気がする……」

「ホント!?　お米あるんだ！」

手元に無くてもお米があるって情報はとても嬉しい。これはお米を見つけるのが楽しみだ。

「どこで見たかは忘れちゃったけどね？」

「それって封印される前？」

「うん。だから今もあるかは分からないよ？」

そうなるとちょっと不安になってきたぞ？　いや、米は絶対ある。そう信じよう。

「いやいや、そういう情報を貰えるだけでも充分だよ！　ホフマンさんにも言おうかな？」

蜂蜜を渡すついでに他の食材の情報も聞いてみよう。お菓子作りに卵と牛乳は必須だからその2つは絶対聞く。他にもどんな食材が入手出来るか分かれば作れる料理だって増えるから知りたい。

「ギシャアアアア！」

「おっと」「ちょっと!?」

誤ってマンイーターの蔦を踏んでしまったが、こっちに向けた口を躱して蔦を手刀で切り裂き、マンイーターのコアを引き抜いて破壊。あっという間に乾燥した。倒し方が分かれば簡単だな。

『Lv31にレベルアップしました　魔法【ミスティックミスト】を習得』

ハチ　補助術士Lv31　天衣無縫の器Lv3　HP450→460　MP800→815
STR28→29　DEF26→27　INT48→50　MIND120→122　AGI86→88　DEX108→110
成長ポイント10

おっ？　新しい魔法？

ミスティックミスト　消費MP150　5分間自身と味方のみが見通せる霧を展開出来る

単純だけど普通に強い奴だコレ。

「ちゃんと周り見てよ!?　護衛が自分から敵に突っ込んでどうするの！」

「悪かったよ……」

完全に不注意だったし、これは僕が悪い。考え事しながら歩くのはやっぱ危ないな……

「ちょっとご飯の事考えてて……」

「……それは仕方ないわね」

エアラさんも花畑花畑ーって言ってたし、共感は出来るみたいだ。

「ふぅ、満足したわ。帰りましょう？」

「ん？　もう良いの？」

「大分付き合わせちゃったしね？　それに蜂蜜も食べたし、もう充分よ」

あぁそっか。エアラさんは前もってお椀１杯分の蜂蜜を食べてたし、結構満腹なのか。そりゃそうだ。エアラさんのサイズ的にお椀1杯は僕にしてみたらお風呂位の量になりそうだし。

「じゃあ他の人に見つかる前に村に戻るよ？」

「りょーかい。じゃ、あとは頼むわね？」

エアラさんがフードの中に戻ってきて、いつでも行ける状態になった。

「何かお気に入りの花とかある？　ゴブリンさん達に育ててもらって村でも楽しめる様に」

村に好きな花があればわざわざここまで連れてこなくても村で事足りるだろう。

「それじゃああれとあれとあれが結構好きかな？」

「あの3つね？　了解」

『青彩花　紫彩花　黄彩花　を入手』

青い花と紫の花と黄色の花を選ぶエアラさん。その3つをしっかり根から取って持ち帰る。

「あ、先にホフマンさんの所行っておくか。エアラさんは静かに隠れててくれる？」

「まぁもう慣れたし良いわよ？　ちゃんと約束も果たしてくれたし」

向かう前に一言メッセージは送っておこう。

『ホフマンさん。今から蜂蜜をセカンドラの店に持っていきますね？』

これで良し。気が付いたら返事くれ……

『本当か!?　よし！　すぐに向かう！　色々蜂蜜で作りたい料理もあるからな！』

直ぐに返事が来たなぁ……ホフマンさんも料理したくてたまらないのか。

『とりあえず卵と牛乳が欲しいんでそれと交換でお願いします』

『了解だ！　用意しておくからいつでも良いぞ！』

話が早くて助かる。走って向かうとしよう。

「ハチ、あんたいっつも隠れてるけどなんか悪い事でもしたの？」

「悪い事は……してないハズだけど少し前に目立っちゃってね。目立たない様にって」

イベントで頑張った結果街に近寄り難《にく》くなったって笑えないよねぇ……

「ハチ、やっぱりあんたおかしいわ。絶対悪い事したでしょ？」

「エアラさんも居るから安全なルートで街に入ってるんだけどなぁ？」

隠密の為に壁を登る門を通らないルートで入ってるのに……

「新しい服も入手しないとなぁ……」

目立たない服の入手も僕の重要なミッションかも。目印になった白ローブ、単体だと攻撃されかねないシロクマ、明らかに目立つシスター服、目立たない服が無いと1人で街に入り難くい。

「もうツッコむのも疲れた……さっさと用事済ませてアストライトに帰るわよ！」

もうアトラさんへの恐れも無いのかアストライトに帰るってエアラさんが言った。良い兆候だ。

「分かった。出来るだけ早く食材の交換を済ませるよ」

エアラさんの為にもホフマンさんの所で交換は手早く済ませよう。

「おぉ！　待ってたぞ！　ハチ君」

「ホフマンさん。とりあえずこのくらいで良いですか？」

「こ、こんなに……いったいどうやって？」

ホフマンさんに蜂蜜が満タンに入ったガラス瓶を渡した。残りは自分で使う分だ。

「魔蟲の森の中でミツバチの巣があったのでそこからちょっと頂きました」

「魔蟲の森って、害虫ばっかりが出てくるんじゃないのか？」

「多分ですけど、森の中をちゃんと探せば害虫以外も居ると思うんですよね？　探す範囲が狭いから害虫ばっかりだと思ってるだけでしっかり探せばミツバチみたいな益虫も他に居るかも？」

あくまで推測だけど。

「にしてもこんなに持ってくるとは。よし、バターも付けよう。お菓子作りに持ってこいだろ？」

「流石ですね。あぁ、卵と牛乳の入手場所とか教えてくれませんか？」

「ん？　卵は鶏を倒せばドロップするし、牛乳は街の農場で買えるし、手伝いでも貰えるぞ？」

なるほど、そういえばファステリアスの街に向かう時に女の子2人組が鶏を狩ってたな？

「情報ありがとうございます！　助かりました」

「それはこっちの台詞《せりふ》さ。こんな量の蜂蜜。巣があったとしても取れる物なのか？」

「めっちゃデカいミツバチだったんですよ。あと多分その蜂蜜はニセアカシアの蜂蜜なんで良い物だと思いますよ？　用事もあるのでこれで、あっ卵と牛乳とバターありがとうございましたー」

蜂蜜入りの瓶を置いていき、卵と牛乳とバターをインベントリに仕舞い、裏口から出る。

「あっ、ちょ、おい！　これ百花蜜じゃねぇのかよ……あんな報酬じゃ本来全然足りねぇぞ？」

1人報酬の差に悶々《もんもん》とするホフマンであった。

「あんたってホントにお人好《ひとよ》しね？　多分だけど渡した物と報酬が全然釣り合ってないわよ？」

「別に良いよ。僕が欲しいって言った物を用意してくれたんだから僕的には釣り合ってるの」

損得勘定だけで考えると僕が損してるらしいが、僕は満足してるからオッケーだ。

「悪人に利用されそうね……」

「まだ悪い人には会ってないけど、まず人と会わないからなぁ……」

色んな人と会えばその内悪い人とも関わる事もあるだろう。でも、僕はそもそも人間よりも人間じゃない存在と関わってる数が多いから悪い人って存在が珍しい。村の皆も良い人ばかりだし……

「僕だって人を利用するけどね？」

先義後利という、道義を優先して利益を後回しにする、という言葉の様に今すぐよりも、今度困った時助けてくれるかな？って気持ちでやっているって言えば良いのかな？

「ふーん？　それで良いなら良いんだけどさ？」

「エアラさんだって今僕を利用してるでしょ？」

「……私は良い奴だから良いの」

それ悪い奴の言葉では？

「ほら、さっさと泉でワープしなさい」

「はーい」

なんか誤魔化されたけど、泉で村に戻る。コソコソと移動するのも大分慣れてしまったな……

「「ただいまー」」

「「「おかえりー」」」

村に帰るとワリアさん、ドナークさん、ヘックスさんとピュアルの4人が居た。

「何してるの？」

「歓迎会の準備だ！」「他にも色々準備してる最中だぞ？」「ハチも手伝ってくれて良いんだぞ？」

「…………！」

ワリアさんが沢山の鍋を混ぜ、残りの皆が食材を運んでいる。スープでも作ってるのかな？

「良い匂いがする！」

フードから出て鍋の匂いを嗅ぎに行くエアラさん。確かに甘めの匂いが鍋から漂ってくる。

「これは……コーンスープ？」

僕も気になって鍋の一つを見てみると黄色の粒入りのスープがあった。

「歓迎会としてせっかくなら村の野菜を使ったスープでもどうかと思ってな？　それなら甘い物が好きって聞いてるそこのエアラさんも満足してくれるかと思ってな？」

「なるほど……確かに美味しそうだ。それに良くこんなに同時にスープを作れるね？」

見ただけで5つは鍋がある。中身が全部違うし、同時に料理してるんだからワリアさんすげぇ。

「そりゃ経験値の差って奴よ！　ハチだってその内同時に色々調理とか出来るさ」

「出来るかなぁ？」

3つくらいなら何とか出来るかもしれないけど、それは電子レンジだ、ＩＨヒーターだと色々ある現実での話だ。こっちの世界だと料理人としてはまだまだだ。

「おぉ、帰ってきたか」

「ハチさん、この村素晴らしいですね？」

アトラさんがやってきた。その傍にはソイルさんも居た。

「あ、アトラ様……」

「ん？　どうした？」

おっと、どうやらアトラさんとエアラさんがお話するみたいだ。皆に『静かに』の合図を出す。

「あの……あの時はごめんなさい」

「おぉ!?　マジか？　エアラが謝っとる!?」

アトラさんが本気で驚いてる……

「封印はやり過ぎだと思うけど、私だって悪かったって思ってる……ってなんで驚くのよ!?」

「いや、だってお前……謝るとか絶対出来ないと思っとった……」

「ぷふっ」

「ちょっとハチ！　今笑ったわね！」

やべっ、バレた。

「わ、笑ってないよ？」

「声震えてるじゃない！」

くそぅ、隠しきれなかった……

「まぁ仲直りは出来たんじゃない？」

「それは……そうね。ハチのお陰よ」

「んー、なんか背中がむず痒《がゆ》い……」

「どういう事よそれ!?」

エアラさんの真面目な感謝の言葉はなんかむず痒い。キャラに合ってない感じ？

「エアラ、ちょっと良いか？」

「何？」

ソイルさんがエアラさんを呼ぶ。そうだな、じゃあ僕はワリアさんのお手伝いしようかな？

「ワリアさん手伝いますか？」

「いや、問題無い。色々やって疲れてるだろ？　骨休みしとけ」

でた！　ワリアさんの骨ジョークだ！

「まぁ骨折り損にはなってないので、休ませてもらいます」

決まった……いつか言われた時に返しを言える様に用意しておいた。どうだ？

「お？　おう……ゆっくり休んどけ？」

この反応……もしかしてぶっこんでるんじゃなくて素だったのか……うぉぉぉ恥ずかしい！

逃げる様に泉から走って行く。どこでも良い、恥ずかしいから適当に……

「あ、ハチ様ー」「野菜が足りませんでしたか？」「必要なら取りますが？」

適当に走ってたら畑に来たみたいだ。色んな物が植えられてるし、ゴブリン達が世話をしている。

「いや、別にそういうつもりで来た訳じゃ無いんだ。あ、この花を育てる事って出来るかな？」

「「「お任せください！」」」

気持ちを切り替えて花畑で取ってきた3つの花をゴブリン達に渡す。

「あっ！　ハチ！　こんな所に居た！」

「おっ？　ホーライ君……とりあえずこっちに」

空からホーライ君が飛んで来た。あぁあぁ……羽ばたきの風で畑の作物が飛ばされそうだ。

「どうしたの？」

「歓迎会の準備が出来たからハチを呼んで来いって！」

「オッケー、行こう。ゴブリンさん達もありがとうね？」

「「「いえいえ～」」」

ゴブリン達に挨拶をして泉のある広場に戻る。まぁ皆一緒に行くんですけどね？

「やっと来たか。いったいどこに行ってたんだ？」

「ちょっと畑に……」

「何してるのさ？　せっかく私達がこの村に歓迎されるって時に」

ごもっともです。

「まぁ……気分転換的な？」

「何でも良いわ。ハチ。聞いたわよ？　アミュレットを出しなさい」

「え？　まぁ良いけど……」

エアラさんにアミュレットを渡す。

「ほら、ソイル。やるわよ」

「もちろん。いつでも良いぞ」

2人の間にアミュレットが浮かび、手をかざすと、手から魔力がアミュレットに流れ込む。

「ほら、私達からのお礼よ。受け取りなさい」

「アトラ様の元に戻していただきありがとうございました」

アストレイ・オブ・アミュレット　レアリティ　ユニーク
STR＋90　DEF＋60　INT＋100　MIND＋80　AGI＋150　DEX＋170
耐久値　破壊不可
特殊能力　HP、MP自動回復（大）　身体系状態異常超耐性　採取の目（※1）電磁防御（※2）
欺瞞（※3）　ジャミング（※4）　餓狼（※5）　光子化（※6）
（※1　採取をしなくてもアイテムの情報を確認出来る）（※2　遠距離からの攻撃に限り、30秒間自動で防ぐ事が出来るシールドが発動する。一度発動すると1時間再使用不可）（※3　戦闘状態に入っていない場合、ほとんどの敵に先制攻撃される事が無くなる）（※4　探知、察知、誘導系のスキルや魔法等で発見されなくなる）（※5　空腹度が減少すると与えるダメージ量がアップする。最大50％）（※6　HPが0になる攻撃を喰らった時、その攻撃を無効化して1分間敵の攻撃を光子状態で全て回避出来る。1日に一度しか発動出来ない）
ハグレ者達の想いが詰まった結晶体。思い出や信頼が形となったとても貴重なアミュレットうひゃー、凄い効果。ソイルさんって空腹で武士口調になるだけじゃなく、強くもなるのかな？

「僕こそありがとう。皆も2人と仲良くしてね？」

「「「「もちろん」」」」

この村の皆なら2人と仲良くやっていけるだろうな。ソイルさんは食いしん坊だけどしっかり働きそうだし、エアラさんはムードメーカーとして充分活躍してくれるだろう。

「新しく家も建てないとな？」

「また村を拡張しないとか？」

「また忙しくなるな！」

楽しそうに忙しくなると言う姫様。やっぱり住人が増えるというのは嬉しいんだな。

「ほらほら！　スープが冷めちまうぞ？」

「そういえばエアラさん大丈夫？　食べられる？」

花の蜜を食べたばかりのエアラさんがスープを食べられるのかちょっと心配だ。

「スープは別腹よ！」

行けるんだ。

「美味《うま》っ！　自然の美味しさが詰まってる！」

「樹液以外にもこんなに美味しい物が……」

2人ともワリアさんが作ったスープを食べて喜んでる。なんか悔しいな？

「ちょっとキッチンを借りるよ？」

「まぁ良いけど……何するんだ？」

「僕も歓迎の1品作らせてよ？」

ちょっと悔しいので僕も1品。小麦粉、砂糖、牛乳、卵を混ぜてフライパンにバターを入れ……

「焦げない様に程よい大きさで……」

僕が作っている物はそう、ホットケーキだ。まぁベーキングパウダーが入ってないからちょっとペタッとしてるかもしれないけど……フライパンの力で何とかふっくらしてくれるかな？

「よっと！」

ひっくり返す。良い感じだ。数枚は作るつもりだからこれである程度の焼き時間は分かった。

「これで蜂蜜をかければ……完成！」

『ホットケーキ　を入手』

ホットケーキ　温かく、ふわふわした食感のケーキ。子供に大人気！　空腹度＋25％回復　DEF＋10％アップ

蜂蜜の掛かったホットケーキ。何か追加効果付いてるけど……これは僕が味見として食べよう。

「はむっ……美味い！」

一口食べればホットケーキと蜂蜜の甘さが口に広がる。これなら2人も納得してくれるだろう。

「さぁ！　これを食べてみな？」

「おぉ？　これは？」

「ホットケーキ。良かったら皆も食べてみて？」

ホットケーキを皆に振舞う。せっかく手に入れた食材だ。僕はこの食材で2人を祝おう。

「これも甘くて美味しい！」

「美味い！　甘くてふわふわです！」

「ほぉ？　ホットケーキか？　俺にも一口くれ」

何かワリアさんの眼光？（目無いけど）が鋭くなった雰囲気を感じた。

「ほぉ？　中々良いじゃないか！」

「いや、やっぱりワリアさんのスープには敵《かな》わないな……」

ワリアさんのスープを飲んでみたけどこの村で取れる食材だけで作られたスープはとても奥深い味だ。素材を活《い》かすとはこういう事なのだろう。僕もまだまだだな……

「悔しいけど美味しい！」

ホットケーキとスープ。比べるのは変だけど、やっぱりワリアさんのスープは美味い。ホットケーキの甘さと野菜スープの程良いしょっぱさが食事を加速させる。

「ハチ、ちょっと良いか？」

「ん？　なんです？」

ヴァイア様にちょんちょんと肩を叩かれた。何かな？

「ハチ、どこでも良いからこれを設置してきてくれないか？」

『滾々《こんこん》の石　を入手』

何か青くて透明な石をヴァイア様に渡された。なんだろうこれ？

「これは？」

「それは設置した所に旅人の泉を作る。ハチが行き来が難しい所にでも設置すると良い」

「めっちゃ重要なアイテムじゃないですか……」

ワープポイントを作る事が出来るとか重要度半端じゃないぞ……？

「なに、どうせハチが設置する場所だ。普通の人間が行ける所では無いだろう」

「は、はは……」

またおかしな信頼のされ方をされてる気がする。まぁ候補地として思い浮かんだ場所はアクセスも悪いし、位置データも無ければ辿り着くのも大変そうな場所だから間違いじゃないとは思う。

「次の予定は泉の設置にしようかな……」

レベルアップや第4の街を目指す事も良いけどせっかくならあの教会に泉を設置して様子を見に行きやすくしてからでも良いだろう。僕は僕のペースでゆっくり進めばいい。

スープも貰って空腹度もしっかり回復出来たのでそろそろ行くとしよう。

「新しい目標も決まったし、僕はそろそろ行くよ」

「ん？　もう行くのか」

「え？　ハチ行っちゃうの？」

「ハチさんも忙しいのでしょう。私達がこの村に馴染《なじ》む事がハチさんへの恩返しになりますか？」

「うん、村に連れて来て馴染めなかったっていうのが僕にとって一番辛いかな……」

僕が新しい環境に強制的に連れて来て、嫌な思いをしたってなると心苦しくなる。馴染んでくれる事が僕にとっての恩返しには間違いない。

「じゃあ皆？　仲良くね？　バイバーイ！」

「「「「いってらっしゃい！」」」」

泉でセカンドラの街にワープする。まぁ村の皆なら心配するだけ無駄だろうけどね？

「さて、教会に行ってみますか」

セカンドラにワープしたら、周囲が僕を見てざわついていた。とりあえずその視線は無視して路地に歩き、視線が切れた瞬間に【擬態】を発動して【ゲッコー】で壁を登り、【ジャミング】で追跡を遮断する。人を撒《ま》く手段がかなり手馴れてきた気がする。屋根伝いに移動して門の近くまで行く。夜だから門は閉じているけどまぁ関係無い。壁を登ってしまえば良い。

「夜の荒野も結構良いなぁ？」

壁の外に出て荒野を紫電ボードで進む。周りにはでっかい蠍《さそり》とか居るけど、ハサミで何か食べてるみたいだ。こっちには興味を示していないからどんどん進んで行こう。

「トレントも若干懐かしい気分だ。教会の皆も元気にしてるかな？」

教会の皆と出会うのも楽しみだ。たったの数日だけどモニクとかちゃんとやってるかな？

「せっかくだしシスター服で様子を見に行くか」

教会の近くに着いたらシスター服に着替えて、教会に入ろう。せっかくだし？　棄《す》てられた教会も今やメリアさん、ミリアさん、モニクにドリアードの子と結構なメンバーも居るし、どうなってるか割と気になる。特にドリアードの子はモニクにべったりだったし、その後が特に気になる。

「あの子も名前付けてもらったかな？」

案外ドリアードの子の方が優秀で先輩後輩逆転してたりして？

「モニクだとそれもあり得そうだなぁ？」

抜けてる所もあるモニクならその可能性もゼロじゃない。早く確認したくなってきた！

「こんばんはー」

「いらっしゃ……あら？」

「お客様ですか？……あっ！　師匠！」

「ハチさん？　ようこそ来てくれました」

「……あの人、見た事、ある」

「お？」

シスター服を着た人が増えてるぞ？

「もしかしてあのドリアードの？」

「はい！　あの子が成長しました！」

「成長早くない？」

ここに居る誰よりも背が大きい。もっと言うと胸部も。

「ハチさん？」

「何でも無いですよ？　ところでミリアさん？　ちょっとお願いしたい事があって」

ほんと女性って鋭いわ。別の話題で意識を逸らす……いや、こっちが本題なんだけどさ？

「なんですか？」

「これなんですけど……」

インベントリから滾々の石を取り出す。

「これは？」

ミリアさんでも良く分からないみたいだ。一応説明しておこう。

「これを設置すると旅人の泉を設置出来るらしいのでこの教会に設置させてもらえないかと」

「えっ!?　旅人の泉を設置出来るんですか!?」

「それは……本当ですか？」

メリアさんも話に入ってきた。やっぱり旅人の泉を設置出来るって相当凄い事なんだな。

「ここにやってくるのも大変だし、泉を設置出来ると助かるなって」

利用するか分からない所もあるけど、泉が設置出来れば教会へのアクセスがかなり良くなる。

「こんな……貴重な石をどこで？」

「……友達にこれどこかに設置しといてって、貰った？」

多分そのくらいの感覚でヴァイア様は渡したと思う。

「ハチさんの交友関係はどうなってるんですか？」

「聞きたい？」

「いえ、やっぱりやめておきます」

危ない橋は渡らない的な感覚で断られた。ヴァイア様は悪い人じゃないんだけどなぁ……？

「それで、泉は設置しても良いのかな？」

「是非設置してください。裏庭でよろしいですか？」

設置させてくれるならどこでも良い。断られなくて良かったぁ……

「設置させてくれるならどこでも大丈夫です！」

「ではモニク。案内を……してあげてください」

「は、はい！　こっちにどうぞ」

ビックリしながらも案内するモニク。裏庭には行った事あるから行き方は知ってるけど……

「どこに設置しましょうか？」

「えっと……あ、やっぱり。この範囲が泉の設置予定範囲っぽいな？」

滾々の石を地面に近付けたら青白い円形のラインが出てきた。この範囲で泉が出来るんだろう。

となると、泉もそこまで大きくはないから裏庭の真ん中辺りに置けば丁度良い感じになるかな？

「ここに置けば丁度良いかな？　芝生の真ん中だけど……」

「どうぞどうぞ！　草むしりが楽に……いえっ！　設置に丁度良い場所はここしかないですね！」

完全に本音が漏れたな？　まぁモニクしか草むしりが出来そうなの居ないっぽいし、そこに言及はしなくても良いか。ドリアードの子も草をむしるっていうより逆に草を生やしそうだな？

「じゃあここに泉を設置させてもらうよ？」

滾々の石を地面に置く。すると空中に立体の設計図の様な物が現れて『ここに設置しますか？』と文が出てきた。泉の像の向きがちょっと気に食わないので石を少し回して調整する。これで教会と裏庭の出入り口の方に向いてるからこれで良し！

「どうぞ。設置しちゃってください！」

モニクもこう言ってるし、設置を確定しよう……設計図の中に入った状態で確定してみたい気持ちもあるけど、泉に埋まってしまったら怖い事になりそうだし、設計図の外で確定しよう。

「それじゃあ確定っと」

『設置しますか？』の選択肢のＹＥＳを押す。すると地面からポリゴンが出てきて積み上がり、設計図通りの泉の枠となり、水が像から出て、旅人の泉が完成する。

「これで、完成みたいだね？」

「これが泉ですか……少し神聖な気がします」

「そういえばモニクは聖属性に対して耐性とか得たの？」

ここは神聖度合いが高いみたいだし、ドリアードの樹《き》を育てた時とか結構辛そうだったたから神聖度合いが上がるとモニクは辛いんじゃないかな？

「ボクも成長しているんです！　聖耐性も少し出て、あとは服のお陰もあって全然平気です！」

ふふん！　と胸を張るモニク。なるほど……教会での生活で聖耐性を得る事が出来るんだ？　いや、教会以外にも聖属性がある所に居ると耐性を得られるのかな？　条件は色々考えられそうだ。

「ちょっと使えるか試してくるね？」

泉に触れるとしっかり棄てられた教会が欄にあった。アストライトに一瞬だけ行って戻ろう。

「うん、ちゃんと使えるね？」

一瞬村に行った時にピュアルが掃除してたので、手だけ振っておいた。

「本当にワープしてきた！」

「ここに来るのも結構大変だからワープが使える様になったのはありがたいな」

驚いているモニクを尻目に泉の機能チェックが終わった。これで完璧だ。

「無事に……設置出来たようですね？」

「泉を設置してくださりありがとうございます」

2人が様子を見に来たみたいで泉を見ている。その後ろからドリアードの子もついて来た。

「これ、何？」

たどたどしさはあるけれどちゃんと話しているドリアードの子。いやもうドリアードさんだな？

「これがあると僕がここに来やすくなるんだ。えっと……名前とか付けたの？」

モニクに聞いてみた。名前があったらそこから話を広げる事も出来るだろう。

「イアです。皆で決めました」

結構良い名前だな。

「これ、良い物」

泉を見て喜んでいるみたいだ。あれ？　僕別にイアさんとそこまで親交はしてないんだけどな？

「モニク、いつも、ししょーの話、してる」

「ちょ!?　イア!?　それは内緒ですよ！」

なるほどな？　モニクが暇な時にでも僕の話をイアさんに話していたんだろう。その本人がやってきたのとここに来る為の物が出来たから良い物って訳か。

「まぁ何の話かまでは聞かないよ。話題によってはこのデコピンが……」

「大丈夫です！　ちゃんと良い人だって話してますから！　ね！　ね!?」

「ししょー、良い人」

「ね!?」

必死さが凄い。そんなにデコピンを喰らいたくないのか。

「ハチさん。ここに来たついでにモニクの居た廃坑の件でお話があるのですがよろしいですか？」

「廃坑の件ですか？　何か問題でも？」

モニクが居た廃坑。あそこで何か問題でもあったのだろうか？

「問題という訳では無いのですが、あの廃坑の浄化をお願い出来ませんか？」

『特殊クエスト　廃坑の浄化　を開始しますか？』

ミリアさん達から廃坑の浄化を依頼された。

「受けたいですけど、浄化って僕でも出来るんでしょうか？」

「大丈夫です……やり方は教えます」

教えてもらえるならとりあえずクエストは受けるけど……浄化かぁどうするんだろう？

「祈る時に……相手の魂を……救ってあげたいと……気持ちを乗せると……回復では無く……浄化出来ます」

『【聖女の祈り】に追加効果が付与されました』

【聖女の祈り】に追加効果で回復効果を無効化し、代わりに魂の救済が出来る効果が付与された。

自分の為じゃ無く、相手の為に祈るとアンデッド系を昇天させたり出来るのかな？

「廃坑の彼達を苦しみから解放してあげてください。天に還《かえ》れない事はそれだけで苦しみです」

無理に生かされる苦しみか……あ、糸《つ》で天井から吊り下げたままだ。苦しみが加速してるかも。

「分かりました。行ってきます！」

未《いま》だに宙吊りなら本当に早く浄化してあげないと可哀想だ。裏庭に皆を残し、廃坑を目指す。


「アァァァ……」

「うわぁ……まだ吊るされてる」

廃坑に入るとまだゾンビ達が吊るされていた。あの時は移動の邪魔にならない様に吊るしたけど……ゾンビ達は待ち望んでいた様な表情をしてた気がする。放置されて辛かったんだろうか？

「今楽にしてあげるね？　魂よ安らかに」

天井に吊るされるゾンビ達の為に祈る。安らかに眠ってくれ。

「アァぃぁぉぅ……」

祈るとゾンビは光の粒になって消えていった。アイテムが落ちたり、経験値が入るって訳じゃ無さそうだけど……何となく感謝された気がする。とりあえずどんどんゾンビ達を救済していこう。

「僕のやった事の尻ぬぐいは僕がやらないとね」

天井から吊るされたゾンビ達を救済していく。後ろから新しいゾンビが湧いてくるとか無いな。

「アァぁぁぁ……」

「そういえば幽霊が居ないな？　もっと奥の方に居るのかな？」

ゾンビは邪魔になるかもしれないと思って糸で吊るしたけど幽霊は中立っぽかったから放置していた。採掘みたいな事をしていた幽霊とかも居なくなっている……ちょっと気になるな？

「一応……これで残る部屋は1つかな？」

道に吊るしたゾンビ、モンスターハウス、休憩部屋とゾンビが居た場所をかたっぱしから浄化していき、残るはモニクが居た部屋のみとなった。ここまで幽霊は1体も見たことが無いとなると流石に怪し過ぎる。あの部屋……何かあるのか？

「お邪魔しまーす……」

「憎い……憎い……憎い……苦しい……辛い……怖い」

沢山の顔の集合体がその部屋の宙に浮いていた。廃坑の幽霊達は悪霊になったんだろうか？

「僕のせいかな……なら僕がその苦しみを払ってあげなきゃだよね」

この顔の集合体が元幽霊なら僕のせいだろう。これがミリアさん達のお願いの最終目標かな？

「魂よ、安らか……くっ！」

「憎い！」

顔の集合体の一部が僕に向かってきた。この状態で祈ると体を喰いちぎられそうだな……

「浄化するにしても弱らせたり動けなくしないといけないって訳ね！」

相手も単純に祈りを受けてくれない。悪意に呑《の》まれ、操られたりしたら抵抗するのだろう。浄化する為には弱体化か拘束が必要って訳だな？

「苦しい……」

顔が飛んで来る。相手が幽霊なら触れるか分からない。一旦、触れるかチャレンジしてみよう。

「うえっ!?　触れない!?」

顔の側面に触れようとしたらそのまま手が貫通した。あとＨＰが少し吸われる感覚があった。

「ちょっとやってみるか」

攻撃するつもりじゃ無かったから聖属性は付いていなかった。次は攻撃してみるか？

「ほっ！」

「痛い……痛いィ！……」

聖属性付きの掌底を飛んできた顔に対して打ち込んだら苦しそうな声を上げ、顔の集合体に帰っていく。聖属性は効くっぽいが、気分悪い。悪い事してないのに苦しめられるのは辛いだろう。

「これ、どうするべきかな……」

心を鬼にすれば顔に対して聖属性で攻撃して消滅させる事も出来るかもしれない。でもそれで消滅させてしまったら浄化したと言っても良いのか怪しい気がする。

「憎い！　憎い！　憎い！」

顔の集合体が突進して僕に当たる直前で分散して僕を取り囲む。いったい何体居るんだ？

「おっと？　これひょっとして絶体絶命って奴？」

逃げ場は無いし、このままだと無数の顔にむしゃむしゃされてしまう。迷ってる暇は無い。

「直ぐに祈れば間に合うはず！【聖域展開】！」

「「「「痛い！　痛い！　痛い！　嫌だ！　嫌だ！　嫌だ！」」」」

無数の顔から苦しむ声が聞こえる。動きの止まった今がチャンスだ。

「皆の魂が安らかに眠れますように……」

目を閉じてここに居る幽霊達の魂が浄化される様に祈った。これが効かなかったらとかそういう事を考えるよりもこれ以上苦しまない様に解放する為に一心に祈る。

「痛い！　痛い、いたい、いた……い……」

苦しみの声が段々安らかな声に変わっていく。少しずつだが僕を囲んでいた顔が光の粒に変わっていく。ちゃんと僕の祈りというか願いは届いたみたいだ。

「憎い、憎い！　憎い!!」

「ん？　なんか違う……もしかしてコア的な奴か？」

浮かんでいる顔の中で1つだけ苦しんでいる感じはあるけど光の粒になる感じはしないのが居た。

アイツが周りの幽霊達を集めて悪霊にした原因か。

「お前だけは許さない」

聖域内で光に変わっていく顔達の間を抜けて、1つだけ消えずに居た苦しんでいる顔に蹴りを入れる。聖属性付与のお陰で攻撃が透過せずにヒットする。全身ヘッドショット野郎には効くぜぇ？

「……っ!? 怖い！ 怖い！ 怖い!!」

久々にエゴの【戦意奪略】が発動する。恐怖状態にした事で動きが完全に止まる。

「せいっ！」「ごぼっ!?」

顔面に対して貫き手。口の中に突っ込む形でズンッと手が入り込む。

「はぁ！」

何か掴めたので引き抜く。すると紫色の火の玉の様な物が引き抜けた。

「終わりだっ！」「アァァァ!!」

火の玉を手刀で真っ二つにする。これが邪悪な魂っぽい気がしたので気兼ねなく破壊出来た。

「幽霊さん達。これで皆自由になれたかな……」

多分親玉的だった奴を倒した？ からか、残っていた顔が全て光の粒として散っていった。幻想的と言えば幻想的な風景だが、僕には罪の無い幽霊達が消えていく物悲しい景色として映った。

「はぁ……なんか気分が沈む……ん？ なんだあの穴？」

前にこの小部屋に来た時には無かった真っ暗な穴が地面に開いていた。

「全然底が見えない……どこに繋がってるんだ？」

真っ暗な穴。試しに手を入れてみたけど何も掴めないし、何も見えない。本当になんだこの穴？

「……入ってみるか」

どこまで続いているか分からないし、紫電ボードで落下速度を抑えれば意外と何とかなるかな？

「悲しい気分は新しい発見で払拭しよう！　いざ！」

落ち込んだ気分を盛り返す為に新しい発見だ！　真っ暗な穴に飛び込む。

「ちょちょちょ!?　どこまであるのこれ!?」

多くても5〜6秒も落ちれば着地するだろうと思っていたけど一向に着地しない。もしかして僕、とんでもない所に下りちゃったかな？

「んー、本当にどこまで落ちるんだろう？」

先の見えない恐怖も流石に飽きてきた。寝っ転がる感じで落ちてみたり、スカイダイビングみたいに大の字で落ちたけど一向に地面に着かない。真っ暗だとどの位時間が経ったのか分からない。

「ぬわっ!?　なんだっ!?」

真っ暗な空間の中、急に体が縛られる感覚に囚《とら》われた。いや、実際に捕らわれた。

暗闇の何かに縛られながら僕は遂に穴の底に辿り着いたみたいだ。

「お前は、何者だ？」

「それはこっちのセリフなんだけどなぁ？」

あとがき

やぁ、また見てくれたね。あとがきだよ。

さっそくサブタイ無視か？　と思ったそこの方。少々待って欲しい。人間離れする為《ため》にはまずにんげんと交流しないと離れる事にはならないでしょう？　なのでハチ君の交流が大事なんです。きもちの問題なんです。禁煙する為にはまずタバコを吸ってないと禁煙出来ないみたいな……しゅうしゅうが付かなくなるのでこの辺で……ハチ君も装備を集めて一般的な枠からそろそろぴょーんとはみ出そうな雰囲気が出てきましたねぇ？　でもまだまだです。これからゆっくり徐々にふみ外していく……事になるかな？　何にしても皆さんハチ君の成長を見守ってください。ちょぉっとキャラが濃いハスバさんやらダイコーンさんに、キリエキリアのキリキリ姉妹。実際このお2人さんは本気でハチ君に初の土を付けた相手と言っても良いですね。残念ながら最初のロザリーさんの時はワザと。今回は割と本気で取り組んでましたから……そしてある意味ヒロインレースにも躍り出て来た様な？　頑張れアイリス。負けるなアイリス。今の君はハスバさん以下である事は確定しているのにも拘《かか》わらず、新たな強敵だ！　あとトーマ君というハチ君とばでぃでボス討伐した男の子も居るぞ！　果たしてこんな状態でヒロイン（？）の座を守れるのか！

ぐだぐだ書きましたが、今回もちょこっと仕込んでるので見つけてみてね。

作品のご感想、ファンレターをお待ちしています

あて先

〒141-0031　東京都品川区西五反田 8-1-5 五反田光和ビル4階
ライトノベル編集部
「鴨鹿」先生係／「布施龍太」先生係

スマホ、PCからWEBアンケートにご協力ください

アンケートにご協力いただいた方には、下記スペシャルコンテンツをプレゼントします。
★本書イラストの「無料壁紙」　★毎月10名様に抽選で「図書カード（1000円分）」

公式HPもしくは左記の二次元バーコードまたはURLよりアクセスしてください。
▶ **https://over-lap.co.jp/824008886**
※スマートフォンとPCからのアクセスにのみ対応しております。
※サイトへのアクセスや登録時に発生する通信費等はご負担ください。

オーバーラップノベルス公式HP ▶ **https://over-lap.co.jp/lnv/**

えむえむおー！②
自由にゲームを攻略したら人間離れしてました

発行　2024年7月25日　初版第一刷発行
著者　鴨鹿
イラスト　布施龍太
発行者　永田勝治
発行所　株式会社オーバーラップ
〒141-0031
東京都品川区西五反田8-1-5
校正・DTP　株式会社鷗来堂
印刷・製本　大日本印刷株式会社

ISBN 978-4-8240-0888-6 C0093

【オーバーラップ　カスタマーサポート】
電話　03-6219-0850
受付時間　10時～18時（土日祝日をのぞく）